LE CHOIX

VIOLA ARDONE

LE CHOIX

roman

Traduit de l'italien par Laura Brignon

ALBIN MICHEL

« Les Grandes Traductions »

Ce livre est un ouvrage de fiction. Les personnages et les événements relatés sont le fruit de l'imagination de l'autrice. Toute ressemblance avec des personnes réelles, vivantes ou décédées, serait purement fortuite.

Édition originale italienne parue sous le titre :
OLIVA DENARO

À Carolina et Enzo, mes parents.

PREMIÈRE PARTIE

1960

1

Une fille, c'est comme une carafe : qui la casse la ramasse, dit toujours ma mère.

Moi, j'aurais été plus heureuse si j'étais née garçon, comme Cosimino, mais quand on m'a faite, personne ne m'a demandé mon avis. Quand nous étions tous les deux dans le ventre de maman, nous étions pareils, mais nous sommes sortis différents : moi avec une brassière rose et lui bleue, moi avec une poupée en chiffon, lui avec une épée en bois, moi avec une petite robe à fleurs, lui avec une barboteuse à rayures. À neuf ans, il savait siffler avec ou sans les doigts, moi je savais me faire une queue-de-cheval haute ou basse. Maintenant que nous en avons presque quinze, il mesure dix centimètres de plus que moi et il peut faire bien plus de choses : se promener dans le village de jour comme de nuit, porter des culottes courtes et même un vrai pantalon les jours de fête, parler avec les filles et les garçons de tous les âges, boire un verre de vin allongé d'eau le dimanche, dire des gros mots, cracher et, l'été, courir jusqu'à la plage puis se baigner en short. Moi, la baignade, je suis pour.

Ma mère préfère Cosimino parce qu'il a la peau et les cheveux clairs comme notre père, à l'inverse de moi, qui suis aussi brune qu'un corbeau. Et puis ce n'est pas une carafe, lui. Il ne se casse pas. Au pire, s'il se casse, il se recolle.

Moi, j'ai toujours été forte à l'école, alors que Cosimino manquait de volonté pour étudier. Ma mère n'en a pas fait toute une histoire, elle lui a dit qu'il devait se retrousser les manches pour trouver un bon travail s'il ne voulait pas finir comme mon père. J'ai regardé papa dans le potager, accroupi au-dessus de ses plants de tomates, et « finir » ne m'a pas semblé un verbe très adapté car lui, au contraire, il aime commencer de nouvelles choses depuis le début. Comme la fois où, grâce à l'argent gagné avec la vente des escargots que nous avions ramassés après une grosse pluie, il a réussi à acheter des poules. Il a dit que je pouvais choisir comment les baptiser, et, comme j'aime bien les couleurs, je les ai appelées Rosa, Céleste, Verdina, Violetta, Noiraude… Après, il a construit le poulailler avec des planches et je lui ai passé les clous, puis la mangeoire pour le grain et je lui ai passé la scie. Quand tout a été terminé, je lui ai dit : « P'pa, si on le peignait en jaune ? »

Ma mère s'en est mêlée : « Qu'est-ce que les bêtes

en ont à fiche qu'il soit noir ou jaune ? C'est du gaspillage.

– S'il est jaune, elles seront plus contentes, ai-je fait observer. Et si elles sont contentes, elles feront plus d'œufs.

– Ah bon ? Elles t'ont chuchoté ça à l'oreille ? » a demandé ma mère. Puis elle nous a tourné le dos et elle est rentrée à la maison en grommelant en calabrais, sa langue d'origine, qui est différente du sicilien. C'est la langue qu'elle parle quand elle a les nerfs en pelote, comme ça personne ne la comprend et elle peut se plaindre d'être venue ici, dans le Sud.

Mon père a plongé son pinceau dans le pot. Quand il l'a ressorti, la peinture gouttait comme les œufs battus pour l'omelette, j'avais même l'impression de sentir leur bonne odeur. L'omelette, je suis pour.

Nous peignions ensemble, et le jaune étincelait sous le soleil. « Salvo Denaro, tu es têtu comme une mule : tel père, telle fille », a déclaré ma mère lorsqu'elle est ressortie dans la cour. Quand elle est en colère, elle l'appelle toujours par son prénom et son nom, comme une maîtresse d'école. « Jamais tu ne m'écoutes. Et toi, tu as mis ta jolie jupe pour travailler, tu vas la tacher, Dieu nous en garde ! Va te changer, et tiens-toi propre, m'a-t-elle ordonné en m'arrachant le pinceau de la main. Je te signale que je t'en ai fait un, de garçon », a-t-elle ajouté à l'intention de mon père, et elle a appelé mon frère. Cosimino est sorti dans la cour et il s'est mis à peindre sans entrain, au bout de dix minutes il avait mal à la main et il s'est sauvé en douce. Moi, entre-temps, j'avais enfilé ma blouse de travail, et j'ai continué d'aider mon père jusqu'au soir, puis les poules sont allées se coucher toutes contentes dans leur petite maison jaune.

Le lendemain matin, nous en avons retrouvé une pattes en l'air : c'était Céleste. À cause de la peinture, a crié ma mère en calabrais. À cause de la grippe du poulet, m'a chuchoté mon père. Moi, je ne savais pas qui avait raison : elle, elle parle, elle parle et elle passe son temps à me lister toutes les règles à suivre, alors c'est facile de lui désobéir. Mon père, il reste souvent tout silence, et je ne sais jamais ce que je dois faire pour obtenir son amour.

Toujours est-il que nous avons enterré la poule derrière le potager. « Repose en paix », a-t-il dit, et nous sommes rentrés à la maison. La vie des bêtes aussi est rude, ai-je pensé.

2

Après ce jour-là, je n'ai plus jamais peint avec mon père. Ma mère dit que si je n'ai pas encore mon cardinal c'est sa faute, parce qu'elle m'a élevée comme un garçon. Moi, le cardinal, je suis contre, la seule fois où j'en ai vu un il m'a fait peur. Un matin, après le petit déjeuner, j'ai trouvé dans la salle de bain des linges tachés de rouge qui flottaient dans l'eau couleur rouille d'une bassine. On aurait dit le corps d'un petit animal agonisant. Ma mère est entrée : « Qu'est-ce que tu regardes ? » Je me suis écartée sans répondre. « C'est le cardinal, m'a-t-elle expliqué. Un jour, ça t'arrivera aussi. » Elle a vidé l'eau sale et a frotté les linges avec un pain de savon jusqu'à ce qu'ils redeviennent blancs, et moi j'ai prié pour que ce jour n'arrive jamais.

Les règles du cardinal, c'est : marche en regardant tes pieds, file droit et reste à la maison. Tant que je ne l'ai pas, je peux travailler au potager, aller au marché vendre nos herbes, des grenouilles ou des escargots avec mon père, viser les garçons au lance-pierre quand ils se moquent de mon ami Saro qui est boiteux, courir dans la grand-rue avec Cosimino et rentrer toute moite, les genoux pleins de terre. Mes camarades, elles ont déjà leur cardinal. Depuis, leurs jupes se sont rallongées, des boutons sont apparus sur leur visage et leur poitrine s'est arrondie sous leurs chemisiers. Crocifissa, il lui a même poussé un peu de moustache et maintenant les garçons lui disent qu'elle ressemble à un brigand. Mais elle s'en moque, elle marche avec un air souffrant, les mains pressées contre son ventre comme si elle était enceinte, et elle répète la même phrase chaque fois qu'elle croise une de ses amies : « Ça y est, j'ai mes fleurs, et toi ? » C'est comme si elle avait remporté un prix.

Les garçons, ils n'ont pas leur cardinal. Ils sont différents : ils grandissent peu à peu, pas tout d'un coup.

Devant le lycée, il y a toujours quelqu'un de la famille de mes camarades qui les attend pour les raccompagner chez elles, alors qu'avant elles rentraient seules. Quand elles croisent des garçons dans la rue, elles regardent par terre, même si elles savent parfaitement qu'eux, ils les fixent juste à l'endroit où le tissu est tendu, c'est pour ça qu'elles baissent la tête mais se tiennent bien droites, si bien que les boutons de leur corsage risquent de sauter. On dirait les poules de mon père. Des poules qui bombent la poitrine.

Ma grande sœur a quatre ans de plus que moi, elle aussi bombait la poitrine avant de se marier. Elle a la peau et les cheveux clairs, comme mon père, et quand elle sortait dans la rue tous les garçons la regardaient : plus ils la regardaient plus elle bombait la poitrine, plus elle bombait la poitrine plus ils la regardaient. Je suis au courant parce que c'est moi qui devais la surveiller, vu que mon frère Cosimino allait toujours se balader où bon lui semblait. Elle s'appelle Fortunata, mais on ne peut pas dire que la Fortune soit avec elle. Un regard par-ci, un regard par-là, un regard de trop et elle s'est retrouvée avec un bébé dans le ventre. C'était Gerò Musciacco, le neveu du maire, qui le lui avait mis. Je l'ai su parce qu'après le souper ma mère, mon père et elle se réunissaient pour faire des messes basses. En réalité, ce n'était pas vraiment un secret, car tout Martorana était au courant.

Le père de Gerò Musciacco était opposé à ce mariage parce que nous sommes pauvres, ma sœur Fortunata pleurait, ma mère tapait du poing sur la table et lançait des malédictions en calabrais. « Tu vas me rester déshonorée, Dieu nous en garde ! » se plaignait-elle. Mon père restait tout silence. Le silence, je suis pour. « C'est avec une arme que tu dois aller parler à Musciacco, voilà ce que tu dois faire ! » a insisté ma mère. Il s'est servi un verre d'eau, il l'a bu lentement, il s'est essuyé la bouche avec sa serviette, s'est levé de table. Il a seulement dit : « Je ne préfère pas » et il est retourné travailler au potager. À compter de ce jour, personne n'a décroché un mot pendant plus d'un mois, à part mon frère, qui était jeunet et à qui ces histoires ne faisaient ni chaud ni froid.

Moi j'ai cru que c'était ma faute, parce qu'un jour, au lieu de surveiller Fortunata, j'étais allée chez Saro manger des pâtes aux anchois, un délice que sa mère Nardina cuisine exprès pour moi. Les délices, je suis pour. Gerò Musciacco en a sans doute profité pour mettre un bébé dans le ventre de ma sœur.

Un matin, ma mère est sortie de la maison avec sa robe du dimanche et elle n'est rentrée qu'à la tombée de la nuit. Le lendemain, Fortunata s'est levée tôt pour broder des escarpins blancs. Mon père la regardait travailler. « Tu es contente d'épouser ce monsieur ? » lui a-t-il demandé. Elle a baissé la tête et a tiré sur le fil. Deux mois après, nous avons célébré leur mariage et, à partir de là, j'ai eu notre chambre rien que pour moi.

Les règles du mariage, c'est : mets ta robe blanche, remonte la nef jusqu'au curé et dis oui. Pendant le banquet, la mère Scibetta, qui habite dans un beau palais où ma mère et moi allons carder les matelas une fois par an et faire quelques travaux de couture, racontait à la ronde que si le père de Gerò Musciacco avait finalement accepté, c'était parce qu'il y avait été contraint par sa cousine, la baronne Careri, qui avait été contactée par le curé, don Ignazio, qui avait lui-même reçu la demande de Nellina, sa bonne, qui était la marraine de Fortunata et avec qui ma mère s'était entretenue la fois où elle s'était absentée toute la journée.

Fortunata faisait semblant de ne pas entendre ces commérages, mais elle avait changé : bien qu'elle ait arrêté de bomber la poitrine, on aurait quand même dit que les coutures de sa robe de mariée allaient craquer, non pas à cause de sa poitrine mais à cause de la grosse pastèque bien mûre qui tendait le tissu blanc. Après les noces, elle est allée vivre chez Musciacco. On ne l'a pas vue pendant trois mois, puis un jour Nellina l'a trouvée dans la sacristie, sans gros ventre, l'air bouleversé. L'enfant était mort et elle avait des bleus sur les bras et sur le visage parce qu'elle était tombée dans l'escalier. La bonne du curé en a informé la baronne, qui s'est plainte auprès de son cousin, qui a recommandé à son fils de faire plus attention à sa femme. Fortunata est rentrée chez elle, elle a enfilé une robe noire et, depuis, elle ne l'a plus quittée. Elle ne reçoit pas de visites et elle ne sort plus, comme ça au moins elle ne risque pas de tomber de nouveau. Par contre, Gerò s'amuse du matin au soir, seul ou avec des amis, comme s'il était encore un jeune homme. Quand il passe dans la rue, il fixe toutes les filles comme s'il voulait leur mettre un bébé dans le ventre à elles aussi.

3

Moi, personne ne m'attend à la sortie des cours. Une de mes camarades, Liliana, rentre seule elle aussi, mais elle ce n'est pas pareil car son père, monsieur Calò, est le communiste du village. Sa femme Fina travaille, comme si elle était un homme, et il se fiche que les gens chuchotent qu'il est incapable d'entretenir seul sa famille.

Calò a une barbe et des petites lunettes, il se donne l'air de quelqu'un qui a fait un long parcours à l'université, mais c'est que du vent, à mon avis il a eu du mal à obtenir son certificat d'études, dit toujours ma mère. Il a la manie de parler avec les gens, et tous les deuxièmes jeudis du mois il organise des réunions en bas du village, près de la mer, dans un vieux cabanon rempli de filets de pêche, pour discuter des problèmes de Martorana, comme si ça allait changer quelque chose. On ne refera pas le monde, on peut toujours pétrir les mots, ça n'en fera pas du pain, dit toujours ma mère.

Pour Liliana, le communisme de son père, c'est tout bénéfice : elle peut sortir sans chaperon, porter un pantalon comme les garçons, lire des romans-photos et des revues où il y a le courrier du cœur et des photos des vedettes de cinéma. Moi, je n'ai jamais vu de film parce que ma mère dit toujours que ça donne des lubies, alors je me contente de regarder les affiches collées dans la rue et de recopier les visages dans mon cahier, en cachette. Liliana parle avec les hommes en toute tranquillité, et je n'ai pas le droit de la fréquenter parce que ce n'est pas une fille sérieuse, mais elle et moi sommes les seules à ne pas avoir de chaperon et, après les cours, nous faisons un bout de chemin ensemble. Au début, je ne lui adressais pas la parole, puis un jour elle m'a montré une revue avec la photo du bel Antonio, celui du film. Comme mon ventre s'alanguit chaque fois que je vois le bel Antonio, je lui ai demandé si je pouvais la feuilleter. Elle ne s'est pas fait prier, elle me l'a même offerte en disant : « Ce qui est beau doit être partagé, c'est le communisme qui dit ça. » Depuis, le communisme, je suis pour.

J'ai glissé la revue sous mon chemisier et, de retour à la maison, je l'ai cachée derrière la planche amovible de mon lit, où je conserve une trousse avec un bout de bâton de rouge à lèvres que j'ai trouvé dans les toilettes du lycée et le cahier avec les portraits des vedettes de cinéma recopiés au crayon.

Au primaire, Liliana et moi étions les chouchoutes de notre institutrice, Rosaria : Liliana était la championne en multiplications, et moi en analyse grammaticale. La maîtresse fixait des étoiles sur le tablier blanc des écolières les plus studieuses. Les règles des étoiles, c'était : lis sans ânonner, écris sans tacher ta feuille et calcule dans ta tête, sans compter sur tes doigts. Liliana et moi avions autant d'étoiles l'une que l'autre, mais elle connaissait en plus quelques mots politiques, glanés dans les réunions de son père, Calò, et elle en tirait une grande fierté. Alors j'ai décidé de me spécialiser moi aussi : la maîtresse avait rangé sur une étagère au fond de la classe des livres qu'elle avait apportés de chez elle, pour qu'on puisse les lire quand on voulait. Leurs pages blanches et lisses, douces au toucher, étaient couvertes de dessins colorés d'animaux qui réfléchissaient comme des hommes. Les animaux parlants, je suis contre, parce que le bon côté des bêtes c'est qu'elles restent tout silence, comme mon père.

Par contre, le dictionnaire me plaisait : il contenait des quantités de termes inconnus qui servent à formuler les pensées qu'on ne sait pas expliquer. Un matin où j'avais oublié mon cahier d'arithmétique à la maison, je me suis levée et, pour tester un nouveau mot, j'ai dit : « Maîtresse, je suis vraiment désolée, j'ai *omis* de prendre mon cahier. » Au lieu de me punir, elle m'a décorée d'une étoile supplémentaire. Elle a dit que la culture nous sauve et nous mène loin. Moi je ne voulais aller nulle part, j'aimais juste le son de ce nouveau verbe.

Quand, l'année avant la fin du primaire, notre institutrice Rosaria est partie, les livres illustrés ont été rangés dans un carton pour être emportés, et le dictionnaire a disparu lui aussi, avec tous les mots qu'il renfermait. Par chance, j'en avais déjà recopié beaucoup dans mon cahier, où je pouvais puiser chaque fois que je voulais. Les gens qui m'entendaient me regardaient d'un air intimidé, comme si j'étais quelqu'un de supérieur. Pas ma mère : quand elle m'a demandé comment était le maître qui avait remplacé Rosaria, j'ai répondu : « Il est extraordinairement fastidieux. » J'ai reçu une gifle et un reproche en calabrais : « Ces mots n'ont rien à faire dans la bouche d'une fille, Dieu nous en garde ! »

4

Le nouveau maître était déjà vieux quand il est arrivé, il s'appelait monsieur Scialò et il venait tous les matins de la ville en autocar. Comme il allait bientôt prendre sa retraite, il était revenu ici, en Sicile, après avoir enseigné pendant longtemps sur le continent, à Rome. Il nous racontait qu'il avait déjeuné avec le ministre de l'Instruction publique, rien que ça, et comme il répétait cette histoire au moins une fois par jour, on l'a surnommé « monsieur ministre ».

Les cours de monsieur ministre ne ressemblaient pas à ceux de notre institutrice Rosaria. Le premier jour, il a sorti un petit livre aux pages grises de son sac en cuir tout élimé.

« Écrivez, mes petites », et il a commencé à dicter une poésie intitulée « L'adieu du petit tablier blanc ». C'est un ami à lui qui l'avait composée, et elle lui avait tellement plu qu'il avait décidé de nous la faire apprendre par cœur pour l'examen de fin d'année.

Qu'il est triste, ma tendre petite,
ce jour où tu me quittes !
Ne sens-tu pas la douleur
de mon pauvre cœur
qui se meurt ?

Penchées sur nos pupitres, nous avons transcrit ces vers dans nos cahiers. C'était le petit tablier blanc qui parlait : il était triste de quitter la fillette qui allait entrer au lycée et qui, à sa place, porterait un tablier noir. Avant leur séparation, il lui donnait des conseils :

Je tremble, ma petite,
car pour toi est arrivé
l'âge de tous les dangers !

Les conseils, je suis contre. Ils me rappellent les fables avec les animaux parlants. Le ministre s'éclaircissait la voix et continuait de dicter en nous dévisageant une à une, comme pour nous prévenir juste à temps du danger qui nous guettait toutes.

Conserve ta vertu ;
veille à ta réputation,
refuse avec obstination
les mauvaises fréquentations
et jette, jette donc
les méprisables revues :

à quoi bon te servirait la science
si tu perdais ton innocence ?

« Maître, “science” avec deux *s* ? » a demandé Rosalina depuis le dernier rang. Liliana et moi avons échangé un regard scandalisé d'un bout à l'autre de la classe. « Et “innocence” ? a relancé Rosalina après la première explication du maître.

– Ne t'inquiète pas, Rosalina, toi c'est sûr que ce n'est pas la science qui te fera perdre ton innocence », n'ai-je pu m'empêcher de dire. Toutes mes camarades ont éclaté de rire, le ministre a arrêté de dicter et s'est approché de mon pupitre. Avant qu'il ouvre la bouche, j'ai essayé de l'amadouer avec mon astuce. « Maître, veuillez pardonner ma facétie.

– Ce ne sont pas deux mots de plus qui font de quelqu'un une jeune fille comme il faut. Si je les apprends à mon perroquet, il sera capable de les répéter lui aussi. Voilà ce qui arrive quand on reçoit de mauvais enseignements », a conclu le maître en levant les yeux vers l'étagère vide, autrefois couverte par les livres de notre institutrice Rosaria, avant de reprendre sa dictée.

Reste concentrée,
et laisse de côté
les romans policiers,
les bals et les bandes dessinées…

Après le primaire, mon petit tablier blanc est devenu un chiffon utilisé par ma mère pour faire reluire les quelques couverts en argent qu'elle avait apportés de Calabre. Quand je le voyais réapparaître pour le grand ménage hebdomadaire, j'avais l'impression d'entendre la voix de notre vieux maître : « Conserve ta vertu, veille à ta réputation, refuse avec obstination… »

Pendant l'été, ma mère a pris les mesures de mes épaules, de ma taille et de mes hanches, et elle a découpé un pan de tissu noir pour coudre mon nouveau tablier. Quand ce dernier a été prêt, elle me l'a fait enfiler, elle s'est agenouillée devant moi et m'a demandé de tourner sur moi-même pour vérifier que l'ourlet était bien droit, puis elle s'est relevée et a pris mon menton entre son pouce et son index. « Je te l'ai fait comme il faut. Veille à te tenir propre. »

J'ai gardé le même tablier pendant tout le lycée, parce que j'en ai pris soin, et aussi parce que ma mère l'avait cousu un peu ample.

Après le brevet, quand j'ai demandé à poursuivre mes études, elle a secoué la tête. « Pour quoi faire ? La savante ? » a-t-elle dit à mon père. Plutôt que de répondre, il est sorti travailler la terre. Une semaine après, il lui a montré un document avec sa signature en bas, en grandes lettres tordues : il m'avait inscrite à l'école normale.

« Si ta fille aînée n'est pas restée déshonorée, c'est à moi que tu dois dire merci, a crié ma mère.

– Dans quatre ans elle aura son diplôme, elle pourra être institutrice et indépendante, a répondu mon père.

– Indépendante de qui ? a rétorqué ma mère d'un ton sec.

– De la famille de son mari.

– Comment elle va trouver un mari, si elle passe son temps le nez dans ses livres ? »

Mon père est resté tout silence et il est sorti donner à manger aux poules. Elle l'a suivi en braillant en calabrais. « C'est quoi un homme qui sait pas veiller sur ses femmes ? Ah, sûr que tu aurais du mal à tirer avec ta *lupara*, vu que t'es un âne ! Un âne ! »

Puis nous avons appris que la mère Scibetta avait elle aussi inscrit sa fille la plus jeune, Mena, alors ma mère a décousu l'ourlet de mon tablier, déplié le tissu qu'elle avait enroulé dans la couture et l'a recousu. J'ai regardé le tissu noir sortir de cette poche secrète et j'ai imaginé qu'elle avait pensé me laisser poursuivre mes études dès le début. Ou bien, simplement, elle était très prévoyante.

5

Quand j'étais petitoune, mon père allait seul dans la campagne chercher des escargots et je le voyais revenir de loin, ses cheveux blonds luisant sous le soleil, il me paraissait aussi grand et fort qu'un géant. Un matin, je me suis réveillée à l'aube, le reste de la maisonnée dormait encore, et je lui ai dit que je voulais y aller avec lui. De ce jour, je suis devenue son assistante. Nous marchions côte à côte en scrutant les feuilles, et s'il repérait des escargots, il me serrait deux fois la main, tout doucement. De temps en temps, je me penchais pour cueillir des marguerites dans les champs. Je fermais les yeux et bougeais les lèvres sans émettre un son : il m'aime, un peu, beaucoup, passionnément, à la folie, pas du tout.

Puis, il y a un mois, alors que nous nous apprêtions à sortir avec nos sabots en caoutchouc et nos seaux, ma mère m'a regardée comme si c'était la première fois qu'elle me voyait. « Cette jupe est indécente, elle te moule le derrière, m'a-t-elle dit. Donne-la-moi, je vais te l'arranger, tu ne peux pas te promener comme ça. »

Ce n'était pas vrai : ma jupe tombait droit sur mon corps aussi sec que celui d'un garçon, mais ma mère n'arrivait pas à admettre que je ne change pas alors que le temps passait.

« On va à la chasse aux escargots, pas à la fête du saint patron », ai-je répondu. J'ai lissé le tissu rêche pour lui montrer que ma jupe était irréprochable, mais en fin de compte je suis allée dans la salle de bain pour me changer. J'ai enfilé une vieille jupe informe qui couvrait mes genoux osseux. Mon père m'attendait, un cabas et un couteau à la main. Parfois, plutôt que d'aller chercher des escargots, nous attrapions des grenouilles, ce qui est plus difficile : les limaçons restent collés à la roche, bien sages à l'abri de leur coquille, alors que les grenouilles sautent dans tous les sens, on voit bien qu'elles ont des lubies.

« À ton âge, je portais déjà un soutien-gorge et des bas, a repris ma mère tandis que je rejoignais mon père sur le seuil. Mais de mon temps, on avait plus de tenue. Nos parents ne nous laissaient pas faire ce qui nous chantait, comme de nos jours. Pourtant, les jeunes hommes qui me regardaient, ce n'était pas ce qui manquait… »

Cette révélation m'a tellement surprise que j'ai lâché mon seau : j'avais toujours imaginé ma mère comme un limaçon alors qu'en fait, jeune, c'était une grenouille.

« Je me suis toujours tenue propre, a-t-elle précisé. Je n'avais pas besoin d'un chaperon collé au train. Et puis, chez nous, celui qui prononçait un mot de trop risquait de se retrouver muet pour toujours. Aujourd'hui c'est différent, il y a trop de liberté : la radio, le cinématographe, les bals. Chez moi, ça aurait été inimaginable. Et les gens n'attendent que ça pour broder tant et plus. Ils sont capables de venir te raconter les histoires des autres avant même qu'elles se soient passées. C'est pour ça qu'à partir d'un certain âge il faut garder les filles aux abris. Ici, le garçon est un brigand et la fille c'est comme une carafe : qui la casse la ramasse. »

Je me suis mise à trépigner d'impatience, plus le temps passait, moins nous attraperions d'escargots : les limaçons sortent tôt.

« Cosimino, tu ramasserais une carafe cassée, toi ? » a demandé ma mère à mon frère jumeau, qui était encore en pyjama et tout ébouriffé de sommeil. Il a souri parce qu'il connaissait déjà les règles du frère : surveille ta sœur, assure-toi que les gens la respectent, menace ceux qui ne le font pas. Peut-être qu'il avait honte d'avoir une sœur aux allures de garçon manqué qui portait encore des jupes au-dessus du genou et des sabots. Le petit laideron d'Amalia et de Salvo Denaro, disait-on, maigre et anguleuse, des yeux comme deux olives, des cheveux noirs couleur corneille, ça ne m'étonnerait pas qu'en plus elle porte la poisse. Elle se balade toujours seule et dépenaillée, elle ne fréquente que Saro, le fils boiteux de don Vito Musumeci. Sa mère peut bien broder des trousseaux, cette gamine finira vieille fille.

Quand elle allait déposer ses travaux de couture chez les dames avec moi, elle montrait mes progrès, et les dames me donnaient un biscuit ou une tranche de pain avec un peu de confiture puis me faisaient une caresse consolatrice, persuadées que je passerais ma vie à broder les trousseaux d'autres filles.

« Laisse courir, m'man, a répondu Cosimino en se frottant les yeux. Laisse courir, de toute façon, quel homme ramasserait cette carafe ?

– Ça, j'en sais rien. Le tout, c'est qu'il la ramasse intacte. Il aura tout le temps de pleurer après le mariage. »

Je ne sais pas si le mariage, je suis pour, je ne veux pas finir comme Fortunata, qui s'est fait mettre enceinte par Musciacco pendant que je mangeais des pâtes aux anchois chez Nardina. C'est pour ça que je cours tout le temps, dans la rue : l'air qu'expirent les garçons est comme celui d'un soufflet qui aurait des mains et pourrait toucher ma chair. Alors je cours pour devenir invisible, je cours avec mon corps de garçon et mon cœur de fille, je cours pour toutes les fois où je ne pourrai plus, pour mes camarades qui portent des chaussures fermées et des jupes longues, qui ne peuvent marcher qu'à petits pas lents, et puis aussi pour ma sœur qui est enterrée chez elle, comme une morte, mais vivante.

« Ça suffit, Oliva, a fini par dire ma mère. À partir d'aujourd'hui, c'est ton frère qui ira chercher les grenouilles et les escargots. Ce n'est pas une activité de fille. »

Elle m'a tirée par le bras pour m'obliger à m'asseoir.

« Cosimino n'a pas d'expérience, est intervenu mon père en fixant la pointe de ses chaussures.

– Tu ne peux pas lui apprendre, toi ? À défaut d'attraper un salaire, tu pourrais au moins lui montrer comment on attrape les escargots ? »

Cosimino est allé se préparer de mauvaise grâce, puis il a pris mon cabas et a suivi mon père dehors. Par la fenêtre, je les ai vus disparaître dans les champs sans échanger un mot, sous le soleil qui se levait.

6

« Oliva ! Qu'est-ce que tu regardes ? Les mouches ? »

Maman m'appelait depuis la cuisine. J'étais à la fenêtre, j'attendais de voir réapparaître mon père pour courir à coupe-souffle à sa rencontre et compter les limaçons. J'avais peur que Cosimino en ait ramassé plus que moi.

« Tu as changé l'eau ? m'a-t-elle demandé tout en frottant le carrelage.

– Oui. » J'ai traîné le seau dans ma chambre et me suis penchée pour m'y mirer.

« La vanité est la fille du démon », a-t-elle déclaré d'un ton sentencieux. J'ai levé les yeux du seau, honteuse. Elle était accroupie, de dos, et frottait avec une éponge. « Moi aussi j'étais vaniteuse à ton âge, qu'est-ce que tu crois ? Je me regardais tout le temps, mais après ça passe. » Elle a eu une toux rauque, c'est sa manière de rire. « Tu deviens belle, les jeunes hommes se mettent à te regarder dans la rue, puis tu te maries, tu fais des enfants et ça passe. »

J'ai essoré la serpillière et je me suis accroupie à côté d'elle pour faire le sol. Je la trouvais encore belle. Moi, mon reflet dans la cuvette était de la même couleur que l'eau : gris opaque.

Elle est allée vider le seau dans le potager derrière la maison, puis elle a épongé la sueur de son front d'un geste de l'avant-bras. « Ma mère en avait cinq en me comptant, que des filles, a-t-elle continué à raconter. Moi j'étais celle du milieu. Pas un garçon. Mon père essayait encore, mais elle ne voulait plus en entendre parler. “On en a cinq à marier, Mimmo, cinq”, elle lui disait en brandissant sa main doigts écartés devant ses yeux. Je croyais que j'étais la plus belle : la vanité a été ma perte. »

J'ai frotté le sol avec plus d'énergie, ses confidences m'embarrassaient. Elle a poursuivi : « J'ai été envoyée comme bonne chez un notaire. Je n'espérais pas me marier avec lui, mais avec quelqu'un de passage dans son cabinet, un stagiaire, un avocat, un garçon qui avait reçu un joli héritage… Et au lieu de ça, je me suis entichée d'un jeune Sicilien qui était venu pour signer une renonciation à sa succession. Un de ses oncles, calabrais, n'avait laissé que des dettes à sa mort. Il était blond avec des yeux verts, il ne parlait pas beaucoup et il était doux. Ma mère m'a dit : “Tu veux ficher ta vie en l'air pour vingt centimètres de visage ?” »

Elle a encore eu son rire rauque, qui est comme une toux.

« J'ai refusé de l'écouter, alors on s'est enfuis. On a organisé notre fugue d'amour : on a traversé le détroit de nuit, la mer était agitée. Tu parles d'une lune de miel : mes fleurs d'oranger, je les ai vues au fond de la cuvette des toilettes, j'avais l'estomac retourné ! »

Elle a passé une main sur son ventre, comme si elle avait encore la nausée.

« Ma pauvre mère avait raison. Elle nous a quittés en mettant au monde son dernier enfant, le garçon que mon père attendait. Ils nous ont quittés ensemble, paix à leur âme. Mais toi, écoute ta mère. Mes yeux te suivent partout, je te regarde même quand tu ne me vois pas. La vanité est la fille du démon. »

Le démon, je suis contre. Je suis sortie vider l'eau et, quand j'ai vu arriver mon père, suivi de Cosimino avec le seau à la main, je n'ai pas eu le courage de compter les escargots pour savoir si je lui avais manqué.

7

À la différence de moi, Liliana est belle et, malgré cela, elle n'a aucune envie de se marier. Elle dit qu'une femme a autant besoin d'un homme qu'un mouton d'un habit de cérémonie.

« Ce sera quoi ta vie, alors ? lui ai-je demandé un jour où nous rentrions du lycée. Une vie de vagabonde ? En plus, les femmes sans enfants tombent malades des nerfs, c'est ce que dit toujours ma mère. »

Liliana m'a passé une nouvelle revue que j'ai cachée au milieu de mes livres et elle a souri. « J'irai travailler sur le continent.

– Tu veux travailler chez les autres toute ta vie ?

– Les femmes peuvent faire autre chose que bonnes ! Je serai députée au Parlement, comme Nilde Iotti.

– C'est qui ? Une amie de ton père ? »

Liliana a haussé les sourcils avec un air supérieur, comme quand au primaire elle recevait une étoile et moi pas. J'ai senti la morsure de la jalousie : je ne savais pas qui était cette Nilde et j'ignorais aussi qu'une femme pouvait être députée. Dans le dictionnaire de notre institutrice, certains mots, comme ministre, maire, juge, notaire, médecin, figuraient seulement au masculin.

« Mon père dit que le changement doit venir de nous, les femmes du Sud, parce qu'on nous a appris pendant des siècles à nous taire et maintenant on doit apprendre à faire du bruit, m'a-t-elle expliqué comme si elle parlait à une gamine.

– Une femme qui fait du bruit n'est pas sérieuse », ai-je répondu. C'était ce que ma mère disait toujours.

Liliana n'a pas commenté. Elle s'est arrêtée de marcher et m'a pris la main en souriant. « Et si tu venais aux réunions dans le cabanon ?

– C'est mal, il y a des communistes ! » ai-je répondu à brûle-pourpoint, et j'en ai eu immédiatement honte.

« Il y a plein de gens, des gens que tu ne pourrais même pas imaginer, a-t-elle dit avec un air mystérieux.

– La mère Scibetta est déjà venue ? ai-je demandé, les yeux écarquillés.

– Ton père est déjà venu, plus d'une fois. »

Mon sang s'est agité et j'ai fait dévier la conversation. Je ne voulais pas savoir si c'était vrai.

« Si tu changes d'avis, je te donnerai toutes les revues que j'ai chez moi. »

Dans les cahiers que je tenais cachés derrière la planche amovible de mon lit, les visages des personnages étaient classés par catégories, en fonction de la trame des films : « Brunes malchanceuses », « Blondes frivoles », « Rousses scandaleuses » (dans cette rubrique, je n'avais que le dessin de Rita Hayworth), « Filles du démon » pour les femmes. « Gentils et courageux », « Moches et méchants », « Amoureux malchanceux », « Beaux et dangereux » pour les hommes. Une section à part était consacrée au bel Antonio.

Si Liliana me donnait tous les anciens numéros, je pourrais remplir deux autres cahiers, ai-je calculé, tandis que dans ma tête la voix de ma mère devenait presque inaudible.

« Même les suppléments ? » ai-je demandé, par sécurité.

Liliana a hoché la tête.

Une fois arrivée au croisement avec la grand-rue, j'ai bifurqué sur le chemin de terre et j'ai filé en courant vers la maison. Puis je me suis arrêtée, je me suis tournée pour crier « Alors je viendrai ! » et je suis repartie au trot.

8

Finalement, je n'y suis pas allée. En revanche, un jour après les cours, Liliana m'a invitée chez elle pour l'aider à faire des portraits, et j'ai accepté pour pouvoir me vanter de mes aptitudes au dessin. Alors que je m'attendais à trouver des toiles et des tubes de peinture, elle m'a fait entrer dans un cagibi sombre où étaient tendus des fils à linge.

« Avec le soleil qu'il y a, tu étends la lessive ici ? » me suis-je étonnée.

En m'approchant, j'ai découvert qu'il ne s'agissait pas de linge, mais de photographies. « Viens, a-t-elle dit en m'entraînant vers une des feuilles. Qu'est ce que tu vois ? »

J'ai fixé le papier rectangulaire, je ne distinguais rien. « Je ne sais pas, il fait trop sombre, ai-je répondu, mal à l'aise.

– Prends ton temps. Voir et regarder, ce n'est pas la même chose. Regarder est une capacité qui s'apprend. »

J'avais l'impression que nous étions retournées au primaire, à l'époque où elle voulait toujours être la première de la classe, même si, maintenant que nous étions au lycée, je m'en sortais mieux quand il fallait réciter les déclinaisons devant madame Terlizzi. J'ai plissé les yeux comme pour viser le chas de l'aiguille. Alors, j'ai cru voir quelque chose émerger tout doucement du papier blanc.

Liliana souriait, elle connaissait ce jeu. À force de fixer, ma vue s'est brouillée et je n'arrivais plus à distinguer les formes entre mes cils. Je me suis frotté les yeux et, quand je les ai rouverts, une personne était apparue devant moi, une jeune fille brune, aux cheveux en bataille et aux os saillants. Mon ventre s'est alangui et une chaleur a irradié dans tout mon corps.

« Tu m'as photographiée en cachette ! »

J'ai baissé les yeux. Je n'aimais pas voir la tête que je faisais quand je ne savais pas que l'on me regardait. Ce n'était pas ma faute, si Notre-Seigneur m'avait faite moche. Liliana a déroulé des pellicules marron, qui s'entortillaient comme des peaux de serpent.

« Tu n'aimes pas cette photo ?

– Je ne sais pas.

– Tu as l'impression qu'elle est mal prise ?

– Elle est bien prise, c'est pour ça que je ne l'aime pas. »

Cet être qui venait de voler son ballon à un garçon qui se moquait de la claudication de Saro, cet être qui avait couru à coupe-souffle sans regarder derrière lui, cet être qui allait bientôt s'arrêter pour ramasser un caillou et le lancer avec sa fronde, ce singe noir et décoiffé, c'était moi.

Liliana avait beau continuer de sourire, j'étais mécontente. « C'est la première fois que je vois un portrait de moi, et en plus se regarder c'est mal. Ma mère dit toujours que la fille belle se mire et la fille laide se marie. »

J'ai approché la feuille de mon visage.

Liliana a fouillé dans un tiroir. Elle en a sorti un petit miroir avec un manche en bois, au dos duquel était collé le visage d'une poupée en chiffon aux tresses en laine marron. Elle me l'a tendu : « Tiens. » Je l'ai repoussé, mais elle a insisté alors je me suis regardée.

Des lèvres pleines, pas autant que celles de Liliana, mais en tout cas plus des lèvres d'enfant, des yeux comme deux feuilles fines et étirées et, en leur centre, deux olives noires, un petit nez droit, des sourcils épais. Ma mère avait menti : je n'étais pas laide.

« Je dois y aller, ai-je dit.

– C'est un cadeau », a décrété Liliana tout en continuant de dérouler la pellicule. J'ai enfilé le miroir dans la ceinture de ma jupe d'un geste furtif, comme si ma mère pouvait me voir. J'ai fait deux pas vers la porte, puis j'ai rebroussé chemin pour regarder encore cette image qui me scrutait, suspendue au fil. Elle ne m'était plus si étrangère.

« Pourquoi tu m'as prise en photo ? »

Liliana a saisi ma main entre ses doigts fins, si différents des miens, qui sont sombres et noueux, semblables à des racines de magnolia.

« Viens voir », a-t-elle dit, et elle m'a emmenée dans un bureau obscur, sans fenêtres. Affichées aux murs et stockées dans des cartons empilés par terre, il y avait d'autres photos : Liliana qui jouait avec une poupée blonde, Geppino le boucher qui aiguisait ses couteaux dans sa boutique, trois garçons crasseux armés de sarbacanes qui visaient une femme accoudée à son balcon, le curé qui enlevait son habit, deux filles qui avançaient les yeux rivés au sol et un jeune homme la bouche arrondie dans un sifflement. Elle et moi qui rentrions seules de l'école. Sur l'une d'elles, il y avait mon père, m'a-t-il semblé, ou peut-être était-ce seulement un paysan qui marchait dans le lointain, vers le crépuscule. « C'est mon père qui les a prises, a-t-elle dit. Parfois il en envoie au journal, qui le paie à la photo.

– Il y a des milliers de visages comme ça, ai-je répliqué. Qu'est-ce qu'ils ont d'intéressant ? »

Trois paysans aux souliers troués et des femmes avec un fichu noir noué sous le menton, un homme couché dans la rue, recouvert d'un drap blanc dont seules ses chaussures dépassaient, avec une tache sombre au milieu. Elle avait l'air noire parce que sur les photos les couleurs n'existent pas et il faut se les imaginer.

Et puis une place avec trois morts, sans draps dessus cette fois et, autour, du sang noir. J'ai masqué mes yeux derrière mes mains.

« C'est sacrilège de photographier les morts, ai-je dit.

– Mon père photographie la vie, et dans la vie il y a tout. Y compris ce que les gens ne veulent pas voir.

– Je dois y aller », ai-je répété. Il faisait trop chaud dans cette pièce. La vanité est la fille du démon, répétait la voix dans ma tête.

9

Quand je suis rentrée à la maison, ma mère n'était pas là. Elle était allée chez Pietro Pinna, notre voisin, pour la veillée funèbre de son père, qui s'était éteint à l'âge de quatre-vingt-cinq ans. Les règles des enterrements, c'est : habille-toi en noir, fais tes condoléances et pleure de vraies larmes. Lorsque quelqu'un mourait au village, on appelait toujours ma mère pour les prières, parce qu'elle était capable de manifester du désespoir même devant des morts parfaitement inconnus. Elle rentrait à la maison l'air détendu, comme si ces pleurs avaient rincé ses joues.

Je me suis enfermée dans ma chambre, j'ai enlevé la planche amovible de mon lit pour cacher le miroir de Liliana, et le fond de rouge à lèvres est tombé dans ma main. J'ai ouvert le tube et tourné la partie inférieure jusqu'à ce qu'apparaissent les quelques millimètres du bâton de rouge brillant. J'ai collé mon oreille à la porte pour m'assurer que je n'allais pas me faire pincer. Puis je me suis regardée en fronçant les lèvres et en creusant les joues, comme les vedettes de cinéma dans les réclames. J'ai frotté le bâton contre ma bouche, qui s'est immédiatement teinte en rouge. J'ai passé une autre couche : la pâte me chatouillait la peau et alanguissait mon ventre. Mes lèvres prenaient maintenant toute la place dans l'ovale du miroir, elles semblaient effacer le reste de mes traits. Cette bouche m'appartenait-elle ? Ce visage m'appartenait-il ? J'ai redressé le menton et, les yeux mi-clos, j'ai posé mes lèvres sur le miroir. Le froid s'est communiqué à ma bouche, je me suis écartée, honteuse. Une tache rouge en forme de cœur, un peu floue, était restée sur le verre. À cet instant précis, j'ai ressenti une douleur au bas-ventre, qui irradiait vers mon dos, comme si quelque chose bouillonnait dans mes entrailles. J'ai pensé que c'était la punition du démon. Peut-être qu'un bébé s'était glissé dans mon ventre, que j'allais me retrouver enceinte, comme Fortunata, et qu'on allait me marier en toute hâte à quelqu'un, avant que l'enfant sorte.

J'ai couru à la salle de bain et je me suis frotté la bouche tellement fort qu'elle brûlait.

Au souper, ma mère ne s'est pas aperçue que je ne m'étais pas tenue propre. Elle a lavé la vaisselle avec une expression enjouée : pleurer les morts lui avait donné le sourire. Il n'était donc pas vrai que ses yeux me surveillaient à tout instant.

10

Le cabanon était sombre et sentait le poisson, Liliana était assise au premier rang, un cahier sur les genoux et un stylo à la main. La réunion avait déjà commencé et je suis restée debout au fond, non loin de la porte. Antonino Calò était au milieu de la pièce, il parlait peu et regardait tout le monde droit dans les yeux. C'est mal de faire ça, surtout avec des filles, disait toujours ma mère. Par chance, j'étais derrière un tas de vieux filets, et son regard ne pouvait pas m'atteindre. Les seules femmes présentes étaient quelques veuves qui avaient le droit de faire ce qui leur chantait vu que leur mari était mort, que Dieu veille sur leur repos éternel. Les veuves, je suis pour, parce qu'elles n'appartiennent qu'à elles-mêmes.

Calò avait une voix efféminée, il s'adressait à chacun avec douceur et ne donnait jamais tort à personne. La réunion était barbante et je ne comprenais pas pourquoi ma mère m'avait interdit d'y aller, mais maintenant, coincée derrière ces filets, je ne pouvais plus partir. Calò posait tout un tas de questions. Des questions faciles : qu'est-ce qu'une femme ? Qu'est-ce qu'un homme ? Quelles sont les qualités de l'une et de l'autre ? Même les petitous du primaire auraient pu y répondre : les femmes sont des femmes et elles restent à la maison, les hommes sont des hommes et ils rapportent des sous. Chacun donnait sa réponse et Liliana écrivait tout, comme quand elle prenait des notes pendant les cours de madame Terlizzi. Il arrivait que deux personnes ne soient pas d'accord et que le ton monte. Dans ce cas, Antonino Calò expliquait avec sa voix fluette qu'il n'y avait pas lieu de se disputer, qu'on était là pour discuter et pour comprendre. Mais alors à quoi ça servait de donner son avis si on ne pouvait pas savoir s'il était juste ou pas ? Par exemple, quand nous donnions une mauvaise réponse, notre institutrice Rosaria nous le signalait. Ce n'était pas agréable mais au moins on apprenait. Une fois, alors que nous faisions de la grammaire, elle nous avait dicté cette phrase : « La femme est l'égale de l'homme et elle possède les mêmes droits. » Nous nous étions toutes penchées sur nos cahiers et nous avions commencé l'analyse : *la*, article défini, féminin singulier ; *femme*, nom commun de personne, féminin singulier. Mais moi, ce féminin singulier me paraissait bizarre.

« Maîtresse, il y a une erreur dans l'exercice », avais-je dit, prenant mon courage à deux mains. La maîtresse avait tapoté les boucles rousses de ses cheveux vaporeux, qu'elle n'attachait jamais.

« Qu'est-ce que tu veux dire, Oliva ? Je ne comprends pas.

– La femme n'est jamais au singulier, avais-je répondu.

– Une femme, plusieurs femmes. » Elle avait compté sur ses doigts. « Singulier, pluriel. »

Cependant, je n'étais toujours pas convaincue. « La femme au singulier n'existe pas. Si elle est à la maison, elle est avec ses enfants, si elle sort c'est pour aller à l'église, au marché ou aux enterrements, où il y a toujours d'autres femmes. Et s'il n'y a pas de femmes pour la tenir à l'œil, il faut qu'elle soit accompagnée par un homme. »

La maîtresse avait laissé ses doigts vernis de rouge planer dans l'air, le nez froncé, comme toujours quand elle réfléchissait.

« Moi, une femme féminin singulier, je n'en ai jamais vu », avais-je poursuivi timidement.

Elle avait soupiré puis nous avait dicté une autre phrase, alors nous nous étions toutes de nouveau penchées sur nos pupitres pour tracer les lettres en écriture cursive. J'avais pensé que mon intervention était tellement stupide qu'elle ne méritait pas de réponse, mais quand la cloche avait sonné, pendant que les autres sortaient, elle m'avait appelée à son bureau. Le parfum de ses cheveux alanguissait mon ventre, et j'avais imaginé que les hommes la suivaient dans la rue exprès pour sentir ce parfum.

« Tu as peut-être raison, Oliva, m'avait-elle dit. Mais la grammaire sert aussi à changer la vie des gens.

– Qu'est-ce que ça veut dire, maîtresse ? » J'étais mortifiée de ne pas avoir compris.

« Que le féminin singulier dépend de nous, et de toi aussi. »

Elle m'avait caressé la joue de ses doigts aussi doux que de la peau de pêche. À la sortie de l'école, chacune était partie dans sa direction : moi, comme d'habitude, en courant, elle en se frayant un chemin parmi les regards des hommes.

À la fin de l'année, le directeur était venu dans notre classe nous informer que notre institutrice Rosaria allait travailler dans une autre école et qu'un nouvel enseignant allait venir à sa place. Les langues-coupantes avaient aussitôt commencé leur travail : on a raconté tout et son contraire ; qu'elle avait un amant, plus d'un même, qu'on l'avait vue avoir une attitude équivoque avec un garçon plus jeune qu'elle, qu'elle était tombée enceinte et s'était débarrassée de son bébé en cachette, qu'elle avait une relation avec le directeur et que c'était pour ça qu'elle avait dû quitter Martorana. Le directeur, lui, était toujours à son poste.

Allez savoir si elle aussi était allée dans le cabanon des filets de pêche, au premier rang, à côté de Liliana, si elle avait parlé devant tout le monde en secouant ses boucles parfumées. Sans honte.

« Et la femme qui travaille, qu'est-ce que vous en pensez ? » a demandé Calò. Il ne parlait pas en dialecte, et il articulait soigneusement, comme Claudio Villa quand il chante *Mamma son tanto felice*. Après chaque nouvelle question, au début personne ne disait rien. On entendait seulement des chuchotis, aussi légers qu'un souffle : le bruit discret des commentaires des gens. Certains riaient en donnant des coups de coude à leur voisin, les rares femmes présentes regardaient par terre, Liliana attendait, le stylo en suspens au-dessus de son cahier. Puis quelqu'un prenait la parole, juste pour plaisanter et amuser la galerie.

« Une femme, Calò ? Quel travail une femme peut bien faire ? s'est lancé un homme trapu de petite taille qui, de dos, ressemblait à don Ciccio, le mercier.

– Tireuse d'élite, peut-être ? a fait le grand échalas installé dans un coin, en adressant un clin d'œil à son voisin.

– Je ne sais pas, a continué Antonino Calò sans changer de ton. Qu'est-ce que vous en dites ? Y aurait-il des métiers plus adaptés ? »

L'assemblée est restée silencieuse, comme si chacun réfléchissait pour la première fois à une chose qu'il n'avait jamais envisagée, sinon sous forme de blague.

« Bonne, a avancé un homme plus jeune qui portait une veste bleu-gris.

– Couturière. Modiste pour les autres femmes. Des activités qu'on peut faire à domicile, a surenchéri un autre depuis un autre coin de la pièce.

– Donc vous me dites que les femmes ne peuvent travailler qu'à la maison ? » a demandé Antonino Calò sans donner son avis. Il laissait parler les gens, et les gens commençaient à douter, ils arrêtaient de ricaner.

« Certains métiers ne sont pas adaptés, les postes à responsabilité, comme par exemple juge. Vous imaginez une femme avec une robe de magistrat par-dessus sa robe ? a demandé l'homme qui avait l'air d'être don Ciccio.

– Le monde à l'envers, a commenté son voisin.

– Pourquoi ? Il ne serait pas possible que la loi change et que le concours de la magistrature soit ouvert aux femmes ? est intervenue Liliana.

– Ce n'est pas qu'une question de loi, a répondu un jeune homme aux cheveux noirs et bouclés avec un brin de jasmin glissé derrière l'oreille, que je n'avais pas souvenir d'avoir déjà vu auparavant. C'est que la nature féminine est différente de la nature masculine. Les femmes sont instables, lunatiques, plusieurs jours par mois elles ont l'esprit embrumé. Si elles devaient rendre un jugement ces jours-là, qu'est-ce qu'elles feraient ? Elles enverraient un innocent en prison à la place d'un pécheur ?

– Mais elles peuvent bien enseigner, a rétorqué Liliana. Et si elles peuvent être institutrices, alors que c'est un métier où il y a une grosse responsabilité, elles peuvent aussi exercer d'autres professions.

– Institutrice ? a répliqué le jeune aux cheveux bouclés. Comme la rousse qui fricotait avec tout le monde ? » Il a ricané et s'est mis à jouer avec une orange qu'il lançait en l'air puis rattrapait en vol. Les hommes autour de lui riaient. Mes joues se sont mises à brûler comme si j'avais reçu une gifle.

« Celle-là, c'était une dévergondée », a commenté une femme à côté de moi.

Je n'ai pas réussi à me retenir et j'ai sifflé entre mes dents : « Jalouse !

– Qui ça, jalouse ? s'est-elle excitée.

– Celle qui est seulement bonne à médire sur des gens qu'elle ne connaît même pas, lui ai-je répondu d'une voix frémissante de colère.

– Depuis quand les morveuses ont le droit de parler ?

– Depuis que les vieilles biques l'ont. »

Tout le monde s'était tourné vers moi. Liliana a murmuré quelque chose à l'oreille de Calò, qui m'a repérée dans ma cachette.

« Parle, Oliva, on t'écoute.

– Je n'ai rien à dire », ai-je balbutié, gênée.

De l'autre bout de la pièce, Liliana m'a fait un geste de la main pour m'inciter à parler.

« La maîtresse, Rosaria…, ai-je commencé, puis je me suis bloquée.

– C'était ton institutrice ? » a demandé Calò en avançant de quelques pas dans ma direction.

J'ai hoché la tête.

« Alors tu la connaissais bien.

– Je l'ai eue pendant quatre ans. Puis elle a dû… partir. »

Je regardais les hommes pour voir lesquels avaient envie de rire. Antonino Calò attendait paisiblement que je continue.

« Elle était douée, notre institutrice Rosaria. Et ce n'était pas une dévergondée. Elle nous apprenait les tables de multiplication, les conjugaisons, la grammaire, l'Antiquité romaine et les chefs-lieux des provinces. »

Personne ne disait rien, Calò restait tourné vers moi, comme pour m'inciter à développer.

« Elle disait que la femme et l'homme sont égaux, ai-je poursuivi. Que la femme doit avoir la même liberté…

– Oh que si, une sacrée dévergondée ! » s'est exclamé le bouclé en remettant l'orange dans sa poche. Il m'a regardée et je l'ai reconnu : c'était le fils du pâtissier. Quand, petitoune, j'allais à la pâtisserie, lui, qui était plus grand que moi, me souriait de derrière le comptoir, puis il plongeait la pointe de son couteau dans la ricotta sucrée et me la faisait goûter. La ricotta fondait sur ma langue, et mon ventre s'alanguissait.

Puis, du jour au lendemain, je ne l'ai plus revu et, plutôt que la *cassata* à la ricotta, j'ai commencé à préférer les gâteaux aux amandes.

« Vous devriez avoir l'amabilité de parler à tour de rôle en demandant la parole, est intervenu posément Calò. Continue, Oliva, je t'en prie.

– Notre institutrice Rosaria pouvait être fière, parce qu'elle n'a jamais fait de mal à personne. C'est vous qui lui avez fait du mal », ai-je conclu, m'armant de courage.

Le jeune homme à l'orange m'a souri et il a fait mine d'applaudir. Les autres hommes ont marmonné, la vieille femme à côté de moi a serré son châle autour de ses épaules et elle est partie. La réunion était finie, mais personne d'autre n'a bougé. Tout le monde attendait que Calò dise quelque chose.

« Aujourd'hui nous pouvons conclure avec les mots d'Oliva, qui nous rappelle qu'on doit avoir honte seulement quand on fait du mal à autrui, quand on commet une mauvaise action, un crime. Et aussi, si j'ai bien compris, qu'il est difficile de juger les personnes quand on ne les connaît pas, juste sur des rumeurs. N'est-ce pas, Oliva ? »

Cette phrase a continué de résonner dans mes oreilles pendant que je me frayais un chemin à coups de coude vers la sortie. N'est-ce pas, Oliva ? ai-je continué à me demander pendant que je courais vers la maison. Je ne le savais pas. Je ne savais même pas pourquoi je m'étais mise à parler comme ça devant tout le monde, alors que j'essayais toujours d'être invisible pour les adultes. Pourquoi est-ce que j'avais voulu aller dans ce cabanon ? Pour les revues de Liliana, parce que mon père y était déjà allé ou pour avoir la certitude que ma mère ne pouvait pas me surveiller où que je sois ? En rentrant chez moi à toutes jambes, je me sentais dévergondée moi aussi.

11

Je suis arrivée tout essoufflée au bout du chemin de terre. Les poules picoraient en liberté devant la porte, comme des écolières indolentes qui n'avaient pas envie de retourner en classe.

« Ouste, ouste, ai-je fait en tapant dans mes mains, mais elles se sont contentées de me regarder d'un air torve. Qui vous a laissées sortir ? Cosimino ! Les poules ont quitté le poulailler ! »

Mais Cosimino n'était pas là : il était toujours en vadrouille, et personne ne le lui reprochait. Maman non plus n'était pas là : elle était allée livrer un travail de couture à madame Jannuzzo, dont, l'année précédente, une fille de mon âge était morte d'une maladie aux poumons. « J'y vais seule, par respect pour madame Jannuzzo », disait ma mère quand elle devait se rendre chez elle. Comme si avoir une fille encore vivante était un manque de respect. Cependant, j'en étais contente, c'était l'occasion pour moi de rester seule. Sans cela, je n'aurais pas pu aller au cabanon des filets de pêche.

« Ouste, ouste », ai-je encore crié en les poussant vers le poulailler. Rosa, Verdina, Violetta, Noiraude… Je les ai comptées, elles étaient toutes là. « C'est bien, vous ne vous êtes pas enfuies ! »

Je les ai fait entrer et j'ai refermé le poulailler. Elles se sont remises à circuler, ravies, presque soulagées de l'échec de leur fugue. « C'est bien, ai-je répété. C'est bien, petites imbéciles, vous avez vraiment un cerveau de poules. Vous préférez votre cage à la liberté. »

Les poules me regardaient en faisant des mouvements saccadés de la tête : qu'est-ce qu'elles en savaient, de la liberté, elles qui n'avaient connu qu'une cage ? En fin de compte, elles me faisaient peine. Quelqu'un qui a seulement connu la prison ne peut pas regretter la liberté. « Pas vrai, Violetta ? Pas vrai, Noiraude ? »

Et puis quelle serait la vie d'une poule libre ? J'ai repensé à notre institutrice Rosaria. Où était-elle partie quand elle avait dû quitter l'école et le village ? Qu'avait-elle fait une fois que la porte grillagée s'était ouverte ?

« Une vie de dévergondée. » Cette phrase continuait de résonner dans ma tête. Ce n'était pas moi qui l'avais pensée, mais quelqu'un d'autre à ma place. Un des hommes dans le cabanon, qui riaient effrontément et l'avaient peut-être sifflée quand elle traversait la place, ou alors une langue-coupante, une de ces femmes qui passent leur temps à médire. Moi, je suis différente, me suis-je dit, mais je les porte toutes en moi. Moi je suis Oliva Denaro, mais je suis elles aussi : la vieille femme édentée assise à côté de moi dans le cabanon, les commères vêtues de noir rassemblées pour réciter le rosaire, mes camarades de classe aux jupes longues et aux yeux rivés par terre, Crocifissa qui se vante d'avoir son cardinal. Je suis aussi ma mère, et un jour je deviendrai comme elle sans même m'en apercevoir. Nous sommes des poules, des femmes de poulailler. Et le poulailler, je suis contre.

« Bande d'imbéciles ! Vous auriez dû vous enfuir ! » ai-je crié, et j'ai rouvert la porte. Les pauvres bêtes apeurées se sont mises à voleter dans la cour tandis que je les chassais.

« C'est des poules, pas des bagnardes ! » La voix dans mon dos m'a fait sursauter.

Je me suis retournée vivement, le cœur battant à tout rompre. Liliana est sortie de la pénombre et s'est avancée vers moi.

« Tu es venue prendre d'autres photos en cachette ? Je t'ai déjà dit que je n'aime pas ça, c'est mal.

– Je suis contente que tu sois venue à la réunion. »

Elle a souri et m'a regardée de la même manière que je regardais les bêtes quelques minutes auparavant. « Je t'ai apporté les revues, comme promis, et puis ça aussi. »

Au sommet de la pile de revues qu'elle me tendait, il y avait une enveloppe jaune. Je l'ai prise entre deux doigts, dans ma famille personne n'avait jamais reçu de lettre.

« Dedans, il y a la photo que tu as vue quand tu es venue chez moi, tu as dit qu'elle te plaisait.

– J'ai juste dit qu'elle était bien prise.

– On ne peut pas accepter le cadeau d'une amie ? C'est bien ou c'est mal ? »

Je n'ai pas eu le temps de répondre, la silhouette noire de ma mère se découpait au fond de l'allée. Elle marchait la tête baissée, comme si quelqu'un la tirait par le mors et qu'elle souffrait à chaque pas. Tout est souffrance pour elle : la lumière du matin qui passe entre les persiennes mi-closes, le corps de mon père qui ronfle à côté d'elle, ma maigreur informe, le travail aux champs, la sécheresse, l'enfant que ma sœur n'a pas eu, le chas de l'aiguille qui rapetisse au fur et à mesure qu'elle vieillit, la paresse de Cosimino, le silence, le désordre, sa pauvre mère qui lui avait bien dit de ne pas épouser ce jeune bon à rien de blondinet, les temps modernes, les temps anciens, la vie qui va, les racontars, le froid, la chaleur, les commères. Tous complices de son malheur.

« Oliva, Oli' ! Qu'est-ce que tu fais dans la cour ? Avec qui tu parles ? Rentre à la maison, la nuit tombe, quelqu'un pourrait te voir là, Dieu nous en garde ! »

J'ai glissé l'enveloppe dans l'élastique de ma jupe et j'ai reculé de deux pas.

« Bonsoir, madame Denaro, a dit poliment Liliana.

– Bonne nuit », a répondu ma mère sans la regarder, avant de disparaître à l'intérieur. Liliana est restée sur le seuil, ses revues à la main. Je lui ai tourné le dos et je suis rentrée, comme une poule dans son poulailler.

12

« Au nom du Père, du Fils et du Saint-Esprit. Amen.

– Amen. »

La mère Scibetta nous avait invitées, ma mère et moi, pour dire le rosaire du premier vendredi du mois. Les règles du rosaire, c'est : égrène ton chapelet, répète les prières et attends que ça finisse.

Ce matin-là, j'aurais préféré aller en classe, mais je n'avais pas pu me dérober parce que mai est le mois de Marie, et puis je devais expier la visite de Liliana. L'enveloppe avec mon portrait avait rejoint le miroir, le rouge à lèvres et les dessins des vedettes du cinéma derrière la planche amovible de mon lit.

« … il souffrit sa Passion et fut mis au tombeau ; il ressuscita le troisième jour, conformément aux Écritures… »

Ce soir-là, ma mère avait dit que les communistes étaient des mécréants, que Liliana était une mauvaise fréquentation, et que si ça ne tenait qu'à elle, elle me retirerait de l'école, parce qu'une femme savante, c'est mal.

« ... pardonne-nous nos offenses, comme nous pardonnons à ceux qui nous ont offensés... »

« Il faut vraiment que tu fasses parler de toi ? m'avait-elle demandé aussitôt que nous étions rentrées.

– Pourquoi on parlerait de moi, m'man ? Je suis trop jeune pour ça, avais-je répondu.

– Cardinal ou pas, ce n'est plus ce qui compte, les gens te voient maintenant. »

La vie à Martorana est une vie de regards, avais-je pensé : voir et être vu. Et, exposé aux regards, chacun fait semblant d'être meilleur que ce qu'il est.

« ... maintenant et à l'heure de notre mort. Amen.

– Amen. »

Nora et Mena, les filles Scibetta, une grassouillette et une maigrichonne, étaient assises de part et d'autre de leur mère, comme des ailes de corneille. La mère Scibetta et son mari s'employaient à leur trouver un parti depuis plus d'un an mais, malgré leurs efforts, personne ne se présentait. Pour dire le rosaire, elles avaient aussi invité la veuve Randazzo, qui avait eu un seul enfant avant que son mari meure de la syphilis, la maladie du péché, d'après ma mère, même si la veuve Randazzo soutenait que c'était une faiblesse pulmonaire qui l'avait emporté. Le fils Randazzo s'appelait Egidio, il était petit et chauve mais, d'après ma mère, la mère Scibetta le visait quand même pour une de ses filles, la maigrichonne sans doute. La mère Scibetta et ses filles, installées sur le canapé marron, ressemblaient aux femmes pieuses devant la croix. Assises en face, il y avait ma mère, moi et Miluzza, une de mes camarades du primaire qui s'était retrouvée orpheline toute jeune et que la mère Scibetta avait prise chez elle comme dame de compagnie. La vérité, c'est qu'elle tenait surtout compagnie aux casseroles et aux balais, car la mère Scibetta en avait fait sa servante et, d'après ma mère, elle avait bien l'intention d'en profiter jusqu'à sa mort. Ma mère, Miluzza et moi étions assises sur des bancs en bois dur et inégal.

« Comme il était au commencement, maintenant et toujours, pour les siècles des siècles. Amen.
– Amen. »

De temps en temps, la fille grassouillette de la mère Scibetta poussait un soupir et épongeait une goutte de sueur qui coulait depuis son front jusqu'à son cou, puis dans le sillon entre ses seins, aussi gros que des melons. La mère Scibetta, une femme grande et grisâtre au visage de souris, disait le rosaire et nous répétions après elle. Son mari avait été obligé de l'épouser parce qu'un jour son pauvre père les avait surpris en train de se parler derrière l'étable. Lui, à l'époque, c'était un beau jeune homme, et au début il avait refusé. Sauf que, d'après ma mère, le père de la mère Scibetta, dont le nom de jeune fille était Buttafuoco, avait usé de la manière douce et de la manière forte pour le convaincre. En fin de compte, ça avait été un bon mariage : le mari avait donné son nom et les Buttafuoco de l'argent. Chacun y avait trouvé son compte.

« Dans le premier mystère douloureux... »

La mère Scibetta a levé les mains vers le ciel et, d'une voix monocorde, elle s'est mise à réciter l'agonie de Jésus à Gethsémani, suivie d'un Notre Père et de dix Ave Maria. Les voix ont commencé à se décaler si bien que, au bout d'un certain temps, chacune d'entre nous en était à un moment différent de la prière. Les filles Scibetta en ont profité pour raconter les derniers commérages. Entre deux Ave Maria, la veuve Randazzo glissait une question à l'une ou l'autre des sœurs : « Et alors, qu'est-ce qu'il s'est passé ? Qui, la fille Cirinnà ? » La mère Scibetta faisait mine de ne pas entendre et, les mains jointes, marmonnait une litanie aux paroles incompréhensibles. Chacune se chantait sa propre chanson.

« Dans le deuxième mystère douloureux… »

Les voix se sont interrompues à l'unisson et la mère Scibetta s'est lancée dans le récit de la flagellation du Christ sur le ton de la lamentation, suivi par des Ave Maria et par le retour en force des langues-coupantes.

« Elle a donné cinq coups de couteau à la maîtresse de son mari, a annoncé la veuve Randazzo en écartant les doigts.

– Tout le monde le savait, que le mari d'Agatina avait une autre famille en ville. Même les chiens étaient au courant, a commenté Nora d'un ton détaché.

– On a appris que, pour simplifier les choses, il a donné les mêmes prénoms à tous ses enfants, ceux qu'il a eus avec elle et ceux qu'il a eus avec l'autre. Quand Agatina a entendu ça, son sang n'a fait qu'un tour, elle a pris l'autocar avec un couteau caché dans son corsage et elle a poignardé l'autre en plein jour, devant tout le monde, a précisé la veuve Randazzo.

– Oh, Seigneur ! Elle est en prison ? » s'est excitée Mena en portant une main à son visage.

Sa mère lui a jeté un regard noir et elle a baissé la voix. « Et la maîtresse, qu'est-ce qu'elle est devenue ? »

La veuve a marmonné quelques prières à mi-voix

pour ménager ses effets. « La maîtresse s'en est sortie, et Agatina n'a pas eu d'ennuis », a-t-elle fini par déclarer.

Miluzza, qui était plus loin, fixait son visage pour lire sur ses lèvres. « Crime d'honneur, a conclu la veuve. La loi lui a donné raison. »

Se sont ensuivis des commentaires et des échanges de points de vue, et ma mère a prié plus fort pour couvrir leurs voix. La mère Scibetta continuait sans s'en soucier, parce qu'elle était déjà au courant des histoires de tout le monde.

« Dans le troisième mystère douloureux… »

Quand elles ont recommencé à égrener leur chapelet, la Scibetta grassouillette a levé les yeux vers moi et a décoché un coup de coude à sa sœur. « On l'a vue dans le cabanon des communistes », a-t-elle dit à voix haute pour que ma mère entende. Cette dernière a continué de réciter ses prières comme si de rien n'était. « Qui, Oliva ? » a demandé la Scibetta maigrichonne, en articulant bien mon prénom. Une seconde de silence a suivi, où tous les yeux se sont fixés sur moi. Y compris ceux de ma mère. J'ai senti mes joues me démanger et mon sang a frémi. Puis le murmure a recommencé mais elles écoutaient toutes ce que disait la Scibetta grassouillette. Pour se faire désirer, elle s'est tue pendant un moment et a essuyé une goutte de sueur qui roulait le long de sa narine.

« Dans le quatrième mystère douloureux… », a poursuivi sa mère, les paumes tournées vers le ciel.

« Il faut se méfier de l'eau qui dort…, a alors commenté la veuve Randazzo avant de se racler la gorge pour attirer l'attention de ma mère.

– On a vite fait de filer un mauvais coton…, a renchéri la Scibetta maigrichonne.

– C'était mieux quand elle traînait avec le fils boiteux de Musumeci.

– On l'a entendue prendre parti pour l'autre dévergondée, là.

– Elle veut se mettre à la politique.

– Comment ça ? Elle a encore la bouche pleine de lait !

– Oh que non, les choses ont bien changé. »

Elles parlaient fort, sans vergogne, et épiaient notre réaction. Voilà pourquoi elles nous avaient invitées à dire le rosaire.

Ma mère faisait mine de rien, mais elle serrait tant ses doigts croisés dans son geste de prière que ses articulations étaient blanches. On aurait dit que ses os allaient percer sa peau et se briser sous la pression.

Miluzza regardait par terre sans rien dire, ce ne devait pas être la première fois qu'elle assistait à ce genre de mise en scène. Les Scibetta en pleine séance de langues-coupantes confortablement installées dans leur canapé marron, et les femmes du village sur le gril, comme les pauvres chrétiens jetés en pâture aux lions dans le Colisée.

« Dans le cinquième mystère douloureux, Jésus est crucifié et meurt sur la croix. » La mère Scibetta était obligée de crier pour se faire entendre par-dessus les autres voix.

Après quelques instants de silence, les Ave Maria ont repris. J'ai arrêté mon geste de prière et ai posé les mains sur mes genoux. Les mots ravalés brûlaient ma langue. Je n'avais rien à voir avec les communistes. Je ne savais même pas pourquoi j'étais allée à la réunion. J'avais eu tort. Je ne les fréquenterais plus jamais, même pas Liliana. Voilà ce que j'aurais voulu dire à ces tartufes, mais ma bouche restait fermée, comme si on avait vissé mes dents du haut sur celles du bas.

« Pitié, Jésus ! s'est enfin exclamée la mère Scibetta.
– Pitié, Jésus ! ont repris les autres en chœur.
– Pitié, Seigneur ! a-t-elle insisté.
– Pitié, Seigneur ! » ont-elles répété.

Pitié, mesdames et mesdemoiselles ! me répétais-je dans ma tête. Je ne suis pas une dévergondée, ne me chassez pas de Martorana comme mon institutrice Rosaria. Qu'ai-je fait de si grave ? Si j'avais donné cinq coups de couteau comme Agatina, on m'aurait déjà absoute, au tribunal comme dans ce salon.

« Sainte Marie, priez pour nous.
– Sainte Mère de Dieu, priez pour nous.
– Sainte Vierge, priez pour nous. »

En voyant ma mère invoquer la Vierge, j'avais l'impression qu'elle la suppliait de descendre immédiatement sur terre pour régler cette histoire.

« Mère très pure, priez pour nous.
– Mère très chaste, priez pour nous.
– Mère vierge, priez pour nous. »

Je me suis jointe au chœur : Notre Mère, écoutez-moi ! Je suis comme vous, je suis Oliva, la petitoune qui court dans tout le village chaussée de ses sabots en bois. Je n'y connais rien, aux affaires des femmes et des hommes. Je ne sais pas qui doit travailler et qui non. Qui doit rapporter de l'argent à la maison. Qui doit rester dedans et qui a le droit d'être dehors.

« Vierge tout en prudence, priez pour nous.
– Vierge digne de tous les honneurs, priez pour nous.
– Vierge digne d'éloges, priez pour nous. »

Elles semblaient s'adresser à moi chaque fois qu'elles prononçaient le mot « vierge », la bouche arrondie en cul-de-poule.

« Vierge puissante, priez pour nous.
– Vierge clémente, priez pour nous.
– Vierge fidèle, priez pour nous. »

Le rythme de la prière me faisait l'effet d'une gifle. Le banc m'a soudain paru si inconfortable que je n'ai plus réussi à rester assise et j'ai bondi sur mes pieds. La litanie s'est interrompue. Elles m'ont toutes regardée, même la mère Scibetta. Enfin, ma mère, je ne sais pas, parce que je lui tournais le dos. Je l'ai imaginée plisser les yeux, et il m'a semblé voir pulser sur sa tempe la veine verte qui apparaît quand elle est furieuse. Ma peau s'est hérissée.

« Je ne suis pas une carafe cassée ! » ai-je crié. Je n'ai pas réussi à en dire plus, j'étouffais. Je me suis tournée vers ma mère et Miluzza, puis de nouveau vers les Scibetta. Leurs visages paraissaient identiques. Toutes les femmes de Martorana se ressemblent, ai-je pensé : mêmes vêtements, même coiffure, même manière de se déplacer en rasant les murs, mêmes yeux plissés à force de toujours rester dans la pénombre, enfermées entre les quatre murs de leur foyer.

J'ai marché à pas lents vers la porte, je l'ai ouverte

et le soleil a inondé mon visage. Derrière moi, la prière a repris, dans un chœur de voix monocordes.

« Reine de la famille, priez pour nous.
– Reine de la paix, priez pour nous. »

« Priez pour nous », ai-je répété à voix basse. J'ai fait le signe de croix, j'ai claqué la porte et je suis partie en courant. Très vite.

13

Mes sabots claquaient sur les cailloux, les voix du village bourdonnaient autour de moi. Comme toujours, j'étais décoiffée et ma jupe remontait au-dessus de mes genoux, mais cette fois je ne fuyais pas les gamins qui me poursuivaient avec leurs frondes, je fuyais les commérages, la honte, ma mère. Mon corps ne voulait pas devenir celui d'une jeune femme, même si pour les autres je l'étais déjà. Je n'étais plus invisible : je pouvais être épiée et jugée.

Depuis toujours j'entendais murmurer certains mots, ils formaient comme une litanie que je n'écoutais pas. Maintenant, ils avaient été prononcés pour me piquer, moi. Pendant des années, ils avaient été le fond sonore de mes jeux d'enfant et voilà qu'ils s'étaient transformés en essaim de guêpes qui m'attaquait. Mon institutrice Rosaria avait raison : les mots sont des armes. Pas seulement les mots difficiles, mais aussi les mots ordinaires, qui dansent dans la bouche des ignorants.

La mère Scibetta et ses filles avaient voulu me baptiser, et si je courais, c'est que les piqûres font plus mal quand on reste immobile. Mon institutrice Rosaria avait dû beaucoup courir, elle avait dû courir très loin. Je l'imaginais traversant la rue d'une grande ville où les trolleybus et les autos passaient par centaines, avec ses cheveux détachés sur ses épaules et sa bouche peinte en rouge, comme une vedette de cinéma. Dans le film que je me faisais, elle marchait enfin seule, aucun homme ne s'arrêtait pour la montrer du doigt ou la siffler. Ses piqûres de guêpe la brûlaient-elles encore ?

À force de courir, je suis arrivée à la mer, mais la plage déserte m'a fait peur, alors je suis repartie en direction du village et, sans même m'en rendre compte, je me suis retrouvée devant la maison de Saro. Son père, don Vito Musumeci, avait été un des plus beaux jeunes hommes de Martorana, très brun, des yeux bleu ciel, les femmes tombaient en pâmoison sur son passage, il n'avait qu'à lever le petit doigt pour choisir, mais il avait épousé Nardina, qui n'avait pour toute beauté que celle de son mari. Alors, les gens avaient commencé à raconter que si don Vito s'était contenté d'une femme moche, c'était parce qu'il n'était que du vent et qu'il n'avait rien dans le ventre, il était défectueux et ils n'auraient jamais d'enfants. Pourtant, ils ont eu Saro, mais d'après ma mère tout le monde a bien vu dès le début qu'il ne lui ressemblait pas du tout. C'est vrai, Saro était roux, il avait les yeux marron et une tache de naissance sur la pommette gauche, qui impressionnait mes camarades. Moi, elle m'évoquait une fraise bien mûre, j'avais envie de poser mes lèvres dessus pour en connaître la saveur.

Il est venu à ma rencontre en boitillant depuis la menuiserie de son père. « Qu'est-ce qu'il s'est passé ? m'a-t-il demandé.

– Rien, pourquoi ?

– Vu ta tête, il a dû se passer quelque chose. »

J'ai épongé la sueur sur mon front et je me suis assise sur notre banc. Nous avions grandi dans la cour de sa maison : nous jouions à changer la couleur de nos cheveux en les couvrant de copeaux de bois, il choisissait ceux de noyer pour être brun comme don Vito, moi ceux de sapin pour être blonde comme ma sœur. Ensuite, nous courions à coupe-souffle, nous nous jetions dans la cour bras et jambes écartés, nous les agitions pour faire semblant de voler, puis nous passions un moment à regarder les nuages. Saro tendait le doigt pour me montrer le ciel : « Regarde, regarde ! C'est un mouton !

– Non, ce n'est pas un mouton, c'est un chien, répondais-je.

– Pas du tout ! »

Entre-temps, le vent avait fait changer le nuage.

« C'est un cerf ! Regarde ses bois… » Une rafale et le nuage s'étirait. « Non, un serpent, se corrigeait Saro.

– Ce n'est ni un mouton, ni un cerf, ni un serpent, décrétais-je.

– C'est quoi, alors ? demandait-il.

– Un marfeuille, disais-je, très sérieuse.

– Quoi ?

– Un marfeuille, répétais-je avec conviction.

– Pff, n'importe quoi, ça n'existe pas ! » Mais, vu qu'il avait arrêté l'école à la fin du primaire, il n'était pas sûr de lui.

« Tu ne vois pas qu'il a deux cornes ? poursuivait-il pour me prendre en défaut.

– Bien sûr que si. C'est un marfeuille à cornes.

– Ah bon, et ça ressemble à quoi, un marfeuille à cornes ?

– Ben quoi, tu ne le vois pas ? À un nuage ! » Et j'éclatais de rire.

Il s'est assis à côté de moi, j'aurais voulu lui raconter les guêpes, le rosaire et les mystères douloureux, mais les mots me manquaient. J'ai passé une main sur sa tête pour en chasser la poussière de bois et je suis restée muette. Nardina est apparue à la fenêtre : « Saro, viens, le repas est prêt ! »

Quand elle m'a vue, elle a essayé de lisser ses cheveux frisés : « Tu es là, Oliva ? Ça tombe bien, j'ai fait des pâtes aux anchois, comme tu les aimes ! Quel heureux hasard ! »

Je ne lui ai pas dit un mot au sujet du rosaire chez la mère Scibetta. Pourtant, elle aurait peut-être compris : elle avait dû en supporter, des piqûres de guêpe.

14

Après le repas, ils ont fermé les volets à cause de la chaleur, et Nardina et don Vito sont allés faire la sieste. Saro aurait voulu que nous retournions dans la cour, mais j'étais pressée de rentrer à la maison, alors je suis partie. Le village était jaune de soleil, tout était brûlant. Je marchais en rasant les murs pour bénéficier du filet d'ombre. Le monde semblait désert.

Je l'ai vu au bout de la rue, avant le croisement en direction de la place. Il s'est approché de la fontaine et a passé sa tête sous le jet. L'eau ruisselait sur son visage et couvrait de gouttelettes ses cheveux noirs et frisés. Puis il s'est redressé, les a lissés en arrière de ses deux mains et a remis le brin de jasmin derrière son oreille. Lorsqu'il m'a aperçue de l'autre côté de la place, il a fait une révérence, vêtu de blanc de pied en cap. J'ai poursuivi mon chemin d'un pas vif, sans le regarder, il a fouillé dans sa poche, en a sorti une orange sanguine et s'est mis à la peler. Il a enfoncé ses doigts entre les quartiers pour ouvrir le fruit en deux, révélant le rouge de son cœur.

« Tiens, elle est bien sucrée », a-t-il dit en tendant le bras vers moi, comme pour m'attraper. Je me suis retournée, il n'y avait personne dans la rue. Rien que lui et moi.

Il a approché une moitié de l'orange de son visage. « Ça va te rafraîchir la bouche, regarde. »

Il a planté ses dents et sa langue dedans et l'a aspirée jusqu'à ce qu'il ne reste que le blanc à l'intérieur de la peau. « Ça, c'est ta moitié. » Il me l'a tendue. « On va voir si tu aimes ça, comme la ricotta sucrée quand tu étais petitoune. »

J'ai accueilli le fruit dans ma main : il était mouillé de jus et conservait la chaleur de ses doigts, son parfum acide me piquait les narines, j'en avais la nausée mais, en même temps, j'ai senti un élancement dans mon bas-ventre.

J'ai gardé les lèvres serrées pour qu'il ne puisse pas lire mes pensées sur mon visage. Femme qui sourit a dit oui, disait ma mère. Il me regardait comme s'il y avait quelque chose de beau sur mon visage, autre chose que des petits yeux noirs sur une peau sombre et des traits anguleux, et la peur m'a envahie. Pour la chasser, j'ai commencé à me réciter la première déclinaison latine : *Rosa, rosa, rosam*. Je me l'étais redite si souvent le soir avant de m'endormir pour la mémoriser qu'elle était devenue comme une prière.

Rosa, rosa, rosam, rosae, rosae, rosa, me suis-je répété dans mon for intérieur jusqu'à ce qu'il avance d'un pas. Il était si proche à présent que je sentais l'odeur du jasmin glissé derrière son oreille. « *Rosae, rosae, rosas* », lui ai-je crié au visage comme si c'était une insulte. J'ai plié mon bras derrière ma tête et puis j'ai lancé l'orange, comme quand, plus jeune, je lançais des pierres à la fronde. Le demi-fruit est allé s'écraser sur sa cuisse, le rouge de la pulpe a coulé sur son pantalon blanc. Il a sorti ses mains de ses poches, et j'ai craint qu'il veuille me frapper, mais au lieu de ça il s'est frotté la jambe en riant. J'ai reculé de quelques pas, puis je me suis mise à courir, le sang en tumulte, sans me retourner. J'ai traversé la place, j'ai emprunté la grand-rue poursuivie par l'écho de son rire. Arrivée au croisement avec le chemin de terre, j'ai trébuché sur un caillou, j'ai perdu mes sabots et je me suis retrouvée à genoux dans la poussière.

15

« Qu'est-ce que tu as trafiqué ? a crié ma mère quand je suis arrivée à la maison.

– Je suis tombée, ça a saigné. »

Elle a regardé mes jambes, et j'ai regardé moi aussi : j'avais les genoux égratignés, mais pas de plaie ouverte. Je me suis penchée et j'ai suivi de ma main le filet de sang depuis ma cheville jusqu'à mes cuisses et à l'élastique de ma culotte. Ma paume est devenue rouge, comme couverte de jus d'orange sanguine. Un jus épais et sombre, qui ne sentait pas l'agrume. Je me suis arrêtée pour parler avec cet homme et ça m'a fait tomber malade, ai-je pensé. J'ai épié le visage de ma mère pour deviner la gravité de mon péché et la rigueur de la punition qu'il méritait. Cependant, au lieu de me gronder, elle m'a prise par la main et m'a emmenée à la salle de bain.

« Tu vois, ça a fini par t'arriver. » Sa voix était différente, proche de celle réservée à ses conversations avec ses amies. Elle avait enfin la preuve que j'étais une femme moi aussi, et que, grâce à ce filet de sang, elle et moi étions plus semblables que nous l'imaginions.

« Je vais t'expliquer comment faire. »

C'est ma faute, ai-je pensé, c'est à cause de l'orange, de cette tête qui est sortie de sous le jet de la fontaine avec les cheveux mouillés et brillants, de ces yeux qui me scrutaient tant qu'ils transperçaient mes vêtements, de cette voix qui me parlait. C'est lui qui m'a fait ça.

« Tu dois bien te laver, plusieurs fois par jour. »

Je suis restée immobile devant la cuvette qui se remplissait d'eau. « Tu vas t'y habituer », a-t-elle ajouté en me tendant des linges blancs pliés en quatre. Elle a eu son rire rauque et m'a observée, la tête légèrement inclinée en arrière, comme si elle ne m'avait pas vue depuis très longtemps. Elle avait ce sourire heureux qu'elle a après être allée veiller les morts, et elle semblait avoir oublié l'épisode du rosaire.

J'ai effleuré ma poitrine de ma main : le tissu de mon chemisier ne bâillait pas au niveau des boutons. Ma jupe tombait droite sur mes hanches dépourvues de courbes. Rien n'a changé, me disais-je. Le sang m'est venu et m'a laissée telle quelle.

C'était comme quand, la veille de ma première communion, ma mère et Fortunata m'avaient accompagnée me faire percer les oreilles. Elles me tenaient par la main et j'avais l'impression qu'elles me serraient plus fort à mesure que nous approchions du presbytère où Nellina nous attendait pour pratiquer l'opération.

Au début, j'étais contente : toutes mes camarades de classe avaient déjà les oreilles percées et exhibaient fièrement les puces d'or plantées dans leur chair, alors moi aussi j'en avais voulu, mais, une fois arrivée devant la porte, mon sang s'était fait indécis. « J'ai changé d'avis, m'man, je n'en ai plus envie », avais-je signalé.

Ma mère s'était mise en colère : « Comment ça ? De quoi on va avoir l'air aux yeux de Nellina ? »

Je m'étais arc-boutée, refusant d'avancer, et m'étais tournée vers Fortunata en implorant son aide. Elle avait touché ses lobes, d'où pendaient deux petits anneaux dorés. « Toutes les filles en portent, tu veux qu'on te prenne pour un garçon ? avait-elle dit en souriant. Tu devrais être contente, avait-elle ajouté. Aujourd'hui, tu vas devenir grande. »

Devenir grande, je suis contre, avais-je pensé.

Nellina m'avait fait m'asseoir dans un fauteuil marron aux accoudoirs rembourrés et m'avait demandé de pencher la tête en arrière. « Ne bouge surtout pas, m'avait-elle ordonné tandis que ma mère pressait une main contre mon front pour me tenir immobile. Tu ne sentiras rien. »

Ce n'était pas vrai. Après avoir insensibilisé mon lobe avec un glaçon, elle avait placé un bouchon en liège derrière mon oreille, pour éviter que l'épingle me rentre dans le cou. Sois sage et tais-toi, m'étais-je dit, puis j'avais fermé les yeux. L'odeur pénétrante de désinfectant me soulevait le cœur. Je m'étais concentrée sur un bon souvenir pour supporter la douleur, j'avais pensé au jour où, petitoune, j'avais reçu une étoile en grammaire puis où, en rentrant de l'école, je m'étais arrêtée à la pâtisserie pour manger de la ricotta sucrée. Mais quand la pointe de l'aiguille avait pressé ma chair, j'avais poussé un cri et vivement secoué la tête pour me libérer de l'emprise de ma mère. Quelques gouttes de sang avaient atterri sur mon chemisier blanc.

« Voilà, c'est tout cochonné, m'avait reproché ma mère. Et maintenant ? avait-elle demandé à Nellina, gênée.

– Maintenant, il faut attendre que la plaie se referme », avait décrété la bonne du curé en observant la petite blessure sur mon lobe droit. Ma mère s'était excusée, comme si elle lui avait fait subir une offense.

« Elle n'était pas prête, avait conclu Nellina en tamponnant un coton imbibé d'alcool sur mon lobe. Ramène-la-moi plus tard, on verra comment on peut rattraper ça.

– Et sinon ? avait demandé ma mère, désolée.

– Sinon, elle aura un trou plus haut que l'autre. Ça lui rappellera que, dans la vie, on ne peut pas toujours faire ce que bon nous semble. »

Sur le chemin du retour, ma plaie brûlait et mon lobe palpitait fort, comme un second cœur, mais je ne me plaignais pas. Ma mère, elle, n'arrêtait pas de se lamenter : « Tout est compliqué, avec toi. Ce qui est simple pour les autres filles devient toute une histoire avec toi. »

Voilà, cette fois-là, j'aurais dû grandir et j'étais restée la même. Avec le cardinal, c'était pareil.

Ma mère continuait de me donner des conseils sur comment plier les linges pour ne pas tacher ma jupe, mais je ne l'écoutais plus. Je repensais au matin de ma première communion, où j'étais la seule fillette sans boucles d'oreilles. J'ai touché la cicatrice sur mon lobe droit, où subsistait une minuscule boule dure. Je n'étais pas retournée voir Nellina pour finir l'opération. J'étais restée une fille imparfaite.

J'ai pris les linges de ses mains et j'ai retiré ma jupe. Elle a frotté les taches avec du sel, qui dissout tout, puis m'a regardée. « Tu deviens jolie », a-t-elle fait observer, comme si, parmi tous les possibles, elle n'avait jamais envisagé cette éventualité.

Soudain, j'ai cessé de me sentir ratée : si j'étais jolie aux yeux de ma mère, c'est que je l'étais pour de bon. Si ma mère me voyait, le monde me voyait. J'avais franchi le seuil de l'invisibilité. J'étais une femme, comme elle.

Alors qu'elle rinçait le tissu, j'ai profité de cette nouvelle intimité entre nous pour lui demander à brûle-pourpoint : « Comment ça s'est passé, la première fois que tu as vu papa ? »

Sans s'étonner de cette question, elle a plissé les

yeux et souri : « Il me faisait croire que j'étais unique, alors que j'étais juste jeune. »

Elle s'est interrompue, comme si elle essayait d'exhumer un souvenir trop ancien.

« Tout est allé trop vite, a-t-elle fini par poursuivre. Ton père était venu en Calabre pour des histoires d'héritage, et il est reparti avec moi. Tu parles d'une affaire ! » Puis elle a ri, mais sans sa toux habituelle. C'était peut-être son rire de quand elle était jeune.

« Tu étais amoureuse de lui ? »

Elle a encore passé la jupe sous l'eau courante et l'a scrutée à contre-jour.

« C'est du passé. Maintenant, il faut que tu fasses attention, a-t-elle repris d'un ton plus sec, en me regardant de travers.

– Attention à quoi ?

– À ne pas faire d'autres chutes. »

Je l'ai suivie dans la cour sans poser de questions. Les chutes, je suis contre. Elle a déplié ma jupe, en tendant bien ses extrémités. Pendant qu'elle la suspendait avec des pinces à linge en me tournant le dos, comme Liliana avec les photographies, elle m'a dressé la liste des règles du cardinal, même si je les connaissais déjà. Ne pas marcher seule dans la rue. Ne pas porter de jupes au-dessus du genou. Ne pas parler seule avec des hommes.

« Même pas avec Saro ?

– Saro n'est pas un homme, peut-être ? C'est une fille, Saro ?

– On se connaît depuis qu'on est petitous.

– Et maintenant vous êtes grands. Si Saro a quelque chose à te dire, il le dira à ton père. Et à moi. »

Je ne savais que répondre, je regardais l'endroit où ma jupe s'était tachée, craignant d'y déceler une auréole.

« Le reste, ce n'est que des superstitions, a-t-elle poursuivi. On raconte qu'il ne faut pas toucher la viande quand on a le cardinal sinon elle se gâte, qu'il ne faut pas cueillir des fleurs sinon elles se fanent, ne pas se laver les cheveux parce qu'ils sont incoiffables… Ce sont des fariboles. Fais comme toujours : file droit et garde ton honneur, sinon tu vas finir comme ta sœur. Si Musciacco l'a épousée, c'est uniquement grâce à moi. »

J'ai pensé au visage de Fortunata la dernière fois que j'étais passée la voir. Elle ne m'avait pas fait entrer car elle lavait les sols, à ce qu'elle m'avait dit. Ses cheveux n'avaient plus l'air blonds mais gris, son visage était couvert d'égratignures, visibles même depuis la rue. Ça aussi, c'était grâce à ma mère ?

« Je peux courir ? ai-je demandé, au cas où.

– Est-ce que tes camarades de classe courent dans la rue ? Non. Alors toi non plus.

– Liliana…

– La fille du communiste, ça ne compte pas. Elle a des lubies. »

Ma mère s'est hissée sur la pointe des pieds et a scrupuleusement observé ma jupe. « Elle n'est plus tachée, a-t-elle conclu. Maintenant, veille à te tenir propre. »

16

Depuis que je suis devenue une femme, c'est comme si j'étais sous un auvent pendant l'orage : je ne m'éloigne pas pour ne pas me mouiller. Je ne peux pas aller chez Saro. Je ne peux pas aller au marché. Je ne peux pas aller chez Liliana.

De temps en temps, je sors de sa cachette la photographie qu'elle a prise de moi pour me revoir avec les cheveux mouillés de sueur et les genoux maculés de terre, ça me paraît une autre vie. Cosimino me suit jusqu'au lycée tous les matins et il vient me chercher à la sortie. Bientôt, avec l'arrivée des vacances d'été, je passerai mes journées à la maison, à broder les trousseaux des autres et à attendre que quelqu'un demande ma main.

Avant la sonnerie, Liliana me demande : « Tu viens à la réunion au cabanon, cet après-midi ? » mais elle sait déjà que je n'irai pas cette fois non plus. Nous sortons de la salle de classe et nous nous séparons. Elle part seule de son côté, moi je rejoins Cosimino.

Nous empruntons la grand-rue, au niveau de la pharmacie je prends une grande inspiration, je retiens mon souffle dès que nous passons le coin, je baisse les yeux et me mets à compter les pavés. Je me raconte que si j'arrive à retenir mon souffle jusqu'au prochain croisement, Cosimino ne se rendra compte de rien. Jusque-là, ça a fonctionné. Deux cent quarante-deux, deux cent quarante-trois, deux cent quarante-quatre, deux cent quarante-cinq.

Il est là, immobile, à l'angle de la mercerie de don Ciccio, comme tous les jours depuis que j'ai taché son pantalon avec l'orange, sous le soleil ou la pluie, dans le vent ou la canicule, et il me fixe jusqu'à ce que je bifurque pour emprunter le chemin de terre qui conduit chez moi. Ma jupe est propre, pourtant quand il me regarde j'ai l'impression que la tache est toujours là.

Pendant deux cent quarante-cinq pas je compte dans ma tête en essayant de me faire toute légère et de devenir invisible, mais ses yeux me font réapparaître. Mon corps se révèle quand il le regarde, comme les photos de Liliana sur le papier glacé. Pendant deux cent quarante-cinq pas, mes cuisses, mes bras, mes cheveux, mes hanches et ma bouche s'animent. Je marche voûtée pour me cacher, comme pour m'enrouler sur moi-même. La vie est un sac de nœuds.

17

« C'est ça, siffle, va », murmure ma mère. J'arrête de traire la chèvre et attends que ce son provenant de la route s'éloigne puis s'éteigne, que l'on n'entende plus que mon souffle et celui de l'animal dans l'enclos. Alors je continue, mais mes mains tremblent encore, je serre trop fort, Blanchette bêle de douleur. Mon père approche et lui caresse le dos : « Il faut de la douceur, Oliva, c'est ce qui plaît aux filles. »

Il repart vers la maison. Sa voix basse est comme un bruissement de paille. Parlait-il de la chèvre ou de moi ? Au moins, quand ma mère ouvre la bouche, elle appelle un chat un chat. Sa langue est cinglante, mais ensuite les plaies cicatrisent. Je plonge mes mains dans le seau de lait et les ressors toutes blanches. J'aimerais être comme elles.

Elle est assise au soleil, penchée sur son ouvrage. Elle coud ma robe pour la fête du saint patron. L'an passé encore, le curé me mettait sur l'estrade avec les petitounes, et il me faisait chanter seule. Ma mère collait dans mon dos deux petites ailes d'archange et toutes ses amies se répandaient en compliments. Cette année, je ne chanterai pas avec les autres, mais je porterai la robe blanche de la première sortie, et tout le monde saura que je ne suis plus une fillette.

« Tu es contente de ce petit concert ? dit ma mère sans détacher ses mains de l'étoffe. Tu lui as laissé entendre quelque chose, à ce monsieur, pour qu'il vienne siffler ici.

– Il ne siffle pas pour moi…

– Salvo, tu entends ça ? Le jeune homme bouclé, dehors, eh bien il vient siffler pour moi ! » Elle a un rire agacé.

Je m'assieds à côté d'elle et prends une aiguille pour l'aider.

« Je ne lui ai jamais adressé la parole.

– Pas besoin de parole. Il suffit d'un regard, d'un sourire, femme qui sourit a dit oui. »

Ma peau se hérisse, ma mère ne lève pas les yeux de son ouvrage. Je ne l'ai jamais vue oisive. Fil et aiguille, battoir et linge, cuiller et casserole. Ses mains sont perpétuellement en mouvement et de sa bouche sortent venin et vérité.

« Oli', tu sais qui c'est, Pino Paternò ? » dit-elle, et en prononçant ce nom elle se pique le doigt. Une goutte de sang gonfle comme une bulle minuscule sur la pointe de son index et reste en suspens.

« Non ! » je m'écrie, en réponse à sa question, mais

aussi parce que je suis inquiète pour ma robe. La robe de la première sortie doit être immaculée. Fille et robe blanches comme un lis, c'est elle qui me l'a appris. J'attire sa main à mes lèvres et aspire la goutte juste avant qu'elle ne tombe sur le tissu et le tache. La blessure a disparu, le rouge aussi, l'amertume de son sang a été avalée par ma bouche. Elle retire sa main et la frotte contre le tissu rêche de son tablier. « Ça fait bien un mois qu'il vient siffler ici tous les jours que le bon Dieu fait », me reproche-t-elle, d'une voix plus douce. Elle est peut-être flattée que quelqu'un s'intéresse à moi. « Il n'a pas encore présenté sa demande : ça veut dire qu'il n'est pas sérieux. S'il avait des intentions honnêtes, il serait venu discuter. Ce sont les chiennes qu'on siffle, pas les femmes ! »

Je pensais qu'avec les vacances je ne le reverrais plus et que je redeviendrais invisible comme je l'avais toujours été, mais quelques jours après le sifflement a commencé. Au début, ma famille ne s'en est pas aperçue, mais moi j'ai tout de suite compris que c'était lui. Mon corps l'a compris : mes lèvres, mes hanches, mes cuisses, mes os, mon cou s'animaient en entendant ce son, comme sous son regard. Je n'ai même pas eu besoin de m'approcher de la fenêtre pour voir à contre-jour ses cheveux noirs, bouclés et brillants, ses lèvres en forme de cœur pour émettre son sifflement. Le souffle suspendu, je restais derrière les volets mi-clos, me demandant s'il distinguait ma silhouette.

« Le père de Paternò a des biens, et nous on n'a rien, a-t-elle continué plus fort, pour que mon père, penché pour ramasser les légumes au fond de la cour, entende lui aussi. Et lui, depuis qu'il est revenu à Martorana, il a fallu qu'il s'entiche de toi. Et en plus il s'amuse à refuser les partis que sa famille lui présente, lui qui peut avoir toutes les beautés qu'il veut… »

Je me bouche les oreilles pour arrêter d'entendre. Est-ce ma faute si Dieu m'a faite laide ? Quand j'écarte les mains, le sifflement me paraît encore plus sonore et ma honte résonne sur toute la route.

« Et toi ? Tu ne dis rien ? lance-t-elle, acerbe, à mon père. Tu ne fais rien ? »

Il époussette son pantalon et dépose les légumes dans un panier. « Qu'est-ce que tu veux que je dise ? Ce monsieur est de bonne humeur et il aime siffler. Tant mieux pour lui.

– Et les gens ? On va faire parler les gens, Dieu nous en garde ! »

Mon père se met à siffler lui aussi et rentre dans la maison. Ma mère crie en calabrais puis se laisse tomber sur sa chaise. « Rien, on ne peut rien tirer de cet homme. Salvo Denaro, c'est du sang de punaise que tu as dans les veines. » Elle jette un coup d'œil entre les volets tirés. « Ma pauvre mère avait raison. Cet homme est un bon à rien. »

On entend le sifflement de mon père dans la cuisine, il se confond avec celui de la rue. « Ça suffit, c'est moi qui vais lui parler maintenant ! braille Cosimino en attrapant sa veste.

– Du calme, mon fils. Ce n'est pas dans tes cordes. Dans cette maison, ce ne sont pas les épées mais les fourreaux qui partent au combat. »

Ma mère dépose son ouvrage dans la corbeille à couture puis elle dit à mon père : « Tu ne te soucies même pas de ton fils ? Tu ne vois rien ? Tu n'entends rien ? »

Mon père continue de siffler jusqu'à ce que l'autre finisse par arrêter.

Quand mon père arrête à son tour, le silence revient. Je ne sais plus si le silence, je suis encore pour.

18

La place est éclairée par des myriades d'ampoules et remplie d'étals. Certains vendent des semences, d'autres des pois chiches grillés, des figurines en sucre, des caroubes. Les fillettes sont montées sur scène avec leurs petites ailes, celle qui me remplace ne me ressemble pas : elle a les cheveux blonds et la peau très claire. Quand elle commence à chanter, seule au milieu du chœur, j'ai l'impression d'être devenue muette.

Je m'avance sur la place avec ma robe blanche et les chaussures neuves que ma mère m'a achetées grâce à un prêt de la mère Scibetta. Elles sont fermées sur le devant et ont un petit talon. Moi qui me suis toujours promenée en sabots, je m'y sens à l'étroit. Cosimino et ma mère marchent à côté de moi, mon père juste derrière, les mains dans les poches et son chapeau sur la tête. Je jette un regard en direction des vendeurs d'*arancine* et de *stigghiole*, les brochettes d'intestins, à la recherche de ma sœur Fortunata. Petitounes, nous faisions ensemble le tour des carrioles et nous nous émerveillions devant l'avaleur de sabre qui se tordait comme si la lame s'était plantée dans son corps, puis ressortait le fer tout propre, dépourvu de la moindre tache de sang. Cependant, depuis son mariage, on n'a plus revu ma sœur sur la place le jour de la fête patronale. Après tout, qu'est-ce qu'elle aurait à fêter ?

La mère Scibetta et ses filles ont enfilé leurs nouvelles robes, que ma mère et moi avons confectionnées. Elles se sont parées de tous leurs bijoux et, de loin, elles ressemblent à trois saintes martyres prêtes pour la procession. Si Fortunata est absente, son mari Gerò Musciacco, lui, est bien là. Il arrive de la rue principale dans un costume très élégant, et sa moustache est bien peignée, comme celles des vedettes sur les affiches du cinématographe. Il se présente bras dessus bras dessous avec une femme vêtue d'une robe décolletée qui lui arrive au-dessus du genou. Il incline légèrement la tête en signe de salut quand il nous voit, puis il se tourne dans l'autre sens, passe un bras autour des hanches de la femme et l'embrasse devant tout le monde. Ma mère murmure quelque chose en calabrais tout en faisant mine de sourire, parce qu'il ne faut pas faire parler les gens. Mon père et Cosimino sont allés au stand de la loterie pour assister au tirage des numéros. Ils ont acheté deux billets et ils espèrent remporter le premier prix, qui est un déjeuner complet, avec entrée, plat, dessert et vin. L'homme plonge sa main dans le sachet qui contient les numéros. Chaque fois qu'il en sort un, la petite foule amassée autour de lui pousse des cris de joie ou de déception.

Plus nous avançons, plus j'ai l'impression que tout le monde me scrute, je voudrais rentrer à la maison et remettre mes sabots, que j'ai laissés au pied de mon lit. Je suis contente de voir Liliana, qui vient à ma rencontre, vêtue d'une robe à fleurs qui lui moule les hanches, comme celles des chanteuses à la télévision, et les cheveux crêpés. « Viens danser, Oliva ! m'enjoint-elle en me tirant par le bras.

– Ma fille ne danse pas, rétorque sèchement ma mère.

– C'est une activité innocente, entre amies…

– Ma fille n'a pas d'amies », dit ma mère entre ses dents.

À cet instant précis, les filles Scibetta se prennent par la main et vont vers le milieu de la place, devant la scène. Elles bougent les pieds sans suivre le rythme de la musique, la mère Scibetta les regarde d'un air satisfait en tapant dans ses mains, puis elle nous jette un regard et nous invite d'un geste, comme pour dire « allez-y ». Si la place reste vide, ses filles seules passeront pour des imbéciles et, si elles ne dansent pas, personne ne les remarquera, elles resteront célibataires une année de plus et ce sera fichu pour les marier.

Ma mère me donne une tape sur l'épaule : « Allez, entre filles, vous pouvez y aller ! »

Les règles du bal, c'est : tiens-toi au large des garçons, ne chante pas à gorge déployée, ne remue pas les hanches comme une possédée.

Visiblement, Liliana ne les connaît pas, puisqu'elle fait tout le contraire de ce que ma mère m'a appris. Elle est capable de bouger ses poignets exactement comme la chanteuse Mina, elle fait claquer ses doigts en tendant les bras devant elle et en criant « *Personne, je te jure, personne* ». Moi je me dandine comme une équilibriste à cause de mes chaussures neuves. Liliana secoue la tête, se cambre et fait rouler son bassin, elle est si belle que mon ventre s'alanguit. « *Même le destin ne peut nous séparer* », répètent les filles Scibetta à voix basse, mais sans rouler des hanches. « *Mon monde commence et finit avec toi* », hurle Liliana alors que quelques garçons s'approchent. Je tourne la tête vers ma mère, par chance elle est distraite, absorbée dans une conversation avec Nardina. Don Vito est devant le café de la place au milieu d'un groupe d'hommes, ils commentent les tenues des femmes en prenant garde à ne pas se faire entendre par leurs maris. Je le vois rire, il a une belle bouche et des yeux couleur de mer, mais il a comme un chagrin sur son visage. J'imagine qu'il est obligé de faire ce cinéma pour ne pas apporter de l'eau au moulin des langues-coupantes qui l'appellent « moitié d'homme » dans son dos. Les hommes souffrent eux aussi : leur honneur réside dans les femmes qu'ils ont prises, l'honneur des femmes réside dans leur chair même. Chacun défend comme il peut ce qu'il possède. Comme à la fête du saint patron : dans la procession, une place pour chacun.

Nous les filles, nous dansons au centre de la place, entourées par des jeunes hommes qui fument et nous jaugent. Les deux Scibetta approchent leurs têtes couvertes de bijoux et arrondissent les lèvres pour susurrer : « *Parce que cet amour s'illuminera d'éternité* », elles battent du pied le rythme à contretemps tout en essayant d'attirer les regards des garçons, mais tous sont rivés sur Liliana, qui renverse la tête en arrière, les yeux mi-clos.

Cosimino approche lui aussi, il vient de quitter la loterie avec mon père, qui tient un chapeau neuf, le lot de consolation. Il esquisse quelques pas de danse tandis que la fille Scibetta maigrichonne le dévore des yeux. À côté du vendeur de poulpe bouilli et de fruits de mer, il y a un garçon en pantalon, aux cheveux roux coiffés en arrière avec de la brillantine. Il se tient à l'écart des autres, il ne fume pas. Je le prends pour un étranger jusqu'à ce qu'il se tourne et que je reconnaisse Saro. Il y a quelques mois encore, nous pouvions discuter ensemble devant l'atelier de son père, lui avec des copeaux dans ses cheveux ébouriffés, moi assise en tailleur dans l'herbe. Il a grandi lui aussi, maintenant il fait partie des hommes, alors, quand nos regards se croisent, nous nous sentons gênés tous les deux.

Liliana me prend les mains et les lève vers le ciel.

Je les rabats le long de mon corps : une fille ne lève pas les bras au-dessus de ses épaules, c'est mal, dit toujours ma mère. La musique change et une chanson napolitaine langoureuse commence, elle parle d'un amoureux qui, la nuit, va sous la fenêtre d'une femme mariée. Celle-ci s'approche des volets tirés mais ne se montre pas. Le mari endormi ne s'aperçoit de rien. L'amoureux pleure dans la rue, la femme regagne son lit sans réussir à s'endormir. Soudain, je reconnais cette musique et croise les bras sur mon ventre : c'est celle que j'entends siffloter tous les jours dans la rue devant chez moi.

Les filles Scibetta se prennent dans les bras pour danser ce slow, comme elles ont dû le voir faire à la télévision.

« La musique napolitaine me donne le bourdon », dis-je à Liliana, et je l'entraîne à ma suite, me frayant un passage dans la foule. Soudain me parviennent les effluves capiteux du jasmin. Puis une main m'attrape par le poignet et me tire. « Tu n'accordes pas cette danse à ton amoureux ? »

Je perds Liliana dans la cohue et essaie de me libérer, mais la poigne est ferme. « C'est notre chanson, tu te souviens ?

– Je ne me souviens de rien et je ne vous connais pas. »

Paternò passe un bras autour de ma taille et serre ma main dans la sienne. Elle est chaude et sèche. Il approche sa joue de la mienne et je sens son odeur, âcre et pénétrante, mêlée à celle du brin de jasmin glissé derrière son oreille.

« *Rose fraîche est odorante...* Toi qui es allée à l'école, tu connais cette poésie ?

– Je ne sais rien, lâchez-moi, ne faisons pas parler les gens.

– C'est moi qui décide de ce que les gens disent. Tu te souviens comment ça finit entre les deux amoureux de la poésie ? Ça finit qu'à force d'insister, même le métal finit par ployer. »

La chanson napolitaine s'est achevée et l'orchestre sur la scène poursuit avec un morceau enjoué. Je cherche Liliana des yeux parmi les jeunes filles qui dansent par deux. Paternò me serre plus fort et nous nous mettons à tourbillonner dans la foule. J'ai peur de croiser le regard de ma mère et, à la fois, je le cherche pour lui demander de l'aide, pour lui expliquer que ce n'est pas ma faute. Il ne desserre pas son étreinte et me fait tant virevolter que mes pieds ne touchent presque plus terre. Je perds mes chaussures, mes cheveux rassemblés en chignon se défont et tombent sur mes épaules, je ne sens que sa main dans mon dos, le parfum du jasmin et l'odeur de sa peau. La chaleur de son corps pénètre en moi, mon corps me devient étranger, il a des pensées et une volonté indépendantes de la mienne. Mon ventre s'alanguit et je suis en proie à une peur inconnue.

« Lâchez-moi, dis-je à mi-voix. Je ne veux pas de vous, je ne veux pas de vous, je ne veux pas de vous, je répète de plus en plus fort, si bien qu'à la fin je crie.

– C'est bien, répond-il. Les filles sérieuses ne doivent pas céder immédiatement. Elles doivent se faire désirer », et il effleure mon menton des doigts.

« Cette jeune fille ne veut pas danser, vous avez entendu ? » Saro a posé une main sur l'épaule de Paternò. Sa voix aussi a changé depuis que nous avons arrêté de courir ensemble.

« Pourquoi donc ? Elle n'est pas boiteuse, elle. »

Saro se jette sur Paternò, il a le visage si empourpré que sa tache en forme de fraise est presque invisible. Il le gifle à l'aveugle sans réussir à le toucher. Il finit par l'attraper par les cheveux et tire de toutes ses forces. Paternò le laisse faire : « Je suis un gentilhomme, je ne lève pas la main sur un infirme, un gamin qui se bat comme une fille. »

Les lèvres de Saro se mettent à trembler. « T'es un vautour, pas un gentilhomme ! lui crie-t-il d'une voix déchirée par les larmes. Ton père et toi vous tenez la moitié du village sous votre coupe, avec votre activité d'usuriers ! »

Un groupe s'est formé autour de nous, l'orchestre a arrêté de jouer. Quelqu'un intervient pour écarter Saro, qui continue de montrer ses poings à Paternò. Mon père fend la foule à pas lents, son chapeau neuf à la main. Je lève les yeux vers lui, son visage n'exprime rien. Comme s'il était aux champs, en train de cueillir des herbes.

« Salvo, je t'en prie ! » crie ma mère derrière moi. On pourrait croire qu'elle veut le retenir, moi je sais très bien que c'est une incitation : Salvo, je t'en prie, fais quelque chose, voudrait-elle lui dire. Pour une fois, comporte-toi en homme devant le village. Sois à la hauteur, Salvo, je t'en prie !

Les mots de ma mère lui font l'effet d'une pierre sur la nuque. Il plisse les yeux et me prend par la main.

« Monsieur le père ne veut-il pas m'accorder l'honneur d'une danse avec sa jolie fille ? » demande Paternò d'un ton moqueur.

Mon père ouvre la bouche, reste un instant silencieux. « Je ne préfère pas », murmure-t-il, puis il me ramène à la maison, pieds nus et la robe déchirée. Avant de bifurquer dans une ruelle latérale, je me retourne. Paternò sourit, seul au milieu de la place.

« Rose ! me crie-t-il de loin, pour que tout le monde entende. Rose fraîche et odorante… »

19

De retour à la maison, mon père accroche son chapeau neuf à la patère de l'entrée, enfile sa tenue de travail et se retire dans le cabanon à outils, dont il ressort avec un pot de peinture et une étagère en bois, qu'il installe sur des tréteaux dans la cour. Il ferme les yeux pendant quelques secondes et serre son bras gauche comme pour comprimer une plaie, puis il tire son mouchoir de sa poche et s'éponge le front. Quand il rouvre les yeux, il plonge le pinceau dans le liquide rouge et passe la peinture, d'abord d'un côté puis de l'autre, toujours au même rythme. Ma mère le rejoint et grommelle : « Le père et le fils vont à la loterie gaspiller les quatre sous qu'on arrive à économiser, et la fille joue les danseuses devant tout le village. »

Elle ne reçoit pour toute réponse que le bruissement léger du pinceau sur la surface rugueuse du bois. « Quelles sont les intentions de ce monsieur à l'égard de notre fille, tu le lui as demandé ? Tu as voulu qu'elle aille à l'école, très bien, mais maintenant il faut commencer à penser à comment la caser.

– Il faut de la douceur avec les filles », réplique-t-il, comme il l'avait dit pour la chèvre.

Je reste assise dans un coin à me ronger les ongles pendant qu'ils parlent de moi comme s'il s'agissait de faire saillir une bête.

« Je t'en ai déjà casé une, de fille. Si Fortunata mène une vie de dame dans un bel appartement avec des gens à son service, c'est à moi que tu dois dire merci. »

Je pense aux yeux de ma sœur la dernière fois qu'elle s'est montrée à la fenêtre, ils semblaient enfoncés dans son visage, et je voudrais que les miens aussi disparaissent, pour ne plus rien voir et ne plus être vue.

« Cosimino est encore jeune. C'est toi qui dois prendre soin de nous. C'est quoi, un homme comme il faut ? Un homme qui donne à manger à sa famille et qui sait s'occuper de ses femmes. Tu as vu comme il regardait ta fille, celui-là ? Si je te pique avec une aiguille, qu'est-ce qui sortira ? Du sang de punaise, voilà tout ! Du sang de punaise. »

Mon père mélange la peinture avec un bâton pour vérifier sa consistance. Il verse un peu d'eau dans le pot et tourne encore. Puis il sort le pinceau dégoulinant de peinture, le tend à mon frère, rentre calmement dans la maison, renfile ses chaussures et met son chapeau neuf avant de se diriger vers le chemin de terre.

« Cosimino, mon fils, continue, je me suis souvenu

d'une mission urgente : je dois sauver l'honneur de la famille avant le souper. »

Mon frère reste planté avec le pinceau à la main tandis qu'une tache rouge se forme à ses pieds. Mon sang ralentit dans mes veines et je suis incapable de me lever. Ma mère regarde les gouttes qui tombent par terre.

« Ne t'inquiète pas, Amalia, lui dit mon père. C'est de la peinture, pas du sang, ça part avec de l'eau. Alors que le sang, on peut toujours frotter, ça ne part jamais. » Il reprend sa route, laissant des empreintes rouges sur le sol.

J'ai peur de rester à la maison et peur de suivre ces traces pourpres qui s'impriment sur le chemin. Je me lève lentement, vais dans ma chambre et retire ma robe : elle est encore aussi blanche que lorsque nous l'avons brodée, mais sa jupe présente un long accroc. Je remets ma tenue de la maison, j'enfile mes sabots, je cache ma nouvelle robe dans le vieux sac en cuir que j'utilisais, petitoune, pour aller à l'école, et sors sur le terrain. La bêche est appuyée contre le mur de la maison. Je m'en empare et creuse une fosse au pied de l'olivier, une fosse profonde, puis j'y jette le sac avec ma robe. Je remplis le trou et m'assieds. Mon père, minuscule, s'éloigne dans la pénombre.

DEUXIÈME PARTIE

20

On l'a retrouvé dans la rue, effondré dans un coin. Son chapeau était tombé, sa chemise était ouverte, il se tenait le bras. Au village, les gens ont raconté qu'il allait chez Paternò pour venger son honneur, mais il n'avait pas d'arme sur lui. Selon le docteur Provenzano, il s'en était fallu de peu et nous devions remercier Notre-Dame des Miracles. Les miracles, je suis pour.

Quand elle l'a vu dans son lit d'hôpital, ma mère a secoué la tête : « Ne nous fais plus des peurs pareilles », lui a-t-elle reproché, et elle a posé une main sur ses cheveux. C'était la première fois que je la voyais le toucher, et j'ai pensé qu'il allait mourir.

Au milieu de l'automne, il était toujours vivant, mais encore alité. Il parlait peu, comme d'habitude, et passait son temps à regarder par la fenêtre en direction de son champ. Cosimino et moi nous occupions des poules, de la chèvre et des légumes. J'allais chercher les escargots, mon frère les grenouilles. À son retour, notre mère, lui et moi nous mettions autour du seau, armés de couteaux, dans la chambre de mon père pour lui tenir compagnie. Cosimino leur coupait la tête, c'était la méthode la plus charitable, celle que mon père avait toujours appliquée, avant son infarctus. Beaucoup de sang coulait dans le seau. Puis il me passait la grenouille et je coupais les pattes à cette pauvrette avant de la tendre à ma mère, qui la vidait. C'était une activité fastidieuse, mais elle valait la peine, car les grenouilles déjà préparées se vendaient plus cher. Pour nous distraire, Cosimino racontait l'histoire du procès, qu'il avait entendue devant le café. Nous étions les prévenus devant le juge et chacun de nous écopait d'une peine. Moi, un an parce que j'avais seulement coupé les pattes. Ma mère quinze ans parce qu'elle avait infligé des blessures graves. Lui, perpétuité, parce qu'il était responsable du coup fatal porté à ces pauvres bêtes. Cependant, le juge nous absolvait tous pour légitime défense car, si nous ne tuions pas les grenouilles, c'était la faim qui nous tuerait. Pendant que nous riions, les pattes coupées et les organes rouges s'accumulaient dans le seau. Cosimino épiait mon père du coin de l'œil pour voir si cette histoire l'amusait aussi, mais il n'arrivait pas à intercepter son regard, fixé tantôt sur les abats, tantôt de l'autre côté de la fenêtre, vers là où j'avais enterré ma robe, c'est du moins ce qu'il me semblait.

Quand mon frère rentrait du marché, il déposait

l'argent gagné dans une corbeille en osier sur la table de chevet de mon père, parce que c'était lui le chef de famille.

Le docteur Provenzano venait une fois par semaine, il le trouvait en bonne forme et lui donnait un sirop. Les sirops, je suis pour : quand, petite, j'avais eu une bronchite, on m'en avait donné un qui avait un goût de cerise. Une nuit, j'avais découvert où le flacon était rangé et je l'avais bu en entier. J'avais eu affreusement mal au ventre et j'avais tout vomi.

Un jour, le docteur a dit que mon père était guéri et que, s'il était toujours alité, c'était à cause d'un manque de volonté. « Qu'est-ce que ça veut dire ? a demandé ma mère, suspicieuse.

– Ça peut arriver après un infarctus. C'est une sorte de fatigue de l'esprit, il faut avoir de la patience, a-t-il répondu.

– De la volonté, il n'en a jamais eu, a fait remarquer ma mère. Dans combien de temps il redeviendra comme avant ? »

Le docteur Provenzano a enlevé ses lunettes et s'est frotté les yeux. « Il faut avoir de la patience », a-t-il répété, et il n'est plus revenu.

21

Les premières semaines, il y avait la file devant notre porte : quand quelqu'un sortait, quelqu'un d'autre entrait. Don Ignazio, Nellina, les paysans des terres alentour, et puis quelques curieux qui voulaient savoir ce qu'il s'était passé. Faiblesse au cœur, disait ma mère, alors ils hochaient la tête d'un air compatissant, mais ensuite ils se tournaient pour me dévisager. Après avoir demandé l'autorisation, je me retirais dans ma chambre, j'ouvrais mes manuels scolaires et j'imaginais que je préparais mon interrogation de latin pour le lendemain, même si les cours c'était fini pour moi : après la mésaventure de mon père, on m'avait retirée de l'école.

« Une jeune fille comme il faut n'a pas besoin de diplôme », avait décrété ma mère en m'enlevant mon tablier noir.

Ce n'est pas grave, avais-je pensé, de toute façon il était devenu trop petit.

Honesta puella letitia familiae est, lisais-je dans le

manuel de première année, et je feuilletais le dictionnaire pour me distraire des bavardages dans la cuisine. « La jeune fille honnête est la joie de sa famille », traduisais-je d'une écriture soignée dans mon cahier. Ils avaient raison, c'était ma faute si mon père avait eu une faiblesse au cœur.

La seule visite des Scibetta a été celle de Mena, la maigrichonne. Elle a dit que sa mère était désolée, mais que son autre fille et elle avaient attrapé un mauvais rhume et ne voulaient pas risquer de retomber malades. La Scibetta maigrichonne paraissait moins maigre quand elle n'était pas à côté de sa sœur et de sa mère. Elle n'était guère plus âgée que moi, mais la crainte de sa mère qu'elle ne reste célibataire l'avait déjà transformée en vieille fille. Ce mécanisme vaut pour nous toutes, nous finissons par devenir telles que nos mères nous voient.

« Cosimino n'est pas là ? a-t-elle demandé en remettant en place une de ses épingles à cheveux.

– Il n'est pas là, il est au marché, l'ai-je rassurée, imaginant sa timidité. Assieds-toi, Mena, ai-je ajouté en arrangeant mon tablier sur mes hanches. Veux-tu une goutte de café ou de l'eau à la menthe ?

– Je te remercie, Oliva, mais ne te dérange pas. Viens plutôt t'asseoir à côté de moi », a-t-elle répondu, manifestant une complicité dont elle n'avait jamais fait preuve.

Les fois où j'étais allée chez elles pour le rosaire,

elles ne m'avaient jamais proposé de m'installer sur le canapé, comme si nous n'étions pas du même monde. Ma mère, Miluzza et moi d'un côté, elles trois de l'autre. J'ai pris place à côté d'elle. Elle a saisi ma main et l'a posée sur son ventre. « Alors, qu'est-ce qu'il s'est passé ? » Sous mes doigts je sentais sa jupe, ornée des broderies que j'avais aidé à faire, un an auparavant. Je m'étais donné beaucoup de mal sur cet ouvrage, mais maintenant il ne m'appartenait plus, j'étais gênée de le toucher.

« Un infarctus, ai-je répondu. C'est Cosimino qui l'a retrouvé dans la grand-rue…

– Avec moi tu peux être sincère, Oliva, m'a-t-elle interrompue. Je pourrais être ta sœur, on a une relation de confiance. »

J'ai pensé qu'avec ma vraie sœur, Fortunata, nous nous étions rarement tenu la main. « Je ne sais pas, Mena. Qu'est-ce que tu veux que je te dise ? »

Elle a rougi, et son visage a semblé se creuser un peu plus. Ses yeux brillaient comme si elle était au bord des larmes, mais elle n'était pas triste.

« Le baiser…, a-t-elle fini par souffler.

– Quel baiser ? ai-je répondu, un peu perdue.

– Tu peux te confier à moi, Oliva. Ça restera entre nous. »

J'ai vivement retiré ma main et senti le tissu glisser sous mes doigts, comme quand je l'avais brodé, point après point.

« Tu t'es fiancée et maintenant tu te sens supérieure. Et moi qui t'ai toujours considérée comme une amie ! » Mena s'est tordu les mains, à présent de véritables larmes se formaient sous ses larges paupières.

« Pas de baiser, pas de fiançailles, ai-je dit. Je ne connais pas cet homme. Et ma famille non plus. »

Mena a eu l'air à la fois déçue et un peu soulagée. Elle a aussitôt repris son attitude hautaine, elle a écarté sa chaise et m'a toisée d'un air malicieux. « Il a quitté le village quand il était encore gamin, et c'est un homme qui revient. Tout le monde le trouve beau. Tu n'es pas de cet avis, toi ? »

J'ai senti un poids dans ma poitrine et j'ai croisé les bras sur mon tablier. « J'ai dû le voir deux fois dans ma vie, je ne me suis jamais posé la question.

– Il t'a invitée à danser…

– Il m'a confondue avec quelqu'un d'autre, ai-je coupé court.

– Ma mère dit que, ces dernières années, il vivait en ville chez un oncle à lui qui a un commerce prospère parce que la vie de village ne lui convenait pas.

– Grand bien lui fasse », ai-je marmonné.

Mena s'est de nouveau approchée pour me murmurer à l'oreille, tout excitée : « Il paraît qu'il a dû partir une nuit pour une question d'honneur. » Je me suis levée brusquement, faisant tomber ma chaise. Mena s'est levée à son tour, et ma mère a passé la tête à la porte pour savoir ce qu'il se passait. « Rien, donna

Amalia, je suis sur le départ, a bafouillé Mena en se dirigeant vers la sortie. Maman vous attend chez nous vendredi pour le rosaire.

– Merci, Mena, a répondu ma mère. Malheureusement, comme tu peux le voir, avec mon mari malade, je ne peux pas sortir d'ici. »

J'ai poussé un soupir de soulagement. La dernière fois, je m'étais enfuie de chez elles comme si on m'avait pincée en train de voler quelque chose. Tout m'est revenu en mémoire : le soleil qui cognait, la place vide, le jus rouge de l'orange qui tachait le pantalon blanc et le sang qui coulait sur mes jambes.

Mena nous a demandé de saluer mon père de sa part et elle est partie. Ma mère et moi sommes restées dans la cuisine pour préparer le souper en nous tenant à distance l'une de l'autre, comme deux personnes qui ne voudraient pas se contaminer.

22

Ce matin, je vais seule à la messe parce que ma mère est allée livrer les draps brodés pour le mariage de Tindara, la nièce de Nellina, la bonne du curé. Tindara a un an de plus que moi et elle a trouvé un bon parti. Les règles de l'église, c'est : lève-toi quand le prêtre dit « levez-vous », assieds-toi quand il dit « asseyez-vous » et ne décolle pas l'hostie de ton palais avec ta langue après l'eucharistie.

J'entre dans l'église la tête couverte d'un voile blanc, je me signe et rejoins le banc où les autres sont assises. Tindara est parmi elles, avec ses chaussures neuves et ses cheveux rassemblés en chignon, à seize ans elle a déjà l'air d'une dame. Quand l'office s'achève, nous nous pressons autour d'elle et Crocifissa l'assaille de questions : « Alors, il est comment, ton mari ? Il ressemble à quel acteur ? »

Tindara croise les bras sur sa poitrine. « Je ne sais pas…

– Tu ne sais pas s'il est beau ou moche ? » insiste Crocifissa.

Tindara baisse la tête, honteuse, et met un peu de

temps à répondre. « Je ne l'ai jamais vu. C'est ma tante qui s'est occupée de tout », finit-elle par avouer.

Nous voilà déroutées. Nous croyions que les mariages arrangés sans que les futurs époux se rencontrent étaient une pratique révolue. « Moi, je lui donne ma pureté et lui il me donnera une position sociale, se justifie-t-elle, répétant comme un perroquet les phrases que la bonne du curé lui a sans doute dites. C'est le fondement d'un mariage heureux. »

Nous restons muettes, seule Crocifissa a le courage de poser la question qui brûle la langue à toutes : « Tu ne sais même pas comment il est ?

– Bien sûr que si, qu'est-ce que tu imagines ? Il m'a envoyé son portrait en pied, répond Tindara, une pointe d'incertitude dans la voix. J'ai vérifié, il ne lui manque rien.

– Mais alors c'est un coup de foudre par correspondance ! plaisante Crocifissa.

– Est-ce qu'il est nanti, au moins ? s'informe Rosalina en frottant son pouce et son index comme si elle tenait un billet.

– Il est représentant de commerce, il a tout ce qu'il faut, se vante Tindara.

– Et si jamais, quand tu le rencontreras, tu n'éprouves pas d'émotion, pas de joie dans ton cœur ? interviens-je timidement. Dans une semaine, tu devras habiter dans la même maison que lui jour et nuit... »

Tindara se rembrunit et me regarde, les yeux plissés : « Elle est bien bonne, celle-là. Tout le monde n'est pas comme toi ! » Les autres filles se taisent. « Toi, tu t'es choisi ton fiancé dans la rue, tu le laisses venir te faire des sérénades devant chez toi, tu te laisses embrasser sur la place, devant tout le village, ton père a failli en mourir ! Mon futur mari a de l'honneur, lui, et pour éviter les commérages, il a préféré qu'on ne se rencontre pas, il veut que ma pureté resplendisse aux yeux de tout le monde.

– Je ne voulais pas dire que…

– Toi, par contre, les gens tu les fais parler, et pas qu'un peu. Tout le village connaît Pino Paternò. »

En entendant son nom, je sens de nouveau ses mains autour de ma taille, l'odeur de sa peau, et la honte me submerge.

Les autres filles forment un cercle, comme quand les hommes misent sur des coqs de combat : les bêtes au milieu de l'arène en train de se battre et eux qui les regardent, sauf que maintenant c'est Tindara et moi, deux poules de poulailler, qui sommes au milieu du parvis.

« Sa sœur est une dévergondée, et elle aussi », murmure Tindara entre ses dents avant de pivoter sur ses talons, suivie de Rosalina et Crocifissa. Je me retrouve seule sur le parvis comme un bouton décousu, et je pars vers chez moi en courant à coupe-souffle même si on me l'a interdit, mes pieds bougent tout seuls et dans ma tête je me répète : *Rosa, rosa, rosam…* C'est le seul stratagème que j'aie trouvé pour me protéger des langues-coupantes : courir vite et réciter les déclinaisons latines.

Quand j'arrive, je passe la tête dans la chambre : mon père n'est plus là, son lit est vide, parfaitement fait et bordé. « P'pa. » Je l'appelle d'abord doucement, puis de plus en plus fort. Je fais le tour de la maison, je reviens dans sa chambre, je m'assieds sur le matelas, mes poings plantés dans mes cuisses. Je voudrais m'élancer au-dehors pour partir à sa recherche, mais je me sens soudain épuisée, comme si l'absence de volonté de mon père m'avait contaminée. Je m'étends, laisse aller ma tête sur l'oreiller, où la sienne a reposé pendant des mois, et je respire son odeur. Puis, au prix d'un gros effort, je me relève et sors dans la cour. Au pied de l'olivier, un paysan est penché sur ses plantes, son chapeau enfoncé sur la tête, il a tiré de l'eau du puits pour arroser les jeunes pousses. Je cours vers lui et me jette à son cou, je m'agrippe à lui comme une jeune olive à sa branche.

« J'ai vu par la fenêtre une plante qui avait besoin d'un tuteur, m'explique-t-il avec naturel. Alors je me suis levé. »

23

Après tous ces mois d'inactivité, ses mains sont redevenues aussi lisses que celles d'un jeune homme. Il lie le tronc encore vert à un piquet qu'il a planté dans la terre, arrache quelques mauvaises herbes qui poussaient autour du pied et le privaient de nutriments, il caresse les jeunes feuilles. « J'ai passé trop de temps à la maison, dit-il en se redressant. Viens, on y va.

– Où ? je demande, égarée.

– Mets ta jolie robe. »

Ma jolie robe se trouve sous terre, à quelques mètres de nous, au pied de l'olivier, dans mon vieux cartable. Je n'ai pas le courage de le lui dire. Il se dirige vers la maison, le soleil est haut dans le ciel, on ne se croirait pas en automne, mais au printemps. Une demi-heure après, il ressort avec son habit du dimanche, rasé et coiffé, il est redevenu grand et fort, comme les dieux grecs sur les illustrations des livres de mon institutrice Rosaria. Il pince le tissu de son pantalon au-dessus de ses genoux, s'assied à côté de la porte et attend.

Je cours dans ma chambre et sors de l'armoire la jupe jaune de ma mère que nous avons retournée ensemble pour que je puisse la récupérer, je ne l'ai encore jamais mise. Je reviens sur le seuil, il se lève et passe son bras sous le mien.

Nous parcourons le chemin de terre jusqu'à la grand-rue, mon père marche la tête haute et salue chaque personne que nous croisons, comme s'il était de retour, riche et heureux, après un long voyage et non une convalescence. La place grouille de gens : les femmes, tête voilée, sortent de l'église après la seconde messe et vont préparer le déjeuner, les hommes se réunissent pour aller boire un verre de vin et jouer aux cartes aux tables du café. Nous continuons d'avancer lentement, sans échanger un mot. Mon père dit bonjour à tous, on nous salue en retour, ce n'est qu'après notre passage que la vague des racontars se forme. Je me cramponne à la manche de sa veste et m'immobilise, je veux rebrousser chemin : « On va où, p'pa ?

– C'est dimanche aujourd'hui, non ? Le dimanche, on achète des pâtisseries », dit-il sans s'arrêter. Je baisse les yeux et me mets à compter les pavés : j'aimerais que leur nombre soit infini, comme dans l'histoire d'Achille et de la tortue que nous racontait madame Terlizzi, mais ce n'est pas le cas. Le soleil fait briller la porte vitrée de la pâtisserie, m'empêchant de voir à l'intérieur. Je voudrais prier Notre-Dame des Miracles pour qu'il ne soit pas dedans, mais au lieu du rosaire je commence à me réciter les déclinaisons. Première déclinaison singulier : *rosa, rosa, rosam, rosae, rosae, rosa.* Si j'arrive à la cinquième sans me tromper, ce ne sera pas lui à la caisse. Première pluriel : *rosae, rosae, rosas, rosarum, rosis, rosis.* Deuxième déclinaison singulier : *lupus, lupe, lupum, lupi...* Mon père me soutient, c'est comme s'il me portait. Je reprends : *lupi, lupo, lupo.* Les gens nous regardent passer : le père ressuscité et la fille dévergondée qui vont ensemble le dimanche matin acheter des pâtisseries chez l'homme qui l'a offensée. Troisième déclinaison singulier : *consul, consul, consulem, consulis, consuli...* La troisième est la plus difficile, alors elle compte double. Si je parviens à la réciter sans me tromper, c'est l'employée qui nous servira, mon bras redeviendra léger, mes pas de fourmi se transformeront en pas de girafe, comme dans nos jeux d'enfants devant l'atelier du père de Saro, et nous rentrerons à la maison pour fêter à l'abri des regards la guérison de mon père et le dimanche. Troisième déclinaison pluriel : *consules, consules, consules* et ensuite ? Les désinences se mélangent dans ma tête. J'ai déjà tout oublié, et tout ce que j'apprends maintenant ne me sert plus à rien. Madame Terlizzi me fixe d'un air contrarié depuis son bureau, mon institutrice Rosaria me retire une étoile, ma mère me donne une punition.

La porte vitrée s'ouvre, j'entends la voix de mon père : « Bonjour. » Mes yeux restent rivés sur le carrelage bleu clair, je cherche le génitif pluriel sans le trouver. J'ai la tête vide.

« Bonjour ? répond une voix masculine. Oui, c'était un bon jour avant que vous entriez. Maintenant, c'est un excellent jour. »

Son rire se brise contre le silence de mon père.

« En quoi puis-je vous être utile ? demande poliment la voix.

– Nous sommes venus acheter des pâtisseries pour fêter mon rétablissement. » Je suis si près de lui que je sens les mots vibrer dans sa poitrine avant qu'ils ne se perdent dans l'air.

« Dans ce cas, je ne peux pas vous aider », déclare la voix. L'homme s'approche de nous, je sens l'odeur du jasmin.

Mon père se raidit un instant, puis se détend.

« Je ne veux pas vous vendre un gâteau. Je veux vous l'offrir. »

Je lève les yeux, je revois son visage et j'ai le souffle court, comme pendant le bal, sauf que cette fois je suis immobile. « Une bonne *cassata*, mademoiselle adore ça. » Il m'adresse un clin d'œil, comme lorsqu'il m'en faisait goûter sur la pointe de son couteau.

« Merci, mais je ne préfère pas », répond mon père. Sa voix est posée, atone, la même que quand maman lui demande s'il veut une autre part de gratin de pâtes aux aubergines. Je lâche son bras et me tords les mains.

« Si vous refusez, vous m'offensez, réplique l'homme.

– Ma fille préfère autre chose, dit mon père. Pas vrai, Oliva ? Regarde ce qu'il y a : qu'est-ce que tu veux ? »

Au milieu des pâtisseries fourrées à différentes crèmes, je reconnais les mains qui me tenaient par la taille le jour de la fête du saint patron.

« Vous parlez comme un homme moderne, reprend la voix. Un homme qui ne respecte pas les traditions. Vous dites que vous voulez laisser votre fille libre de choisir, mais les filles ne racontent pas ce qu'elles aiment ou pas à leur père. Si elles ne le font pas, c'est en raison du respect qu'elles doivent à leurs parents.

– Il n'y a pas de secrets entre ma fille et moi, réplique mon père. Ce qu'elle décide est irréprochable. »

Paternò sort un gâteau de la vitrine : il est grand, couleur de lait comme la robe que j'ai cachée sous terre, et couvert de fruits confits. Je ne sais pas si c'est celui-là que je veux ou pas. Je ne sais pas s'il n'y a pas de secrets entre mon père et moi. Je sais utiliser les mots les plus rares du dictionnaire, je sais broder les tissus les plus délicats sans les trouer, je sais réciter les déclinaisons latines même si je bute toujours sur la troisième, je sais peler les grenouilles. Voilà tout ce que je sais.

« Monsieur, reprend Paternò, agacé, vous tenez à gâcher un jour de fête ? J'offre un cadeau à votre fille. Croyez-moi, c'est une bonne affaire pour vous, et je n'attends même pas de remerciements. Malheureusement, certaines personnes ne connaissent pas la gratitude. Écoutez donc mon conseil : prenez cette *cassata* et passez un bon dimanche. »

Paternò enveloppe le gâteau dans du papier bleu clair où le nom de la pâtisserie est inscrit en lettres dorées. Il déroule cinquante centimètres de ruban marron sans me quitter des yeux. Je baisse les miens. Quand il coupe le ruban, quelque chose se brise en moi. Mon père tend les mains, est-ce pour accepter le cadeau ou le refuser ? Peut-être qu'il cherche seulement à temporiser.

« Oliva, ma fille, ce monsieur a décidé qu'aujourd'hui nous devons manger de la *cassata* au dessert. Mais moi je t'ai amenée ici précisément pour que tu choisisses, selon ton envie et sans avoir à rendre de comptes à personne. » Mon père se tourne vers la porte vitrée et l'ouvre, pour que les gens rassemblés dehors puissent entendre. Puis il soulève mon menton de la pointe de ses doigts : « N'aie donc pas peur, quand on dit la vérité on ne se trompe jamais. Tu veux ce gâteau ou non ? »

Je regarde Paternò, qui a encore les ciseaux à la main, j'ai l'impression qu'il me menace. Sa bouche sourit, mais son regard est furieux. Mon père se tient le bras gauche, comme le soir de la fête patronale. Personne ne dit rien, ni dans la boutique ni dehors, les mots montent dans ma gorge, arrivent dans ma bouche, glissent sur ma langue et s'arrêtent derrière mes dents. Je parviens seulement à faire un mouvement de la tête.

« Vous avez vu ? » dit mon père.

Paternò serre la mâchoire et me fixe, j'ai un spasme au bas-ventre, comme quand je vais avoir mon cardinal. Une douleur sourde et profonde qui se confond avec le plaisir.

« Partons, p'pa », je murmure avant de sortir précipitamment.

24

Un paquet se balance au bout du doigt de mon père. Il y a fait mettre des petits gâteaux aux amandes et il a laissé de l'argent sur le comptoir, mais Paternò n'y a pas touché.

Nous reparcourons le trajet en sens inverse jusqu'à la maison. À présent, les commentaires sont audibles, tout le monde sait sur quel ton parler pour se faire entendre.

« Paternò lui a manqué de respect, et lui il va acheter des pâtisseries chez lui.

– Acheter ? Non, Paternò les lui a offertes, on voit bien qu'il y trouve son compte.

– Un cadeau minable, tu as vu le paquet ?

– Ce n'est pas un cadeau, c'est une humiliation !

– Salvo Denaro a du sang de punaise !

– Si c'était ma fille qu'il avait embrassée devant tout le village, c'est moi qui lui aurais fait un cadeau : un beau marron, en pleine figure ! »

Mon père ne baisse pas les yeux sous le bord de son

chapeau et continue de saluer tout le monde à voix haute, en appelant les gens par leur prénom et leur nom. Certains répondent, la plupart se taisent. Moi, j'ai arrêté de regarder mes pieds. J'ai levé les yeux et marche à pas lents. C'est nous qui avons choisi les petits gâteaux et nous les avons payés avec notre argent. Nous n'avons pas accepté les cadeaux d'un inconnu.

Ma mère et Cosimino nous attendent devant la porte. « Nous on remue ciel et terre pour les retrouver, et eux ils vont se promener comme deux fiancés à leur première sortie », se plaint-elle. Mon père enlève son chapeau et va à la salle de bain pour se laver les mains. Pour ma mère, son silence est pire qu'une gifle, alors elle s'en prend à moi : « Comment ça se fait que tu portes ma jupe, toi ?

– Tu me l'as donnée ! je réplique.

– J'ai dit que tu pouvais la mettre pour les grandes occasions. Et puis elle n'est pas encore finie. »

Elle en soulève le bas, découvrant mes cuisses. « Il y a encore le faufil, tu ne vois pas ? Que vont dire les gens ? Que la fille de la brodeuse se promène avec des habits décousus ? Dieu nous en garde ! »

Je couvre mes jambes avec mes mains et essaie de rabattre le tissu. « Mais vous, qu'est-ce que vous en avez à faire, des gens ? dit-elle avec son rire plein de ressentiment. Le père et la fille font ce qui leur chante, de toute façon ici c'est moi qui me débrouille pour tout arranger. Quand il y a eu l'histoire de Fortunata…

– C'est moi qui lui ai dit de bien s'habiller », l'interrompt mon père. Elle est si étonnée de l'entendre parler qu'elle se tait. « Ton mari a retrouvé la santé, Amalia, et nous sommes allés acheter des gâteaux pour le déjeuner du dimanche. Tu aurais préféré devenir veuve ? »

Ma mère lit le nom sur l'emballage et se laisse tomber sur une chaise. Elle s'évente d'une main et porte l'autre à sa poitrine. « Veuve ? Tu es increvable ! C'est toi qui vas avoir ma peau, un de ces jours. J'ai gâché ma vie pour des yeux verts, ma mère avait raison. Tu sais combien de temps il m'a fallu, à moi qui viens d'ailleurs, pour me faire respecter dans ce village ? Quand Amalia Annichiarico passe dans la rue, les gens n'ont pas un mot à dire. Je t'ai marié une fille alors qu'elle était déjà compromise, au moins Fortunata, qui a toujours eu de la jugeote, a écouté sa mère. »

Elle nous dévisage les yeux écarquillés, s'appuie sur la table pour se relever, mais elle chancelle. Cosimino se précipite pour la soutenir, et elle s'effondre, les mains sur les tempes.

« Je ne sais pas et je ne veux pas savoir pourquoi ce jeune homme s'est entiché précisément de toi, dit-elle en me regardant comme si j'avais volé quelque chose. Il n'est pas moche, ni pauvre. Mais il ne s'est pas présenté chez nous pour parlementer comme Dieu le veut et il n'a envoyé personne pour le faire. Il a vécu en ville pendant plusieurs années et, là-bas, les choses se passent différemment, de nos jours. Il a peut-être des intentions sérieuses. »

Je n'arrive pas à parler, et Cosimino pâlit. « Paternò est un usurier, se hasarde-t-il à dire. Saro m'a raconté que son père lui doit plein d'argent. Ce n'est pas quelqu'un de recommandable.

– Ce ne sont pas tes affaires, rétorque ma mère. C'est à ton père et moi de décider qui ta sœur doit épouser. »

Cosimino se retire dans sa chambre en claquant la porte, elle ne lui avait jamais parlé sur ce ton. Mon père attrape les ciseaux et coupe le ruban de l'emballage bleu ciel. « Amalia, dit-il d'un ton tranquille, est-ce que tu aimes les fruits en massepain ? »

Ma mère lève les yeux au ciel, puis regarde le paquet encore fermé. « Qu'est-ce qu'on en a à fiche du massepain, Salvo ? Tu vis sur une autre planète.

– Il me semble me souvenir que tu n'aimes pas ça, non ? »

Elle s'assied en face de lui, tellement à bout que même sa colère est retombée. « Tu as raison, Salvo, je n'aime pas les fruits en massepain.

– Et notre fille Oliva, elle, n'aime pas la *cassata*. Je l'ai dit tout net au jeune homme de la pâtisserie. Tout le monde l'a entendu, dans la rue. »

Ma mère pose les coudes sur la table et cache son visage dans ses mains. Il se penche et, de son index, il écarte lentement un pan de papier pour révéler le contenu du paquet.

« Alors j'ai réfléchi et j'ai décidé de prendre des gâteaux aux amandes. Parce que toute la famille aime ça. »

Une larme tombe des paumes de ma mère. Elle n'a pas le temps de rouler sur sa joue, car mon père la fait disparaître d'un geste de son pouce, comme s'il caressait une de ses plantes. « Ne te désespère pas, Amalia. Tu vois bien, quand on garde la tête froide tout finit par s'arranger. »

25

Quelques jours après l'épisode de la pâtisserie, ma mère a sorti du coffre deux piles de draps et de serviettes immaculés et s'est mise au travail, sans relâche. La journée, elle coud pour les dames, le soir elle brode mes initiales jusqu'à point d'heure, et le matin elle a de tout petits yeux à cause de la fatigue. De temps en temps, elle prend son mètre et me mesure en long et en large. Fait-elle mon trousseau pour me donner à cet homme ?

Quand elle avait préparé le trousseau de Fortunata, j'avais imaginé qu'elle n'avait rien mis de côté pour moi, même pas un chiffon, parce qu'elle savait déjà que son aînée était celle à marier et que je resterais à la maison pour lui tenir compagnie dans ses vieux jours. De toute façon, qui aurait bien pu demander ma main, vu comme j'étais maigre et mate de peau ? En réalité, elle avait pensé à tout pour moi aussi, et la voilà qui se dépêche de tout achever : elle brode le lin, ajuste les chemises de nuit, coud les rubans de satin, raccourcit les jupons. Quand elle passe son ruban de couturière autour de ma taille ou de ma poitrine, elle a l'air tout étonnée. Au village, on raconte que j'ai jeté un sort à Paternò parce que personne n'arrive à comprendre pourquoi, parmi toutes les jolies jeunes filles disponibles, il a fallu qu'il ait le béguin pour moi. Et peut-être que ma mère craint que le charme se brise, comme dans les contes, et que je redevienne la citrouille que j'étais avant que le sortilège ne me transforme en femme. Voilà pourquoi elle travaille nuit et jour.

Mon père a recommencé à se rendre au marché avec Cosimino, qui a réussi à se constituer une certaine clientèle pendant son absence. Parfois, Saro y va avec eux, puis il vient déjeuner chez nous. Après le déjeuner, nous nous couchons dans l'herbe, comme quand nous étions petits, mais Cosimino nous rejoint immédiatement, parce que même si c'est Saro, ça reste un garçon. « Oliva, rentre à la maison, maman a besoin de toi pour débarrasser la table », dit mon frère. Je me lève, j'ai le dos humide à cause de la terre et mon chemisier s'est collé à mes omoplates. Je me dirige vers la maison et, arrivée sur le seuil, je me retourne. Saro, qui m'a suivie des yeux, effleure la tache rouge en forme de fraise sur sa pommette gauche, baisse les yeux et cherche une cigarette dans sa poche. Sa manière de regarder diffère de celle de Paternò ou de celle de Gerò Musciacco avec toutes les femmes à part Fortunata, mais son regard me pèse quand même : c'est un garçon, je suis une fille, et les nuages au-dessus de nos têtes n'ont maintenant plus de noms.

Je croise les bras sur ma poitrine, rentre la tête dans les épaules et m'en vais nettoyer la cuisine. De temps en temps, leurs rires me parviennent par les fenêtres ouvertes.

26

« Un bon cheval ne se vend pas au foirail, a dit ma mère. Si un garçon te veut, il doit venir ici pour parler. »

Après quoi, elle m'a interdit de sortir. Quand je m'ennuie, je prends mes vieux manuels scolaires et je révise à voix haute un thème ou un autre. De temps en temps, Liliana me rend visite sous prétexte de se faire raccommoder une robe. Pendant que ma mère s'y attelle, nous allons dans ma chambre, mais nous laissons la porte ouverte, parce que s'enfermer c'est mal. Nous parlons de la pluie et du beau temps en attendant qu'une chanson que ma mère connaît passe à la radio. Alors elle monte le son et se met à chanter, et nous pouvons parler pour de bon. Je demande à Liliana si elle est fiancée et elle me répond que non. Je lui dis qu'il doit bien y avoir un garçon qui lui plaît, elle rit et cache son visage derrière ses mains. Elle m'avoue que le fils de la chemisière lui plaît. Et aussi le frère d'une de nos camarades de classe du primaire, qui est maintenant apprenti au café. Et puis aussi le cousin des filles Scibetta. « Celui qui a la figure pleine de boutons ? » je demande. Les boutons, je suis contre.

« Il a de belles épaules », se justifie Liliana. Sa phrase me perturbe, je n'avais jamais pensé aux épaules d'un garçon. Qu'est-ce qu'il peut y avoir de beau dans des épaules ? Le sourire, les yeux, les cheveux, d'accord, mais les épaules ? Ma mère a raison quand elle dit que Liliana a des lubies.

« Tu as déjà donné un baiser ? me hasardé-je sur les dernières notes de la chanson.

– Presque, répond-elle en levant les yeux au plafond.

– Vous vous êtes… »

Le morceau que ma mère aime bien s'est achevé, elle a cessé de chanter, et je me sens aussi curieuse que la Scibetta maigrichonne mais j'arrête de poser des questions. Liliana jette un coup d'œil en direction de la porte, puis défait deux boutons de son chemisier. J'aperçois son nombril, entrouvert comme une bouche minuscule. « Je t'ai apporté les revues de cinéma », dit-elle. Elle sort un paquet lié avec un ruban, me le passe et se reboutonne avec des gestes vifs.

Les pas de ma mère approchent, je bondis sur mes pieds et cache les revues sous les couvertures. « L'ourlet est terminé, déclare-t-elle en rendant sa jupe à Liliana. Essaie d'être plus soigneuse, ça fait trois fois qu'il se découd. Quand les deux parents travaillent et rapportent des sous à la maison, les enfants en profitent. »

Liliana soupire et se dirige vers la porte. « Merci, donna Amalia. Combien je vous dois ?

– Je verrai ça avec ta mère, les jeunes filles ne doivent pas toucher à l'argent, c'est mal. »

Liliana et moi nous faisons une bise furtive et elle s'en va. Je la regarde s'éloigner par la fenêtre. Il ne me reste plus qu'à attendre la nuit. Quand tout le monde dormira, je déferai le paquet, sortirai les revues illustrées et recopierai les visages des acteurs qui me plaisent, chacun dans son album secret. J'y ai aussi mis la photo que Liliana a prise de moi, comme si j'étais une des leurs. Je l'ai rangée dans le cahier des « Brunes malchanceuses », parce que l'amour n'est toujours pas venu frapper à ma porte.

« Tout le monde dit pis que pendre de cette fille, déclare ma mère en venant s'asseoir sur le lit à côté de moi, là même où peu avant Liliana était assise. Mais je me moque de ce que disent les gens, ils parlent à tort et à travers. Ce n'est pas sa faute si son père est communiste et qu'il fait travailler sa femme. Cette pauvre petite est une victime, elle se donne un peu des airs, c'est vrai, mais elle a un bon fond. Quoi, tu crois que je n'ai pas compris que l'ourlet décousu est une excuse pour venir te voir ? Ça veut dire qu'elle tient vraiment à toi. »

Je ne l'ai jamais entendue tenir ce genre de propos.

Ma mère, les gens lui font peine ou lui font peur. Elle effleure le dessus-de-lit de ses doigts et, l'ombre d'un instant, j'ai crainte qu'elle remarque le léger relief que dessinent les revues dissimulées dessous. Cependant, elle n'y prête pas attention, absorbée par sa réflexion.

« Au fond, ton amie est une brave petite. »

Elle passe un bras autour de mes épaules. Soudain je retrouve son odeur, j'avais oublié qu'elle était si douce. Nous restons enlacées pendant un temps qui semble infini. Son corps me redevient familier comme quand j'étais petite et qu'il filtrait toutes mes joies et toutes mes peines. Je regarde sa main, posée sur son ventre. Elle a la même forme que la mienne. Je glisse ma tête dans le creux de son cou et ferme les yeux. Nous sommes faites de la même pâte, me dis-je, et je repense au temps où nous mélangions ensemble de l'eau et de la farine et où ses mains comme les miennes étaient prises dans cette même substance visqueuse.

« Toi aussi tu es une brave petite, murmure-t-elle et, instantanément, je le deviens. Alors j'ai pensé que… » Une minuscule lézarde s'ouvre dans sa voix, son souffle change de rythme, les muscles de son cou se contractent, si bien que je suis obligée de sortir ma tête du refuge formé par son corps. « Alors j'ai pensé qu'on pourrait l'inviter à ton mariage. Qu'est-ce que tu en penses, Oli' ? »

27

Elle m'a fiancée à un inconnu.

« C'est un brave jeune homme. Et il a belle prestance », a-t-elle ajouté, toute contente, comme si nous avions gagné le gros lot à la tombola de la fête patronale. Elle revient de la salle de bain, la brosse à la main. Elle se poste derrière moi, détache mes cheveux et les laisse tomber sur mes épaules.

« D'où il sort ? C'est toi qui l'as trouvé ? je demande, et j'imagine la scène, comme quand, au marché, elle palpe la marchandise à la recherche des produits de meilleure qualité.

– Évidemment. Si ce n'est pas moi qui m'en occupe… Heureusement que madame Scibetta a de l'affection pour moi. Ce garçon est un bon parti.

– La mère Scibetta, qui a deux filles à marier, m'a trouvé un mari ? » Elle me démêle les cheveux sans répondre.

« Il s'appelle Franco. C'est un joli prénom, n'est-ce pas ? Il habite en ville, c'est un noble. »

Finalement, ce n'est pas le cardinal, c'est un marquis, me dis-je. Petite, quand j'entendais parler du cardinal, j'imaginais qu'un cardinal viendrait et m'emmènerait ailleurs.

« Mais je ne l'ai jamais vu ! je proteste en repensant au visage de Tindara avant qu'elle ne me tourne le dos, indignée.

– Chaque chose en son temps ! La semaine prochaine il viendra ici pour parler avec ton père et régler les détails. »

Les picots de la brosse labourent doucement mon crâne, j'ai mal chaque fois qu'ils rencontrent un nœud, puis le nœud se défait et la caresse recommence. C'est la manière de faire de ma mère : d'abord la douleur, puis la caresse.

« Et s'il ne me plaît pas ? je demande, pleine de honte.

– Ces questions-là… ça passe vite, déclare-t-elle en tirant sur mes cheveux. La mère Scibetta m'a dit que c'est un beau jeune homme. » Elle s'interrompt, comme si elle avait soudain un doute. « Mais un bon mariage ne repose pas sur ce genre de chose. Tu n'as qu'à voir ce qui m'est arrivé… » Elle laisse sa phrase en suspens, pose la brosse sur la table de chevet et glisse ses doigts dans mes cheveux.

« Tu es exposée, ma fille. » Elle sépare ma chevelure en trois mèches qu'elle se met à tresser. « Tu as refusé quelqu'un qui fait payer cher les refus, don Ignazio me l'a assuré. Il dit que Paternò est un homme qui a de la suite dans les idées, ce qu'il veut, il le prend. Il faut régler cette histoire sans tarder, pour ton bien et celui de tout le monde. »

Je n'ai rien fait, voudrais-je lui dire. Je ne lui ai dit ni oui ni non. D'un côté du comptoir il y avait ses yeux qui pénétraient dans ma chair, de l'autre le visage inexpressif de mon père.

Elle tire avec force, comme si mes cheveux étaient des cordes, et la tresse s'allonge dans mon dos. « La mère Scibetta dit que son père et lui sont usuriers, Cosimino avait raison. La veuve Randazzo m'a confirmé qu'il a le sang chaud, il a dû rentrer ici, à Martorana, pour échapper à la vengeance d'un mari jaloux. Ce n'est pas quelqu'un qu'on peut contrarier en public sans avoir de problèmes par la suite. Avec un bon mariage, tu te tireras d'embarras. »

La tresse est finie. Elle la tient serrée entre deux doigts pendant que, de son autre main, elle fouille dans la poche de sa blouse, dont elle tire un ruban de velours rouge. Une fois la tresse attachée, elle la pose le long de mon cou et vient devant moi pour observer le résultat.

« Maintenant tu es en ordre. » Elle effleure mon menton avec son pouce et son index. « Tiens-toi propre. »

Je penche le visage vers sa main pour la sentir tout entière sur ma peau, la pulpe de ses doigts est râpeuse, comme sa voix. Elle s'écarte. « Viens m'aider à broder les serviettes.

– Oui, maman. » J'obéis sans poser d'autres questions.

28

« Quand on veut sembler jolie, il faut savoir souffrir sans un cri », déclare ma mère en enfournant le plat de pâtes. Je regarde mes chaussures, celles que je portais pour la fête patronale : si ce sont elles qui me rendent jolie, ça veut dire que sans je suis laide. La beauté réside dans le regard qu'une autre personne porte sur nous. C'est peut-être cela qui nous en fait tomber amoureux.

« Ils arrivent », s'écrie-t-elle, excitée, en jetant un coup d'œil par la fenêtre. Elle s'approche de moi, remet une de mes épingles à cheveux en place, lisse mon chemisier sur ma taille. On dirait une fillette qui joue à la poupée. « Va appeler les hommes ! »

Comme tous les jours mon père est dans son champ, accroupi à côté des tomates. En le voyant ainsi, avec son pantalon de travail et son mouchoir autour du cou, j'ai l'illusion que toute cette histoire n'est qu'une invention de ma mère, que le fameux Franco ne viendra pas, que mes parents ne se débarrasseront pas de moi et que je pourrai rester ici, chez moi, à continuer de recopier en cachette les visages des vedettes de cinéma. « Tu ne mets pas ton beau costume ? je lui demande.

– Non, je ne préfère pas », répond-il simplement. Je lui tends la main pour l'aider à se relever et la serre deux fois, tout doucement. Mes talons s'enfoncent dans le sol, à chaque pas je me plante dans la terre comme ses légumes. Je voudrais m'enraciner ici et ne grandir qu'à l'aide de l'eau et du vent. Laisser mes feuilles jaunes se détacher une à une, m'agripper au tuteur noueux pour pousser droit. « Allons donc rencontrer ce monsieur, ajoute-t-il d'un ton neutre, comme s'il disait : prenons un verre d'eau à la menthe.

– J'ai peur, p'pa, je chuchote.

– Il n'y a pas de raison. S'il te convient, il nous conviendra aussi. »

Je ne sais pas ce qui me convient. Tant que je courais en jupe courte avec Saro et Cosimino et que je priais Notre-Dame des Miracles de ne jamais devenir une femme, j'avais l'impression de tout savoir, mais maintenant je n'y comprends plus rien.

La table est dressée pour six personnes. Les règles de la table, c'est : ne parle pas la bouche pleine, ne sauce pas ton assiette, ne demande pas à être resservie s'il y a des invités. Cosimino s'est lissé les cheveux à la brillantine, il porte son pantalon long et sa chemise blanche. Je regarde la photographie du mariage de mes parents posée sur le buffet, mon frère est aussi beau que mon père quand il était jeune. Je me demande si pour ma part je ressemble à ma mère et je conclus que non : je suis toujours brune et maigre. Ma beauté a été de courte durée, le temps d'une danse à la fête du saint patron.

« Saro vient aussi ? je demande en montrant la sixième chaise.

– Dieu nous en garde, répond ma mère à mi-voix. C'est pour l'accompagnateur. »

En entendant l'automobile s'arrêter dans l'allée, je vais à la fenêtre. Au volant se trouve un homme d'un certain âge, aux cheveux poivre et sel. Il sort de voiture et s'approche pour vérifier le numéro sur la porte. Sa démarche est nerveuse, il est petit et il a les joues émaciées. Ma mère ouvre et le salue. Il incline la tête sans sourire et retourne à l'auto. Il va partir, maintenant, j'espère. Mais non, il ouvre la portière côté passager.

Un grand jeune homme vêtu d'un costume bien coupé et d'une chemise amidonnée apparaît. Il porte des lunettes de soleil comme les vedettes de cinéma, il ressemble au bel Antonio. Le vieil homme lui susurre quelque chose à l'oreille, le jeune homme pose une main sur son bras et ils parcourent ensemble les quelques mètres qui les séparent de notre maison. Mon sang s'emballe, comme si j'étais un des personnages des revues de Liliana, obligée d'épouser un veuf âgé et laid qui a un fils magnifique du même âge que moi. Voilà pourquoi la mère Scibetta nous l'a laissé. Mon cœur bat la chamade, j'essuie les paumes de mes mains sur ma jupe jaune.

Le vieil homme s'arrête sur le seuil et le bel Antonio reste un pas en arrière. Il a la peau claire et une fossette au menton. Je me demande si, derrière ses verres sombres, il me regarde. Je me redresse, mais ce faisant je pense à Fortunata qui marchait poitrine bombée, alors j'expire et baisse les yeux sur la pointe de mes chaussures.

« Enchantée, dit ma mère. Entrez donc. » Elle les invite d'un geste qui semble balayer l'air.

Le vieil homme adresse un signe de tête à mon père, qui glisse son index et son majeur dans le mouchoir noué autour de son cou pour le détendre. Le bel Antonio le suit sans lâcher son bras. Une fois à l'intérieur, il ne retire pas ses lunettes noires. De près, le vieil homme semble encore plus vieux, sa peau est luisante de sueur et aussi grise que son costume, qui sent le tabac froid.

« Le baron Altavilla », déclare-t-il. Je tressaille : il se présente comme s'il était un roi, il ne serre même pas la main de mon père et il veut acheter une fille qui a l'âge de son fils. Je jette un regard à Cosimino pour voir sa réaction : il se tient deux pas derrière ma mère et sourit poliment.

Le vieil homme effleure le dos du bel Antonio, et

celui-ci se dirige vers mon père, comme un pantin tenu par des ficelles. Puis il lui tend la main et dit : « Franco, enchanté. » Son sourire révèle des dents d'une blancheur éclatante.

29

« Il a eu la maladie quand il était petit », explique le vieil homme à ma mère, qui est la seule à lui adresser la parole. Assis en bout de table, mon père se comporte pour sa part comme si c'était un dimanche ordinaire. Cosimino écoute, aussi attentif que quand, petitou, on lui racontait les mésaventures de Giufà[1]. Franco est assis en face de moi. Je l'épie en cachette : il prend la nourriture dans son assiette sans regarder, c'est le vieil homme qui lui sert à boire et guide sa main vers son verre. Il parle peu, mais sa voix est belle. « Ses parents se sont adressés aux meilleurs médecins, poursuit le vieil homme. Ils sont même allés sur le continent. »

Ma mère s'inquiète : « C'est héréditaire ?

– Personne d'autre n'a eu cette maladie dans la famille, la rassure-t-il. Leurs enfants seront sains. »

J'ai le sang inquiet : mes camarades m'ont raconté

1. Personnage de la tradition orale sicilienne, à qui son extrême naïveté vaut bon nombre de déboires.

qu'il faut aller au lit avec son mari. Je regarde ses mains, qui manipulent les couverts. Elles sont blanches et lisses, pas comme celles de mon père. Pour avoir un enfant, ces mains devront signer des papiers à l'église, caresser les miennes pendant le banquet de noces, se glisser sous la chemise de nuit que ma mère m'a cousue et toucher ma chair.

« Trinquons aux futurs mariés, Salvo », propose ma mère avec son rire toussé, pour tirer mon père de son mutisme. Il prend son temps pour finir de mâcher, puis s'essuie la bouche. Alors que j'étais persuadée qu'il allait répondre « je ne préfère pas », il soulève son verre de vin rouge à demi plein et me regarde. « Félicitations », se contente-t-il de dire.

Le vieil homme hausse les sourcils et trois lignes horizontales se dessinent sur son front.

« Franco, mon neveu, est un garçon simple et ses sentiments sont sincères, déclare-t-il. Ses parents n'ont pas pu venir parce que, comme nous vous en avons informés, la baronne souffre d'une inflammation aux reins, mais ils vous saluent et vous attendent en ville pour vous accueillir à leur tour. La volonté de Dieu ne leur a accordé que ce fils qui, malgré son malheur, est leur seule joie. Les filles de la ville sont trop modernes, elles ont perdu les saines valeurs d'autrefois. Elles veulent travailler, sortir avec leurs amies, aller au cinéma, danser. Elles ne comprennent pas qu'elles s'y abîment, qu'elles y perdent leur pureté.

– Les carafes cassées ne manquent pas, acquiesce ma mère. Ma fille est intacte.

– Franco aussi : il n'a jamais connu une femme », assure le vieil homme, puis il me regarde, comme pour vérifier que l'affirmation de ma mère est véridique.

« Nous avons protégé Oliva comme une fleur, renchérit ma mère, et elle me touche la main.

– Nous n'en doutons pas, répond le vieil homme en continuant de me scruter. Cependant, nous avons appris que cette jeune fille a déjà été en contact avec quelqu'un, il paraît qu'elle a eu une "sympathie" pour un homme, comme disent les jeunes de nos jours.

– Aucune sympathie », s'empresse de répondre ma mère. Elle remet en place une mèche de ses cheveux qui n'en avait pas besoin. « Un jeune homme un peu fougueux s'est entiché d'elle, mais elle s'est toujours tenue à l'écart de lui. »

Elle adresse un regard suppliant à mon père. « Mon mari lui a fait comprendre que ses propositions ne nous intéressaient pas, et il a arrêté ses sollicitations. » Elle baisse les yeux sur les broderies de la nappe. « Depuis, ma fille n'est jamais sortie de la maison. »

L'oncle de Franco gratte les rides de son front. Ma mère me prend la main, la sienne est glacée. Tout est peine pour elle. Même marier sa fille.

Le vieil homme m'examine encore, comme s'il voulait m'extirper un secret, puis il finit par soupirer et regarde par la fenêtre. « Cette jeune fille a eu son brevet ? demande-t-il, s'obstinant à ne pas prononcer mon prénom.

– Elle a même commencé l'école normale, puis on l'a fait arrêter, précise ma mère.

– Franco aime qu'on lui lise quelque chose le soir avant d'aller se coucher », dit l'oncle, conciliant. Il se frotte la joue, comme pour mesurer la repousse de sa barbe, se tient le menton entre deux doigts puis hoche la tête. Franco et moi restons immobiles, l'un en face de l'autre. Le vieil homme vide son verre en une gorgée et se lève de table. L'examen est terminé.

30

Après le déjeuner, Franco et moi sommes invités à aller faire une promenade sur les terres autour de la maison pour lier connaissance, pendant que les adultes discutent des questions matérielles pour les noces. Il pose une main sur mon bras. À la différence de celle de Paternò, elle est légère. Mon frère, qui hésite à nous suivre, se tourne vers ma mère en quête d'une consigne. « Laisse, Cosimino, dit-elle avec un sourire malicieux. Maintenant, ta sœur est fiancée et les jeunes d'aujourd'hui ont droit à un peu de tranquillité. »

Il recule, étonné, et Franco et moi sortons. Moi aussi je suis surprise, peut-être que si elle veut bien nous laisser seuls, c'est parce que Franco est aveugle et qu'il ne peut pas me faire de mal. Nous marchons en silence, sans en ressentir de gêne, comme si nous n'étions pas obligés de nous parler. Au bout d'un moment, me souvenant qu'il est aveugle, pas muet, je m'impose de lui parler, par gentillesse, mais rien ne me vient. J'ai peur de le blesser, j'ai peur de tout :

de me promener seule avec lui, de quitter ma maison et d'aller vivre, mariée, à la ville, de devenir aussi triste que Fortunata, d'être confiée aux mains d'un inconnu, des mains qui me toucheront pour me faire un enfant. Peur de devoir m'occuper de cet homme aveugle tous les jours de ma vie. Peur de disparaître, parce que ses yeux ne peuvent pas me voir. Par où l'amour passe-t-il, sinon par les yeux ? Il me semble entendre la voix monocorde de madame Terlizzi qui nous cite le poète sicilien Jacopo da Lentini : « *Amour est désir né dans le cœur sous l'effet d'un grand plaisir et les yeux d'abord donnent jour à l'amour, et le cœur est là pour le nourrir.* »

Il est cramponné à mon bras, mais en réalité c'est lui qui me guide et, spontanément, je synchronise le rythme de mes pas sur le sien. Je continue de chercher quelque chose à dire, seul ce poème résonne dans ma tête. Je me tourne vers lui pour fixer son visage avant de baisser brusquement les yeux, par habitude. Puis je relève la tête : s'il ne peut pas me voir, je ne suis pas obligée de regarder par terre.

Franco s'arrête derrière la cabane à outils de Pietro Pinna. De là, ma maison est invisible. « Tu y vois quelque chose ? » je lui demande, suspicieuse. J'éprouve une grande honte en le voyant grimacer en réponse : je me suis tue jusque-là et voilà que j'ai ouvert la bouche pour souligner son seul défaut.

Il retire ses lunettes noires. Je m'écarte de lui, craintive. J'agite une main devant ses yeux, mais ses iris, très clairs, restent immobiles. On dirait deux ampoules éteintes. « Tu dois faire quelque chose pour moi », déclare-t-il en cherchant mes mains. Je recule encore d'un pas. Même si on nous a fiancés, je ne veux pas qu'il m'abîme avant l'heure. « Tu as peur ?

– Non, je mens, le cœur battant la chamade.

– Ça ne te coûtera rien et c'est important pour moi. »

Il prend mes mains, en caresse le dos et effleure mes paumes de la pointe de son doigt. Personne ne m'a jamais touchée à cet endroit. Je sens une chatouille au milieu de mon corps. Il remonte vers chaque doigt, suit le contour de mes ongles un par un, puis les lâche et approche d'un pas.

« Ne t'éloigne pas », me demande-t-il. Je retiens mon souffle, immobile. « *Amour est désir né dans le cœur* », je continue de me réciter.

« Ferme les yeux, propose-t-il. Comme ça, on sera pareils. »

J'obtempère, bien que dans ma tête la voix de ma mère m'avertisse que c'est mal. Droite, les yeux fermés en face de lui, au début je me sens nue puis, me souvenant qu'il ne peut pas me voir, je recommence à respirer. J'attends de sentir ses lèvres se poser sur les miennes, comme dans les revues que Liliana m'apporte, cachées sous son chemisier, et un foyer de chaleur s'allume dans mon ventre, en dessous du nombril.

Mais il ne se passe rien. Le vent, qui se lève toujours à cette heure, fait bruisser les plantes de mon père et ma jupe jaune se soulève jusqu'à mes genoux. J'esquisse un geste pour la rabattre, puis je m'interromps, je suis à l'abri des regards.

« Ne bouge pas », me demande-t-il. Au bout de quelques secondes, je sens la pulpe de ses doigts caresser mon front, ils partent du milieu, là où mon père m'embrassait pour me souhaiter une bonne nuit quand j'étais petitoune, puis ils descendent vers mes tempes, parcourent mes sourcils à rebrousse-poil, touchent mes paupières, traversent la ligne de mes cils, ses pouces effleurent mes narines, ses paumes s'ouvrent sur mes joues, descendent sous ma mâchoire et entourent mon visage. Ses petits doigts soulèvent délicatement les lobes de mes oreilles et, enfin, ses index touchent mes lèvres. Par réflexe, je les pince, et ses doigts s'immobilisent. Alors je les relâche avec un soupir. Franco écarte ses mains de mon visage, seul son index continue de suivre lentement le contour de ma bouche, puis il disparaît.

Nous restons ainsi, tous les deux, et c'est peut-être déjà le crépuscule. Les crépuscules, je suis pour.

« Tu es belle », dit-il. Je rouvre les yeux et nous repartons vers la maison.

31

« Ils t'ont fiancée à un aveugle ? » dit Liliana, aussi incrédule que moi devant Tindara quelque temps auparavant. Sur le bureau dans sa chambre, la pile de livres a grandi, alors que les miens sont restés au même nombre, rangés sur les étagères. Le cagibi pour la photographie, lui, n'a pas changé. À l'aide d'une pince métallique, Liliana plonge les feuilles blanches dans une bassine. « Tu veux bien être mon témoin ? je lui demande, tandis que nous attendons dans la pénombre que l'image se révèle.

– Qu'en dit ta mère ?

– Elle le souhaite elle aussi. »

Sur le papier satiné commence à apparaître une femme vêtue de noir aux yeux enfoncés et à la bouche charnue, elle se tient derrière des volets mi-clos qui semblent vouloir l'avaler. « Fortunata ! je m'écrie. Quand est-ce que tu l'as prise ?

– Pourquoi tu ne lui demandes pas à elle, d'être ton témoin ?

– Elle ne sort pas.

– Tu ne t'es jamais demandé pourquoi ?

– Musciacco est jaloux, je réponds. Franco est différent, j'ajoute, avant tout parce que j'ai besoin de m'en convaincre moi-même.

– Tu ne l'as vu qu'une fois. » Elle prend la feuille avec sa pince et la laisse flotter dans le réactif.

« Ce n'est pas vrai : il est revenu. On est sortis pour se montrer au village. Depuis qu'ils m'ont fiancée, ma mère me laisse plus de liberté. Aujourd'hui, elle m'a autorisée à te rendre visite.

– Ta liberté va vite finir, tu vas passer d'une prison à une autre.

– Franco a été gentil, s'il n'était pas là… »

Liliana sort la feuille du bac et la suspend avec une pince à linge, comme un vêtement.

« Tu en parles comme s'il te rendait un service.

– Il me tire d'une situation compliquée. »

Liliana continue de trafiquer avec son matériel.

« Tu te souviens de notre maîtresse Rosaria ? me demande-t-elle au bout d'un moment.

– Notre maîtresse Rosaria était… » Je m'interromps. Non, elle n'était pas dévergondée. « Elle n'a pas eu de chance », je conclus. Puis je me dis que ma sœur aussi a été malchanceuse, ainsi que Nardina, la mère de Saro, et aussi les sœurs Scibetta, et Miluzza, qui restera vieille fille, et Agatina, celle des cinq coups de couteau, et Tindara, que ses parents ont obligée à tomber amoureuse par correspondance. Naître fille est une malchance.

« Notre maîtresse Rosaria nous a appris à réfléchir avec notre tête.

– Je suis attachée à Franco, j'affirme. Il n'est pas comme les autres garçons : il est délicat. »

Nous regardons toutes deux la photo de Fortunata. Elle est blonde, moi brune, elle a de grands yeux verts, moi deux olives noires, elle est grande et tout en courbes, moi petite et tout en angles. Je compare nos traits et m'arrête sur notre dissemblance, comme si elle pouvait nous assurer des destins différents.

« Viens ce soir à la réunion, m'enjoint Liliana de but en blanc.

– Je ne peux pas, j'ai quelque chose de prévu, je réponds aussitôt en pensant à ma mère.

– Alors ce n'est pas vrai que tu es plus libre depuis que tu es fiancée.

– C'est que je ne veux pas revoir ce type », je réponds, et j'ai l'impression de sentir l'odeur du jasmin.

« Paternò ? Il est parti, dit Liliana.

– Où ? » Mon cœur cogne contre mon estomac.

« Chez son oncle, en ville. »

Je me laisse tomber sur une chaise. D'ici peu, je serai mariée et je ne le reverrai plus jamais. Je me sens soulagée, mais je ressens aussi un vide soudain, dû à la disparition de ce qui n'appartenait qu'à moi. Liliana me tend la photo de Fortunata. Je ne la prends pas, je veux me souvenir d'elle telle qu'elle était quand elle avait encore un visage, avant qu'elle se transforme en fantôme. Je sors de sa chambre et croise Antonino dans le séjour, il est assis dans un fauteuil et lit un journal qui s'appelle *L'Unità*. Il lève les yeux vers moi.

« Tu es la fille de Salvo Denaro. »

Je hoche la tête. « Tu es déjà venue à nos réunions du jeudi, si l'âge ne joue pas des tours à ma mémoire.

– Rien qu'une fois, je murmure.

– Si tu as l'amabilité de nous rendre de nouveau visite, nous en serons honorés. » Il me sourit gentiment et se replonge dans les pages de son journal, noires de caractères. Liliana arrive de sa chambre avec une pile de revues et un collier en corail. « C'est pour toi, dit-elle.

– Le collier aussi ?

– Pour ton mariage. Le corail porte chance, et puis j'ai aussi des boucles d'oreilles en corail. La mariée et son témoin doivent être assorties. »

Je prends le bijou en me demandant s'il plaira à Franco avant de réaliser qu'il ne le verra pas : ni mon collier, ni ma robe, ni mes chaussures, ni les fleurs, ni moi.

32

« Un vrai homme doit avoir de bons bras pour travailler, une tête bien faite pour penser, des yeux grands ouverts pour surveiller. Et il ne doit pas laisser sa femme et sa fille se balader partout », déclare don Ciccio le mercier, son béret serré dans sa main.

Liliana et moi sommes assises au premier rang, à côté de son père. Cette fois, je ne cherche pas à me cacher entre les filets de pêche. Le mois prochain, j'aurai seize ans, je suis fiancée dans les règles et je serai bientôt mariée.

« Et la femme ? » demande Calò, de sa voix douce un peu efféminée. Liliana prend des notes dans son cahier.

« La femme, il faut qu'elle sache se préserver, répond don Ciccio. Et qu'elle soit liée à son mari, comme un pied de vigne à son tuteur. » Les hommes réunis dans le cabanon sont nombreux à lui donner raison. Il poursuit : « Si la femme se mettait en tête de commander son mari, ce serait la catastrophe ! » Et il éclate de rire.

J'essaie de déceler l'opinion de Calò sur ce point, mais son visage reste impénétrable. Il écoute tout le monde et relance la discussion par des questions : « Donc, si j'ai bien compris, la femme doit rester à la maison et obéir à la volonté de son mari. Vous êtes d'accord ? Les dames ici présentes partagent cet avis ?

– Moi je pense que ce n'est pas juste », intervient une femme entre deux âges. L'assemblée se retourne pour la regarder. « Ce n'est pas juste, mais c'est nécessaire, précise-t-elle. Dans la rue, les filles doivent être accompagnées, parce que si elles sont seules, les gens se demandent où elles vont. Les hommes sont en chasse, c'est leur nature, et les agneaux se font manger par le loup. »

Liliana arrête d'écrire et lève la main, comme elle le faisait en cours avec madame Terlizzi. « La veuve Grasso a raison, dit-elle. Mais c'est aussi la faute des femmes. Ce sont elles qui transmettent à leurs filles ce qu'on leur a appris, à elles. Si les mères expliquaient le respect de la femme et la parité à leurs garçons, si elles permettaient à leurs filles de vivre librement, sans restrictions, si elles les laissaient suivre des études et se préparer à avoir un travail… La mentalité, c'est la faute de qui ? Seulement de l'homme, ou de la femme aussi ? Moi, je pense que le changement doit venir des femmes ! »

Les quelques femmes présentes hochent la tête, mais comme devant une fillette qui récite une jolie poésie.

« Le Seigneur ne m'a donné qu'une fille, réplique la veuve Grasso. Et je n'ai pas pu la laisser agir librement tant que je n'ai pas réussi à la fiancer. Après le mariage, c'est au mari de s'occuper de ces questions-là.

– Moi je crois que Liliana a raison, dit une voix masculine du fond de la salle. Les nouvelles générations de filles doivent être les premières à se rebeller contre les vieilles règles et nous, les hommes, nous devons les soutenir. Si on fait front, on s'améliore tous. Sinon, le monde tourne, et nous on reste immobiles. »

Je regarde par-dessus mon épaule pour savoir qui a parlé : c'est Saro, je n'avais pas remarqué sa présence.

« Ces derniers mois, il vient à toutes les réunions, me chuchote Liliana à l'oreille. Des fois, il vient même chez moi pour parler avec mon père.

– Il est devenu communiste ? je demande.

– Non, il dit toujours qu'il est royaliste, comme son père, mais il veut étudier et il aime comprendre.

– Peut-être qu'il vient pour te voir », je murmure.

Elle secoue la tête, et Saro, qui nous regarde depuis le fond de la salle, s'incline légèrement en signe de salut. Je ne l'avais pas revu depuis l'après-midi où il m'avait suivie des yeux alors que je m'éloignais avec mon chemisier mouillé.

« Par exemple, il y a des cas, reprend Saro à l'intention de la veuve, où on grandit ensemble, on boit le même lait, on partage tout et puis ensuite on est séparés, le garçon d'un côté, la fille de l'autre, comme deux partis opposés. On n'échange même plus un mot, et on ne reçoit des nouvelles qu'à travers d'autres personnes. »

On dirait qu'il parle à tout le monde, mais c'est moi qu'il regarde.

« Oui, mais cette proximité entre fille et garçon peut être dangereuse, fait remarquer don Ciccio d'un ton plein de sous-entendus. On commence par bavarder puis on finit par batifoler… » Des rires s'élèvent.

« Donc, dit Calò d'un ton posé, l'homme et la femme ne peuvent pas être amis ?

– Amis ? répond don Ciccio. Si un homme veut être ami avec une femme, c'est qu'il a une idée derrière la tête. Pas vrai, Saro ? »

Saro n'ouvre plus la bouche jusqu'à la fin de la réunion. De temps en temps, je me tourne pour voir s'il regarde Liliana. Quand nous sortons, il n'est plus là, il est parti sans nous attendre. Nous traversons la grand-rue sous le soleil couchant.

« On ne t'a pas entendue, fait remarquer Liliana.

– Qu'est-ce que tu voulais que je dise ?

– Toi aussi tu penses que la femme doit être soumise à l'homme, vivre enfermée à la maison, sans travailler ?

– Mon avis ne compte pas, on ne refera pas le monde.

– D'accord, mais qu'est-ce que tu as l'intention de faire après ton mariage ? Tu crois que Franco te laissera…

– Franco est un homme généreux et il pourvoira à mes besoins, je l'interromps.

– Qu'il soit généreux ou radin, ce n'est pas la question. Moi, par exemple, quand j'aurai fini mes études, je veux devenir institutrice ou photographe, ou alors aller vivre à la capitale et devenir députée, comme Nilde Iotti… »

Seul le bruit de nos pas résonne dans la rue déserte. Une voiture roule lentement quelques mètres derrière nous, phares éteints.

« Tant mieux pour toi, je commente, et je glisse un bras sous le sien. Et puis si monsieur Iotti n'y voit pas d'inconvénient…

– Monsieur Iotti ? Qui est-ce ?

– Le mari de la députée Nilde Iotti dont tu parles tout le temps, non ?

– Il n'y a pas de monsieur Iotti, Nilde Iotti n'est pas mariée.

– Celle qui n'a pas de mari n'a pas de nom », je réponds, répétant les mots de ma mère.

Liliana secoue la tête et fronce les sourcils. Elle s'arrête pour me dévisager, perplexe, comme si j'étais incapable de voir un âne au milieu d'une cuisine.

« À l'école, tu étais la plus forte de la classe et tu veux finir femme au foyer comme toutes les filles de Martorana ? »

Les règles de la femme, c'est : marie-toi, fais des enfants et entretiens ta maison, je me répète mentalement. Les règles des hommes, c'est… J'entends un bruit derrière nous, la voiture bifurque dans une rue latérale.

« Je n'ai pas de lubies, moi », dis-je vivement.

Nous nous arrêtons au carrefour, où nos chemins se séparent : la maison de Liliana est près de la mer, à l'autre bout du village, dans la zone en cours d'aplanissement où de nouveaux immeubles vont être construits. Encore le bruit d'un moteur, mon sang se glace.

« J'ai un peu mal à l'estomac, lui dis-je. Tu pourrais m'accompagner jusqu'à la maison ? »

Nous empruntons ensemble le chemin de terre d'un pas vif et arrivons presque en courant sur le terrain de mon père. Les lumières sont allumées dans la maison et il est devant l'enclos des poules. Agenouillé, la tête entre les mains, il regarde le poulailler vide sans rien dire. À côté de lui gisent Violetta, Rosa et deux autres poules sans vie. « Qu'est-ce qu'il s'est passé ? » je demande en m'accroupissant dans l'herbe moelleuse. Il secoue la tête.

« Rentrons, p'pa, et je le tire par le bras.

– Je ne préfère pas », répond-il en fixant alternativement le poulailler vide et les poules. Cette fois, ma mère ne se plaindra pas de nous en calabrais : nous n'avons pas repeint le poulailler.

Nous restons en cercle, comme à une veillée funèbre. « C'est ma faute », je murmure à l'oreille de mon amie. Mon père m'entend.

« Grippe du poulet », déclare-t-il.

Cosimino nous rejoint. « Je te raccompagne », dit-il en attrapant Liliana par le bras. Liliana ne proteste pas et se met en chemin, docile, sous sa protection. Les garçons et les filles ne sont pas égaux, elle le sait elle aussi.

33

« Un, deux, trois, quatre et cinq », compte la mère Scibetta. Ma mère pose les dragées sur le napperon en macramé et y ajoute le petit carton où est écrit « Oliva Denaro et Franco Colonna » en beaux caractères. Puis elle passe le tout à Miluzza, qui ferme le sachet avec un ruban blanc et le coupe aux ciseaux. J'aime mon nom à côté de celui de Franco, son nom est une colonne à laquelle je peux m'appuyer.

Les filles Scibetta et moi continuons de broder. Aujourd'hui, au lieu de me faire asseoir sur le banc en bois, elles m'ont laissé la place entre elles deux sur le canapé.

« Amalia, tu salueras bien la mère de Franco de ma part quand tu la reverras », dit la mère Scibetta, assise dans un fauteuil, tout en continuant de compter les dragées.

Ma mère se pince les lèvres, nous n'avons encore jamais rencontré les parents de Franco.

« Heureusement qu'ils habitent à la ville et qu'ils

n'ont pas eu vent de certains détails, poursuit la mère Scibetta, mordante.

– Quand l'œil ne voit pas, le cœur ne souffre pas, comme on dit », renchérit sa fille grassouillette.

Sa sœur maigrichonne interrompt son travail de couture pour mettre une main devant sa bouche, ce qui n'empêche pas qu'on entende son rire.

« C'est l'avantage de se marier avec un aveugle, insiste la première. Il y a plein de choses qu'il ne peut pas savoir.

– Il est aveugle, pas sourd », réplique Mena.

Miluzza m'adresse un regard triste depuis l'autre bout de la table. « On raconte qu'il est aussi beau qu'un acteur de cinéma, c'est vrai, Oliva ? demande-t-elle pour changer de sujet.

– C'était comment le titre de ce film, déjà ? dit Nora.

– *Le Bel Antonio*, suggère Mena.

– Mes filles ne vont pas au cinématographe, c'est mal, précise leur mère. Elles ne connaissent les films que par les affiches sur la place.

– Bien sûr, se défend sa fille grassouillette. Si je connais l'histoire du film, c'est qu'on me l'a racontée.

– Enfin, espérons que ton mari n'a pas la même faiblesse, dit la fille maigrichonne et, cette fois, elle n'essaie même pas de cacher son hilarité.

– Quand bien même, Oliva, ce ne serait pas grave : il t'épouse pratiquement sans dot et toi tu vas devenir baronne, ajoute leur mère. Vu les ennuis que tu t'étais attirés, tu peux remercier sainte Rita.

– Sainte Rita est la patronne des cas désespérés, je rétorque sans lever les yeux de mon ouvrage. Franco et moi, nous nous marions par amour, pas par désespoir. »

Les deux sœurs se taisent. Ma mère toussote, comme quand elle rit.

« L'amour, répète la mère Scibetta, agacée. Les jeunes d'aujourd'hui sont trop romantiques, n'est-ce pas, Amalia ? Ils devraient écouter leurs parents et puis c'est tout. Même Paternò n'a pas dit un mot quand son père l'a éloigné du village. Ah, pour sûr, ces nouveaux riches sont prétentieux : va savoir ce qu'il voulait pour son fils, une princesse, peut-être ? Quand il a appris qu'il s'était amouraché d'une gueuse, il a menacé de le déshériter. Il faut dire que ce jeune homme ne lui donne que du souci, il a le sang chaud et, dans ces cas-là, il n'y a pas grand-chose à faire. C'est pour ça qu'il faut garder les filles à l'abri.

– À trop se promener, on se perd, confirme sa fille grassouillette.

– À trop se montrer, il ne faut pas s'étonner si l'homme a l'eau à la bouche, développe la maigrichonne. Si tu te fais désirer et qu'ensuite tu te refuses, il le prend mal. Il faut savoir se tenir.

– Ma fille n'a pas péché, déclare ma mère, sortant de son silence. Sa seule faute, c'est d'avoir beaucoup de qualités. » Elle se tourne vers Mena et Nora avec un sourire narquois. « Et beaucoup de prétendants », ajoute-t-elle.

Un silence suit. On n'entend plus que le cliquetis des dragées qui glissent une à une des doigts de la mère Scibetta et atterrissent sur le napperon. Quand nous partons, elles ne nous invitent pas pour le rosaire et ne nous confient pas d'autres travaux de couture. Ma mère a passé des années assise sur ce banc en bois sans dire un mot et, aujourd'hui, une seule phrase a suffi à lui faire perdre sa meilleure cliente. C'est son cadeau pour mon mariage.

Nous nous dirigeons vers la maison, bras dessus bras dessous. Quand nous empruntons le chemin de terre, Cosimino court à notre rencontre, les yeux rouges et les bras en l'air. « Ils ont tué nos plantes avec du sel ! Quand papa et moi on est rentrés du marché, le champ était tout inondé.

– Oh Seigneur ! s'écrie ma mère en se détachant de moi. Qu'est-ce qu'il s'est passé ?

– Quelqu'un a mis du sel dans le puits et a arrosé la terre. » Il s'essuie les mains sur son pantalon de travail et fixe le sol. « Personne n'a rien vu : on nous laisse nous débrouiller seuls. »

34

« Comment ça, il faut repousser ? crie ma mère.

– Calme-toi, Amalia, répond Nellina à mi-voix.

– Et je l'apprends comme ça, au marché, à deux semaines du mariage ?

– La nouvelle vient d'arriver. Je l'ai reçue ce matin même. Les Colonna m'ont écrit pour m'informer que l'état de la baronne a empiré. On ne peut pas célébrer un mariage et faire une extrême-onction à la fois... J'allais t'en informer chez toi, et puis je t'ai vue dans la rue. »

Ma mère se passe une main sur les yeux, elle ne peut même pas se plaindre en calabrais parce qu'en public, c'est mal. « C'était à lui de nous en informer, en personne, dit-elle. Il est venu chez nous pour les fiançailles, il devrait revenir pour nous dire ça.

– Il est fils unique, Amalia. Il ne quitte pas le chevet de sa mère. »

Nellina nous emmène dans une rue à l'écart de la foule. Je la tire par le bras, comme une gamine impatiente. « Il a changé d'avis ? je demande. Il ne veut plus de moi ? Dis-moi la vérité, Nellina…

– Qu'est-ce que tu racontes, ma fille ? Il lui arrive un malheur, il est à plaindre.

– Quelqu'un les a informés pour le terrain de mon mari ? » s'enquiert ma mère.

La bonne du curé secoue la tête. « Quel terrain ? Je ne sais pas de quoi…

– Il y a quelques semaines, Salvo a mis par erreur du sel à la place du pesticide, tu sais qu'il est toujours tête en l'air, et quelques plantes sont mortes. Mais tu sais aussi comment sont les gens : ils brodent, ils cousent, et d'une petite anecdote ils font un grand roman. »

Je repense à l'expression de mon père quand, la semaine dernière, il marchait au milieu de ses plantes malades. « Voilà ce qui nous reste : un peu de broussaille et les poules mortes », a dit ma mère quand nous sommes rentrées à la maison. Et elle venait de perdre les quelques lires que la mère Scibetta lui donnait à cause d'une réponse acide, après des années passées à avaler du venin. Elle avait sans doute imaginé qu'à l'avenir Franco s'occuperait de nous, et voilà qu'à présent cette colonne aussi se fissurait.

« C'est une famille importante, Amalia. Elle se moque bien de deux plants de tomates tombés malades sur ton lopin de terre. Ce sont des gens sérieux, ne t'inquiète pas. Quant à Franco, ce n'est pas le genre de garçon à renoncer à ses engagements à cause de quelques menaces. »

Ma mère porte les mains à son visage. « Qui l'a menacé ? Qu'est-ce que tu me racontes, Nellina ?

– Je n'ai rien dit ! s'écrie Nellina, les yeux écarquillés de peur. Ne me fais pas dire des choses que je n'ai pas dites ! »

Le curé arrive au fond de la ruelle, les mains croisées dans le dos. « Pardonne-moi, Amalia, je dois aller préparer le déjeuner de don Ignazio, dit Nellina en se tordant les mains. Ne te mets pas la rate au court-bouillon, tout va bien se passer. Oliva, ne t'inquiète pas toi non plus, tu seras bientôt mariée, il faut seulement que tu patientes encore un peu. Tu es si jeune ! Quel âge tu as ?

– J'aurai seize ans le deux juillet prochain.

– Dans un mois tout juste. Don Ignazio ! Don Ignazio ! » Nellina agite les mains à l'intention du curé qui vient dans notre direction et lui fait signe de s'arrêter. Quand il nous voit, ma mère et moi, il baisse les yeux. Nellina le rejoint et part avec lui d'un pas pressé.

Ma mère et moi restons seules dans la rue. « Elle n'est pas venue nous l'annoncer chez nous parce qu'elle a peur, murmure-t-elle comme si elle s'adressait à elle-même. Ma pauvre fille, ma pauvre fille ! » répète-t-elle en secouant la tête.

35

L'eau martèle les vitres et le tonnerre retentit au loin, mais il fait chaud et je suffoque dans mon lit. Avant, tout le monde me voulait, maintenant plus personne. Et si personne ne m'aime, je ne pourrai pas m'aimer toute seule. Je m'assieds dans mon lit, le visage entre les mains. Si j'étais née garçon, comme Cosimino, j'aurais pu rester avec moi-même, sans devoir appartenir à un homme. Mais je suis née fille, et le féminin singulier n'existe pas, même si notre institutrice Rosaria n'était pas d'accord.

À l'aube, j'entends les pas de mon père approcher de ma chambre. « Qu'est-ce qu'il se passe ? » je lui demande. Il fait encore nuit et lui, il est déjà coiffé et rasé. Mes yeux lourds de sommeil me piquent. « Tu vas chercher les escargots avec ton habit du dimanche ?

– Prépare-toi, vite, parce que ce matin, les limaçons on va les déloger de chez eux », dit-il, et il repart dans la cuisine.

Quand nous sortons, ma mère et Cosimino dorment

encore, la terre est humide et mes chaussures s'enfoncent dans la boue. Alors que nous marchons vers l'arrêt d'autobus, le soleil apparaît entre les nuages. Nous traversons la place vide, le rideau du café est encore tiré. Quelques vieilles femmes entendent le bruit de nos pas dans le silence et se mettent à la fenêtre pour épier, cachées derrière leurs volets tirés. Je serre la main de mon père deux fois, tout doucement, nous montons à bord et nous asseyons au fond : moi près de la vitre, lui côté couloir, nous sommes les seuls passagers. Lorsque le chauffeur démarre, mes jambes se font cotonneuses, je n'avais encore jamais pris l'autocar de ma vie. Au début, il roule lentement, et j'observe la vie qui se réveille : les femmes sortent, la tête couverte d'un voile noir, pour se rendre à la première messe, les hommes se dirigent vers les champs ou vers la mer selon leur travail, on installe les étals du marché. La pâtisserie est fermée. Puis l'autocar prend de la vitesse, il arrive au bout de la grand-rue et s'engage sur la nationale qui conduit à la ville. Après les dernières maisons, un panneau indique le nom de mon village barré d'une croix, comme s'il était mort. C'est la première fois que je sors de Martorana, et j'ai l'impression de mourir un peu moi aussi.

« Dans une petite heure on sera arrivés », dit mon père comme si nous faisions notre excursion du lundi de Pâques.

Après la pluie de la nuit, le paysage brille sous le

soleil matinal. Mon père regarde par la vitre, plissant les yeux devant l'éclat de la mer. Il ne l'aime pas, il préfère la terre. En mer, personne n'est maître de rien, lui arrive-t-il parfois de dire d'une voix chagrine.

Au bout d'un moment, l'autocar ralentit et s'arrête.

« On est déjà arrivés ? » je demande, le cœur battant à tout rompre.

Mais le chauffeur crie le nom d'une autre bourgade.

« Il y a encore de la route », dit mon père.

L'autocar repart, suivant la ligne tortueuse de la côte, et j'ai l'estomac chaviré.

« Ce matin, je voulais aller chercher des escargots, me raconte mon père, parce qu'après toute cette sécheresse, ils ont dû sortir par centaines. J'ai enfilé mon pantalon de travail, mes bottes en caoutchouc, ma veste pour les travaux des champs, mais je n'arrivais pas à mettre la main sur mon chapeau. »

Il s'interrompt, comme si l'histoire finissait là, et je n'en comprends pas le sens. À la fin des fables avec des animaux parlants, il y avait toujours une morale. De fait, il poursuit son récit.

« Je le cherche, impossible de le trouver. Et je n'aime pas sortir sans chapeau. »

Je le regarde : il est tête nue, et je remarque la présence nouvelle de quelques cheveux blancs dans sa tignasse blonde.

« Tu sais pourquoi je ne l'ai pas trouvé ? »

Je secoue la tête.

« Parce qu'il a pourri dans l'eau. » Il fait une nouvelle pause. « Avec les tomates, les plantes et tous les fruits de mon jardin. »

Son visage reste aussi neutre que s'il racontait ce qu'il a mangé au petit déjeuner. « Je suis sorti sans chapeau, et c'était désagréable. Puis, à mesure que j'avançais dans le champ, ma sensation de gêne a augmenté, empirée par d'autres raisons : une ampoule que j'ai au pied gauche, une chaise de la cuisine qui est bancale, une planche de ma charrette qui s'est dévissée, ton mariage qui a été repoussé. Alors j'ai décidé d'arranger tout ça. J'ai soigné mon pied, j'ai mis une cale à la chaise, j'ai revissé la planche et je suis allé me préparer. »

L'autocar s'arrête, le chauffeur annonce le nom d'un autre village.

« Quand quelque chose ne fonctionne pas, poursuit mon père, il faut essayer de le réparer. »

Je ne l'avais jamais entendu parler aussi longtemps. Peut-être qu'il commençait à être gêné de toujours rester silencieux. Est-ce que le mouvement libérerait ses mots et le rendrait plus loquace en voyage ? « Je dois dire merci à la personne qui a fichu mes plantes en l'air, parce que c'est grâce à cette sensation déplaisante que je me suis dit : Salvo, ce mariage doit se faire maintenant, sinon il ne se fera jamais et ta fille va se retrouver dans une situation inconfortable. »

Il détourne les yeux du paysage qui défile derrière la

vitre pour me regarder. « Veux-tu épouser Franco ? » Je baisse la tête et scrute mes mains, à la recherche de la réponse.

Puis l'autocar s'arrête et le chauffeur annonce le nom de la ville.

36

Les plates-bandes devant l'église débordent de marguerites. Bien que ma mère m'appelle, je m'arrête pour cueillir une fleur et détacher ses pétales : il m'aime, un peu, beaucoup, passionnément, à la folie, pas du tout. Je jette le dernier pétale blanc, qui a menti : il m'aime.

Le palais où habitait Franco était juste à côté de l'opéra, comme nous l'avait dit son oncle au visage grisâtre. Mon père et moi sommes entrés dans le hall bras dessus bras dessous. Cette demeure aurait dû devenir la mienne, ai-je pensé en gravissant l'escalier. Une fille de mon âge est venue nous ouvrir, blonde et plantureuse, avec une ossature fine, elle aurait pu être la fille de mon père. J'ai senti un nœud de jalousie se former dans ma gorge. « Aujourd'hui mes patrons ne reçoivent pas, s'est-elle empressée de nous annoncer. Il vous faudra revenir la semaine prochaine.

– Non merci, je ne préfère pas », a dit mon père, et il n'a pas bougé.

« Lesquelles te font envie, alors ? demande ma mère. La tradition voudrait que tu prennes des fleurs d'oranger, mais tu peux choisir autre chose. »

J'étudie le présentoir, indécise. Je ne suis pas habituée à savoir ce que je veux.

« On peut mettre des roses, des pivoines, des arums, du jasmin…, propose le fleuriste.

– Non, pas de jasmin, Biagio », dis-je, et l'odeur capiteuse du brin glissé derrière l'oreille de cet homme me revient en mémoire, ainsi que son costume blanc taché, son sifflement dans la rue, ses yeux qui me suivaient, ses mains qui me serraient à la fête patronale, sa voix qui, à la pâtisserie, faisait trembler mon sang.

« Je veux des marguerites.

– Des marguerites ? Ce sont des fleurs des champs, pas de mariage ! intervient ma mère. Qu'est-ce que vous en pensez, Biagio ? »

Mon père et moi avons attendu devant la porte pendant un temps qui m'a paru interminable.

« J'ai honte, p'pa, ai-je avoué.

– Moi aussi j'ai eu honte, tout à l'heure, à cause de mon chapeau, répond-il en passant une main dans ses cheveux. Puis je me suis dit : Salvo, ce n'est pas par ta volonté que tu es entré chez ces gens tête nue. Alors, de quoi veux-tu avoir honte ? La honte est bonne pour ceux qui ont détruit ton chapeau, pas pour toi. Et pour ces gens-là, qui ont peur que quelqu'un détruise aussi leurs biens. »

Il a prononcé ces derniers mots lentement, à voix haute, pour se faire entendre. Juste à ce moment-là, la servante blonde est réapparue et a annoncé : « Vous pouvez entrer. »

Nous avons traversé le hall et avons été introduits dans une grande pièce, où une femme très élégante est venue à notre rencontre, suivie par un petit homme chauve.

« Les fleurs d'oranger iront très bien, tranche ma mère. Les marguerites, on en mettra dans ta coiffure. Tu es contente, Oli' ? »

Si je suis contente ? Aujourd'hui j'ai seize ans, la semaine prochaine je me marie. Liliana aura son diplôme d'institutrice dans un an et un journal de la ville lui a acheté certaines de ses photos. Je crois que oui : je suis contente. C'est la seule manière qui m'est offerte d'être contente.

« Il nous faut une fleur pour aujourd'hui aussi, c'est son anniversaire », dit ma mère au fleuriste, et elle soulève mon menton entre ses doigts, comme pour exhiber un objet précieux. La valeur de la femme dépend de l'homme qui demande sa main, me dis-je.

« Si vous le permettez, j'offre à cette demoiselle la fleur pour son anniversaire. » Biagio me tend une rose rouge à la très longue tige. « Sans arrière-pensée », précise-t-il.

« Je suis ravi de voir que madame a retrouvé une bonne santé », a dit mon père de sa voix posée. Je n'ai décelé ni colère ni ironie dans ses mots. Le visage de la mère de Franco s'est crispé, et les rides autour de ses yeux se sont creusées. « Dieu soit loué, a-t-elle murmuré en joignant ses mains devant sa poitrine.

– J'en suis heureux, a insisté mon père, et j'espère vous voir tout aussi en forme à la date que nous avons fixée ensemble pour les noces de nos enfants. »

La femme s'est pincé les lèvres comme pour empêcher les mots de sortir de sa bouche. « Ma santé, a-t-elle fini par dire, pâtit de mes soucis et de mes chagrins, et ces derniers temps l'amitié entre nos enfants m'en a causé beaucoup. Il me semble évident que nous sommes issus de milieux différents et qu'une entente entre nos deux familles est compliquée. Si vous avez déjà promis votre fille à d'autres, il n'est pas juste que nous en fassions les frais. Je n'ai certes pas coutume de mettre les visiteurs à la porte, mais je dois vous demander de bien vouloir quitter ma maison. »

Elle a levé les yeux au plafond puis elle a toisé mon père, comme pour souligner son insignifiance. Son mari chauve se taisait, peut-être par habitude.

« Fais attention aux épines », dit ma mère. Nous traversons la place, tous les regards sont rivés sur nous, mais personne ne chuchote sur notre passage, ce sont des regards d'admiration, et pour la première fois j'ai l'impression qu'elle est fière de marcher à mes côtés.

Franco est entré dans le salon, pâle, les cheveux en bataille. Il portait une robe de chambre marron clair et des pantoufles en cuir. Il ne ressemblait plus au bel Antonio, on aurait plutôt dit une vedette de cinéma de la catégorie des « Amoureux malchanceux ».

« Moi, à l'inverse, j'ai coutume de tenir parole, a répondu mon père à la dame. Franco a fait une promesse à ma fille. S'il a changé d'avis, il doit nous le dire lui-même. »

Il m'a conduite à côté de mon fiancé. « Franco », ai-je murmuré. J'ai fermé les yeux, comme le premier jour, derrière le cabanon de Pietro Pinna, et j'ai attendu que ses doigts caressent mon visage. Mais il est resté immobile et silencieux. Ses mains étaient enfoncées dans les poches de sa robe de chambre. C'était donc cela, la colonne censée me soutenir ? Cela, les bras censés m'entourer ? « Partons, p'pa », ai-je dit, et je me suis dirigée vers la porte.

« Oliva, attends. » J'ai entendu le frottement des pantoufles de Franco derrière moi. « Comme vous le voyez, ma mère a retrouvé une bonne santé, a-t-il murmuré d'une voix tremblante. Il n'y a pas d'autres empêchements. »

Il n'a pas dit un mot de plus. Les phrases d'amour, les soupirs, les regards, tout cela n'existait que dans les revues de Liliana, ma mère avait raison de ne pas vouloir que je les lise. Nous sommes rentrés en autocar sans rien dire : le mouvement ne faisait plus sortir les mots de la bouche de mon père. Il regardait le paysage par la fenêtre, et s'assoupissait parfois, la tête inclinée sur l'épaule. Sa sensation de gêne était passée, le futur époux avait été récupéré. Il ne manquait plus que son chapeau.

Ma mère s'arrête au milieu de la grand-rue : « Oli', j'avais oublié, il faut que je passe chez la mère Scibetta, elle m'a fait appeler pour un ouvrage urgent. » Elle remet en place une mèche qui a échappé à ma tresse. « Allons-y, ce sera rapide, dit-elle en repartant dans la direction opposée.

– Non, m'man, vas-y toi, moi je rentre à la maison.

– Seule ? À cette heure ?

– Quoi, tu as peur que je tombe sur des voleurs ?

– Les gens parlent, Oli', et tu es devenue une belle jeune fille. » Elle recule de deux pas pour mieux me regarder et se racle la gorge. « Va à la maison sans t'arrêter, dit-elle en retirant son châle en dentelle. Et mets ça sur tes épaules, le soir l'humidité tombe. Et attention à ne pas te piquer », conclut-elle en me tendant la rose.

Je me couvre avec le châle et j'ai l'impression d'être entre ses bras. Je me mets en chemin, la rose à la main.

« Oliva, Oli', m'appelle-t-elle encore. Sois prudente. »

37

Quand nous étions petitous, Cosimino et moi fêtions nos anniversaires en même temps. Chaque deux juillet, nous grandissions d'un an : cinq, six, sept, huit. Ma mère nous mesurait dans l'encadrement de la porte de la cuisine, et marquait nos prénoms au crayon, avec la date à côté. Puis nous avons arrêté de grandir au même rythme, et nos marques ont cessé de coïncider : à chaque nouvel anniversaire, il grandissait en taille et moi en âge. Aujourd'hui, nous avons tous les deux seize ans, il me dépasse de dix centimètres, moi je le dépasse de dix ans. Je vais être mariée et maîtresse de maison, puis mère. Lui c'est encore un gosse, qui traîne avec ses amis devant le café. Pour moi, le temps a passé plus vite et il s'écoulera plus rapidement.

La grand-rue est déserte, je tiens la tige de la rose entre les épines et serre le châle autour de mes épaules. Les marguerites, c'est plus facile que les roses : elles répondent aux questions des amoureux et ne font pas mal. Plus je m'éloigne de la place, plus la grand-rue est vide, et je rase les murs pour me sentir accompagnée par les voix qui sortent des fenêtres ouvertes.

Quelqu'un débouche d'une rue latérale et se met à marcher derrière moi. En entendant le son des semelles sur le bitume, j'accélère le pas sans me retourner et cherche des yeux un visage connu. *Rosa, rosa, rosam* – je commence à me réciter –, *rosae, rosae, rosa*. Les pas approchent. *Rosae, rosae*… Une voiture apparaît au bout de la grand-rue, au niveau du croisement avec le chemin de terre qui conduit chez moi ; elle ralentit et s'arrête. Je ralentis moi aussi et reprends mon souffle. À bord, il y a un homme jeune et une femme blonde, un couple, sans doute. Ils regardent autour d'eux, puis se penchent sur une carte routière. Entre-temps, l'homme qui marchait derrière moi arrive à ma hauteur, me salue d'un mouvement de tête et disparaît au coin de la rue, sans ralentir. Je le reconnais, c'est don Santino, le père de Tindara, celle qui s'est mariée par correspondance. Une portière de l'automobile s'ouvre, la femme sort et me fait signe d'approcher. « La route pour aller en ville, s'il vous plaît, jolie demoiselle ? demande-t-elle. Est-on dans la bonne direction ? »

De près, elle semble plus âgée. Sous sa couleur, ses cheveux fins sont noirs à la racine. Elle a de profondes rides aux coins de la bouche, comme si elle avait fait des sourires forcés pendant longtemps. « La ville ? Je ne sais pas. Mais il vous faut sortir du village. » Je tends le bras pour lui indiquer la direction.

La femme me prend par le poignet, son mari surgit derrière moi et m'attrape si vivement par la taille que j'en ai le souffle coupé. Je manque d'air pour crier, je balaie du regard la grand-rue, à la recherche de quelqu'un à qui demander de l'aide, mais elle est déserte. « Lâchez-moi », je réussis seulement à articuler dans un filet de voix. J'agite bras et jambes pour échapper à sa prise, l'homme me soulève et mes coups de pied rencontrent le vide. La femme ouvre la portière arrière et l'homme me traîne à l'intérieur du véhicule. « C'est mon anniversaire, on m'attend à la maison, lâchez-moi ! »

La femme rit sans joie. « Joyeux anniversaire, ma jolie, tu auras ton cadeau ce soir », dit-elle, puis elle enfonce un mouchoir dans ma bouche pour m'empêcher de crier.

L'automobile démarre, et le chemin de terre disparaît de ma vue. Le tissu rêche a mauvais goût et il m'étouffe. Je suis incapable de reconnaître le paysage qui défile, ma maison me semble très loin. Je tiens encore la rose serrée dans mon poing. La plupart de ses pétales sont restés dans la rue, à ma place. Moi, il ne me reste que les épines. Les épines, je suis contre. Quand j'ouvre mon poing, la paume de ma main est toute rouge. Les taches de sang ne se lavent pas facilement, dit toujours ma mère.

38

La vieille femme blonde s'allume une autre cigarette, elle n'a pas arrêté du trajet et la fumée me fait encore plus suffoquer. Je ne sais pas combien de temps a passé. Quand la voiture s'arrête, la femme me tire à l'extérieur, j'identifie dans l'air l'odeur de la mer mais je n'arrive pas à la distinguer à l'horizon. En m'attrapant par le poignet pour me traîner vers une maison isolée, elle s'aperçoit que ma main est blessée. « Je ne t'ai pas touché un cheveu. Quand il viendra, tu devras lui dire que tu t'es fait ça toute seule, dit-elle, soucieuse.

– Fais-la passer par là », dit le jeune homme. La vieille femme ouvre avec une clé, m'attire à l'intérieur et referme. Il fait sombre et une odeur douceâtre flotte dans ces pièces, comme un parfum qui aurait tourné. Elle m'emmène jusqu'à une chambre au fond du couloir et me force à y entrer. Elle m'observe avec attention, peut-être pour comprendre ce que je peux bien avoir d'attrayant aux yeux d'un homme, puis elle hausse les épaules, claque la porte et pousse le verrou.

J'attends que mes yeux s'habituent à l'obscurité. Les volets sont fermés, seul un rayon de lumière filtre à travers une lucarne au niveau du plafond. Il y a une armoire contre un mur, une coiffeuse contre un autre, et au troisième est accroché le portrait d'une femme aux longs cheveux qui tombent sur sa poitrine nue. Au milieu de la pièce, un lit.

Quand nous étions petitous, la veille de la fête des Morts était le seul jour où l'on recevait des cadeaux. « Allez vous coucher, disait ma mère en fermant les volets. Si vous dormez quand les morts arriveront, ils vous apporteront des chaussures neuves et des biscuits aux amandes grillées. Sinon, ils vous tireront par les pieds et ne vous donneront rien, même pas une épingle. »

Dans un coin de la chambre, il y a du linge : deux serviettes et une chemise de nuit blanche, pliée sur un couvre-lit brodé. On dirait la chambre d'une mariée, et voilà mon trousseau. Je me couche sur le lit et attends.

Ce sont les morts qui viennent apporter des cadeaux aux vivants, tous les morts de la famille, disait ma mère. Ils arrivent de nuit, ils passent par le trou de la serrure et les lézardes pour déposer leurs dons. Je me couchais sous les couvertures et respirais doucement pour entendre les morts arriver. Si Cosimino parlait, je lui disais : « Silence et tiens-toi sage, sinon les morts te tireront par les pieds. » Il se taisait, apeuré, et je plongeais la tête dans mon oreiller en me récitant les tables de multiplication que notre institutrice Rosaria nous avait apprises. En commençant par celle de sept, la plus difficile.

Je caresse les broderies, puis m'interromps. Cette chambre ne m'est pas destinée, ce n'est pas mon trousseau, je ne suis pas la mariée. Je me précipite vers la porte et secoue la poignée avec fureur, comme si je pouvais détruire la serrure. Je regagne le milieu de la pièce, je jette la couverture, les draps, les oreillers, les serviettes et la chemise de nuit par terre, j'en fais un tas que je pousse sous le lit.

Les enfants savent que quand quelqu'un meurt, il revient de temps en temps pour leur apporter des cadeaux. Je n'ai pas peur des morts. Je me couche à même le sol de pierre froide, enroulée dans le châle de ma mère, et je retiens mon souffle.

Silence et tiens-toi sage, si tu es réveillée quand les morts arriveront, ils te tireront par les pieds, mais moi c'est des vivants que j'ai peur, pas des morts.

39

Une radio est allumée dans la pièce d'à côté : la blonde est donc de retour. Au bout d'un moment, j'entends le bruit du verrou, la porte s'ouvre et elle apparaît, dans la même tenue que lorsqu'ils m'ont enlevée. « *Ne rougis pas quand je te regarde*, dit la chanson, *mais arrête ton cœur, qui tremble pour moi.* » Elle soupire et balaie la pièce d'un regard irrité. « Vous autres les jeunes, vous mettez le bazar et puis ce sont les autres qui doivent s'en occuper », marmonne-t-elle en indiquant le lit défait et la chambre sens dessus dessous. Elle se penche au-dessus de moi et m'attrape par les épaules, ses mains sont aussi fortes que celles d'un homme. Je me recroqueville pour résister à son geste. « Lève-toi, ma jolie, dit-elle, se radoucissant. Tu ne veux quand même pas qu'il te trouve comme ça ? »

Je croise les bras sur mon visage. « Qui ? Je ne vous connais pas. Qu'est-ce que vous me voulez ? »

Elle se redresse et s'assied au bord du lit. « *N'aie pas peur de me donner un baiser* », poursuit la chanson.

La femme ferme un instant les yeux et dodeline de la tête en suivant le rythme de la musique. « Tu n'es pas la première que j'aide à se marier, dit-elle en souriant. Deux jeunes gens s'aiment, la famille s'oppose à leur mariage ou bien elle n'a pas l'argent pour l'organiser. Alors ils viennent ici et… après, c'est fait. Je ne fais pas ça seulement pour de l'argent, mais pour le bien. Parce qu'au fond je suis restée une jeune fille romantique. » Elle se met à chanter d'une petite voix fausse en même temps que la radio : « *Non, n'aie pas peur, n'attends pas…* » Elle regarde autour d'elle comme si les murs pouvaient parler. « Avant, c'était une maison de rendez-vous, explique-t-elle en montrant le portrait de la femme nue. Maintenant c'est une maison de mariage. J'ai toujours travaillé pour l'amour ! » conclut-elle en riant.

Elle se laisse glisser par terre pour s'asseoir à côté de moi. Je remonte le châle sur mon visage, elle l'écarte d'un geste impérieux. « Tu ne comprends pas, ma jolie ? S'il en est arrivé là, c'est qu'il est amoureux. Il m'a ordonné de te traiter comme une reine, non, attends, comme une rose. C'est ce qu'il a dit. La Fortune est avec toi. »

La fortune. Cela me fait penser à Fortunata, ma sœur.

« Quand on est vraiment amoureux, on ne maltraite pas, on ne fait pas peur, on ne force pas l'autre », je réponds, avant d'éclater en sanglots comme une petitoune qui, au réveil, ne trouve même pas un fruit confit en cadeau à son chevet.

Elle s'approche un peu plus, son haleine sent le tabac, ses iris sont d'un bleu très foncé. Elle était peut-être belle, autrefois. « *Ne rougis pas quand je te regarde* », répète la radio. « Crois-moi : si tu pleures, tu ne fais que t'abîmer les yeux. » Elle me tend un mouchoir. « Tu devras lui dire, continue-t-elle, menaçante. Tu devras lui dire que je t'ai bien traitée, hein. »

Je sors la tête du châle et me mets à taper des poings sur le sol. « Je veux rentrer chez moi ! je crie, la voix brisée par les larmes. Ma mère et mon père m'attendent, je me marie la semaine prochaine, quelqu'un va venir me chercher. » La robe blanche confectionnée par ma mère, le collier de corail donné par Liliana, les fleurs d'oranger et les marguerites du fleuriste défilent dans ma tête.

« De quel mariage tu parles ? De quel fiancé ? murmure-t-elle en s'agenouillant pour récupérer les draps et le dessus-de-lit. Quand tu sortiras d'ici, tu ne pourras appartenir qu'à un homme. Qui voudra d'une fille déjà abîmée ? »

Une fille, c'est comme une carafe, disait toujours ma mère.

« Tu as eu de la chance. » Elle déploie le drap au-dessus du matelas et se penche pour le border. « C'est un beau jeune homme, il a une bonne position, il aurait pu avoir n'importe qui. » Elle lisse le tissu puis fait le tour du lit pour répéter le même geste. « Va te faire belle, ma jolie, dit-elle sans me regarder, comme si elle s'adressait à elle-même. Qui est ton père ? Qu'est-ce qu'il possède ?

– Mon père n'a plus rien, je sanglote. Il lui a tout pris.

– C'est la force de l'amour. Il te veut pour lui. Il y a des filles qui feraient n'importe quoi pour être à ta place. »

Je m'élance vers la porte, je m'agrippe à la poignée et pousse violemment. « Laissez-moi partir, je vous en prie ! » Je reviens m'agenouiller à ses pieds. « Vous êtes une femme, vous pouvez me comprendre ! »

Elle ramasse les oreillers et les pose sur le lit avec ces gestes que j'ai vu ma mère faire toute ma vie durant. « Moi ? Moi je comprends très bien, c'est toi qui ne veux pas comprendre. » Elle ramasse la chemise de nuit et l'étend sur le dessus-de-lit. « J'étais comme toi. » Elle en caresse le tissu avant de la plier. « Qu'est-ce que tu crois ? Que je suis née blonde ? » Elle se passe une main dans les cheveux. « J'avais un fiancé. Il m'aimait et je l'aimais. » Avec un rire amer, elle se saisit des serviettes et les plie en quatre. « Mais il ne me croyait pas, il voulait la preuve de mon amour. J'étais naïve, j'ai pensé que si je ne la lui donnais pas, il me quitterait pour une autre fille plus passionnée. » « *On ne fait pas de mal quand l'amour est pur* », chante la radio. J'ai beau m'y efforcer, je n'arrive pas à l'imaginer jeune, avec les cheveux d'une autre couleur, trop de temps a dû passer depuis. « Alors j'ai cédé. Une seule fois. Le lendemain, il m'a quittée. C'était une ruse pour me mettre à l'épreuve : il a dit que j'étais une fille facile, que je n'étais pas capable de résister aux flatteries. Moi je n'avais fait ça que pour lui faire plaisir, ça ne m'avait même pas plu, et même ça m'avait fait mal. Je me suis retrouvée seule et déshonorée, et je n'avais ni père ni argent. La femme possède un seul bien précieux, quand elle ne l'a plus, elle ne vaut plus rien. »

Elle sort un paquet de cigarettes de la poche de sa jupe et en allume une. « Plus tard, j'ai découvert qu'ils voulaient tous de moi, mais juste pour une nuit. » Elle aspire une bouffée et rit, mélancolique. Son regard se fait si profond que ses yeux semblent noirs.

« Mais ton cas est différent, dit-elle d'une voix plus suave. Sois tranquille, ma jolie. »

Je vais m'adosser à la porte, comme si en poussant je pouvais la traverser.

« Une fois qu'il t'aura prise de force, il devra réparer avec un mariage. Sinon il ira en prison.

– Mais moi je ne veux pas de lui, je crie en tambourinant la porte de mes poings.

– Comment ça ? Une femme sans mari est comme une moitié de ciseaux : elle ne sert à rien. » J'ai l'impression d'entendre ma mère. Elle me prend par la main et me conduit devant la coiffeuse. Je la suis sans opposer de résistance, comme une fillette docile. Sur la table, il y a le reste de la rose que je serrais dans mon poing. Dans le reflet, je vois les larmes couler sur mon visage anguleux et sombre, aux pommettes saillantes, et tomber sur ma grande bouche. « Ne pleure pas, ma fille, dit-elle. Ça n'y changera rien. » Son visage apparaît derrière le mien, et je parviens un instant à imaginer son aspect d'autrefois. « Ça n'y changera rien », répète-t-elle, et elle écrase sa cigarette dans le cendrier. « *Mais arrête ton cœur qui tremble d'amour* » : la chanson s'achève et le silence revient.

« Que ce soit cet homme ou un autre, c'est pareil. Au début ça fait mal, puis on ne sent plus rien. »

40

Toute la nuit, j'ai tenu le sommeil éloigné, par crainte qu'en arrivant cet homme me trouve sans défense. Comme quand, petitoune, j'attendais les morts. « Silence et tiens-toi sage », disait ma mère, et j'écarquillais les yeux pour percer la pénombre.

À l'aube, j'entends un bruit de moteur, une portière qui claque, puis une voix : « La femme est comme la rose, elle appartient à celui qui la cueille. »

Il ouvre la porte et s'immobilise sur le seuil. Je me recroqueville au milieu du lit et, les genoux ramenés contre ma poitrine, je rentre dans ma coquille. Il va à la coiffeuse et s'empare de la fleur. « Tu es aussi belle qu'elle : *rose fraîche et odorante*, tu te souviens ? Non, tu es encore plus belle, parce que cette fleur fane en un jour alors que toi tu es toujours en bouton. La plus belle de tout le village », ajoute-t-il, et je repense aux derniers mots de ma mère avant que nous nous séparions.

Je ne sais pas si je suis belle, et c'est pour cela aussi

que j'aurais préféré naître garçon comme Cosimino. Lui il n'a pas besoin qu'on lui dise comment il est, il le sait tout seul. Pour les femmes, le corps est un fardeau.

« J'ai fait faire ton lit avec les draps de ma mère », susurre-t-il en caressant le tissu. Il s'approche.

Je reste recroquevillée, la tête enfoncée dans les épaules. Sans bouger, sans parler, sans respirer. Je suis comme un limaçon.

« C'est pour toi, ouvre. » Il s'assied sur le lit et pose un paquet sur l'oreiller.

« Ouvre ! » répète-t-il, impatient. Je ne bouge pas, il soulève le couvercle de la boîte. Voilà donc les cadeaux des morts, me dis-je.

« Il est en pure soie, en ville c'est l'accessoire des dames à la mode, extrêmement raffiné. Tu le mettras après, quand on sortira, à la place de ce vieux châle usé. »

Après. Entre cette porte et moi, il y a un avant et un après. Une frontière que je ne veux pas franchir, parce que cette frontière c'est moi, elle est en moi.

Il tend un bras pour attraper mon pied. Il le caresse et ses doigts se glissent entre mes orteils, comme ceux de ma mère quand j'étais petitoune pour chasser les grains de sable. Je sens la chaleur de ses lèvres sur ma peau, aussi souples que de la mie de pain.

« Je te baise les pieds, tu es ma reine. *Rose, rose fraîche…* »

Sa bouche remonte lentement jusqu'à ma cheville. Il m'attire à lui et je me cramponne au bord du lit, mais je me sens faible, privée d'énergie.

« La plus belle de toutes ne pouvait pas se retrouver aux mains d'un homme qui ne peut même pas la voir. Quand j'ai appris qu'on t'avait fiancée à un aveugle, j'ai tout de suite envoyé quelqu'un pour te sauver. »

Ses mains atteignent ma jupe, elles effleurent mes genoux. « Une princesse dans une porcherie », dit-il, et il recommence à embrasser mes chevilles et mes mollets. Il m'attrape par la taille et m'attire à lui, je perds ma prise et glisse à côté de lui, limaçon sans coquille. Son visage s'approche du mien, je sens le parfum capiteux du jasmin.

« Si tu me laisses partir, je ne dirai rien à personne. Je rentrerai à la maison et ce sera motus et bouche cousue, je murmure.

– Quand tu sortiras d'ici, tu seras déjà ma femme. Tu as bien de la chance. Et moi aussi », dit-il en souriant.

Je reste sans bouger sur le lit, encore enroulée dans le châle de ma mère. Un rai de la lumière froide de l'aube pénètre par la lucarne. Il a le visage moite, sa chemise blanche est déboutonnée sur sa poitrine, ses boucles sont coiffées en arrière, ses yeux sont mi-clos. Il bloque mes mains sur le matelas. Assaillie par l'odeur de sa peau, je tourne la tête de l'autre côté.

Si tu es réveillée quand les morts arriveront, ils te

tireront par les pieds, disait ma mère, mais moi je restais les yeux grands ouverts et les oreilles tendues pour capter le moindre bruit. Je n'ai pas peur des morts, disais-je. Je veux les voir en face. Ils ne me feront pas de mal.

Il lâche mes poignets, prend mon visage entre ses mains et le tourne vers lui. Je ferme les yeux et attends, inerte, comme s'il me tenait encore immobilisée. Il se penche au-dessus de moi et pose ses lèvres sur mon front, comme le faisait autrefois mon père pour me souhaiter bonne nuit, puis il les presse sur chacun de mes yeux, il frôle mon oreille et mes joues. Je sens cette tiédeur de mie de pain descendre sur le coin de ma bouche. Il pose son menton sur ma clavicule et ses cheveux chatouillent ma joue. Pendant un moment, nos souffles sont synchrones. Il murmure quelque chose à voix si basse que je n'arrive pas à entendre.

« Je veux rentrer à la maison », dis-je tout bas à son oreille.

Il sursaute comme si une guêpe l'avait piqué. Il se détache de moi et se lève, furieux. « Ça ne veut pas entrer dans ta caboche, hein ? » Il attrape ma tête à deux mains. Puis il suspend son geste et me parle à nouveau sur ce ton doux qu'il avait tout à l'heure, mais la colère fait trembler sa voix. « Tu es faite pour être avec moi, tu ne comprends pas ? Je le sais depuis que petite tu léchais la ricotta sucrée sur la pointe de mon couteau. Tu vois comment tu es ?

Tu me provoques, tu m'as fait perdre la tête avec tes petits airs de madone sans le sou. » Il se lève et fait des allées et venues dans la chambre. « Tu es allée à cette réunion de communistes, tu t'es arrêtée pour me parler sur la place, tu as pris l'orange que je te donnais, tu as dansé avec moi à la fête du saint patron, tu te promenais seule le soir. Tu vois bien que tu as voulu que je te prenne ! »

Il attrape la rose sur la coiffeuse et la tourne entre ses doigts. « Je ne te ramènerai pas chez toi, tu peux oublier, mais c'est pour ton bien : qu'est-ce que tu deviendrais ? Tu finirais comme Angiolina, la vieille aux cheveux teints, qui a vu passer plus d'hommes que de jours du calendrier. Pour qui tu te prends ? Tu dois me remercier. » Il élève encore la voix. « Tu dois me remercier ! » Il me jette la rose à la figure.

Je ferme les yeux et ses pas s'éloignent. « Je serai patient, ajoute-t-il avant de sortir. C'est toi qui finiras par me réclamer. Dans quelques jours, tu m'imploreras. La pomme tombe quand elle est mûre. »

La porte claque, j'entends le déclic du verrou, puis le silence revient.

41

La dernière fois qu'elle est entrée ici, Angiolina m'a apporté une carafe d'eau et quelques tranches de pain moisi. Depuis, elle n'est pas revenue. La faim me mord l'estomac, peut-être que plus personne ne viendra me voir. Je me rappelle nos parties de cache-cache, quand on était petitous. Saro comptait, et je partais en courant me cacher dans l'atelier de don Vito. Je restais immobile, retenant mon souffle, le cœur battant. Je ne sais pas si je craignais plus d'être découverte ou que personne ne me trouve.

Sainte Marie mère de Dieu, j'essaie de prier, Mère très pure, Mère très chaste, Mère toujours vierge. Tu n'as jamais connu d'homme, tu ignores la force de leurs bras, la chaleur de leur bouche, la dureté de leur voix. Je savais dire le rosaire dans le salon des Scibetta, sous les yeux de ma mère, protégée par ces voix unies dans la prière et dans les médisances qui m'avertissaient des dangers du monde. Maintenant, je suis seule. Féminin singulier. Tel est donc le sort de la femme isolée ?

Je me lève. Combien de temps a passé ? Un jour, deux, une semaine ? Le foulard en soie repose dans un coin de la chambre. Je le ramasse, le caresse, il est très doux. Je le noue autour de mon cou et me regarde dans la glace. Est-ce ainsi que je sortirai de cette maison, avec le foulard de Paternò à la place du châle de ma mère ? Je tire dessus pour le déchirer, mais les forces me manquent et je me laisse retomber sur le lit.

« Viens », je murmure, et ma voix me fait sursauter après tout ce silence. Je retourne à la porte et tambourine dessus avec le peu d'énergie qu'il me reste. « Reviens, laisse-moi sortir, je n'en peux plus. C'est ma faute, c'est à cause de moi, je ferai ce que tu veux, ouvre. J'ai faim, j'ai soif, j'ai peur. Je ne veux pas rester seule. »

Le bruit de mes poings résonne faiblement. La maison est peut-être vide. La femme blonde est partie. Il ne veut plus de moi. Comme quand, petitoune, je jouais à cache-cache : on m'a cherchée, on m'a cherchée, et puis en fin de compte on m'a laissée ici.

Je m'agenouille, l'oreille collée au bois. Pas un bruit. Je finis par entendre des sons qui se rapprochent, une voix rauque, puis plus rien. Une heure passe, peut-être deux, le temps n'existe plus.

À un moment donné, j'ai l'impression de dormir et dans mon rêve je serre dans mes mains un bouquet de fleurs d'oranger. L'église est grande et froide, depuis le seuil j'arrive péniblement à distinguer un petit point noir qui m'attend tout au fond, devant l'autel. Mon père me tend le bras et nous avançons dans la nef.

« P'pa, qu'est-ce que tu fais avec ton chapeau sur la tête ? Il faut l'enlever, dans la demeure de Notre-Seigneur.

– Je ne préfère pas », répond-il, et nous continuons d'avancer entre les invités qui se tournent pour nous regarder. Mais, à chaque pas, le marié semble s'éloigner, je ne parviens pas à discerner les traits de son visage.

« Qui est-ce ? je demande à mon père. À qui donnes-tu ma main ?

– Ça, il n'y a que toi qui peux le savoir », répond-il d'un ton calme.

Je ne comprends pas. « C'est toi qui me conduis à l'autel, dis-je en pleurant. Qui veux-tu que j'épouse ? Dis-le-moi. »

Soudain, la nef, qui semblait interminable, se raccourcit et je me retrouve nez à nez avec l'homme vêtu de noir. C'est Franco. Il est aussi beau et élégant que le premier jour où je l'ai vu, je regarde ses mains aux longs doigts fins qui ont entouré mon visage derrière la cabane à outils. Il enlève ses lunettes noires : ses iris bleu très clair n'errent pas, inanimés, dans la pénombre, ses pupilles se dilatent et fixent mon visage.

« Franco, dis-je, émue, tu peux donc me voir ?

– Je croyais que j'étais aveugle, répond-il d'un ton

réprobateur, mais je sais ce que tu as fait, je sais que tu en as appelé un autre et que tu l'as imploré d'entrer dans cette chambre. »

Ses mots résonnent entre les travées. Je ne sais pas quoi répondre, les invités chuchotent et, au premier rang, ma mère secoue la tête.

« Tout le monde t'a vue, Oliva, dit Franco. Je ne suis pas le seul. »

Puis don Ignazio ferme son missel, et c'est comme si le tonnerre retentissait dans l'église.

42

Quand il entre, il me trouve pelotonnée dans un coin, les mains blessées d'avoir trop tapé sur la porte, les ongles cassés. Il ne me regarde pas, ne me parle pas, ne me sourit pas, il me soulève et, de la sorte, nous parcourons la courte distance jusqu'au lit, comme des jeunes mariés. J'ai les paupières lourdes, je sens un épuisement qui, parti de mon estomac, envahit tous mes membres. Mes jambes, bras, pieds, mains et tête, tout mon corps s'enfonce dans le matelas. J'attends, immobile, comme quand ma mère et Fortunata m'ont accompagnée me faire percer les oreilles, la veille de ma première communion. Je ne veux pas, avais-je dit. Elles m'y avaient conduite de force.

Son corps pousse contre le mien, il le fouille comme s'il voulait s'y creuser un terrier. Je ferme les yeux, retiens mon souffle et me répète les mots de ma mère pendant qu'elle maintenait mon front en attendant que l'aiguille vienne me percer : tu ne sentiras rien. Ce n'était pas vrai, et ça ne l'est pas plus aujourd'hui.

La douleur d'autrefois se confond avec la douleur présente : la chaleur de ses membres qui pèsent sur les miens et le froid anesthésiant de la glace sur mon oreille, l'odeur âcre de l'alcool et celle de sa transpiration, le bouchon en liège calé derrière mon lobe et l'oreiller qu'il enfile sous mes reins pour m'obliger à me cambrer, ses mains qui me contraignent, comme celles de ma mère, l'aiguille de Nellina qui perce ma chair. Cette fois, cependant, je ne peux pas crier, tourner la tête de l'autre côté et m'enfuir, je ne suis pas maîtresse de moi-même, peut-être que je ne l'ai jamais été. Les règles du corps, c'est : ne gesticule pas, ne ris pas la bouche ouverte, ne te mets pas à la fenêtre. Je les ai apprises toute petite et je les ai toujours appliquées. Je ne connais pas mon corps, il m'est étranger. L'homme, lui, sait quoi en faire et le passe au crible pour en tirer son plaisir, moi je le perds à jamais. Silence et tiens-toi sage, me dis-je, silence et tiens-toi sage. Au début ça pique puis après ça passe. Mais non, l'aiguille force et s'ouvre un chemin en meurtrissant et en lacérant. Une douleur profonde, aiguë, me brise, je ne sais pas à quoi m'accrocher pour ne pas voler en éclats, alors je me cramponne à lui de toutes mes forces, parce qu'il est vivant et que moi je meurs, je sens mon sang ruisseler, couler sur ma peau avant d'aller imprégner le tissu blanc. Puis tous mes sens s'éteignent et je ne ressens plus rien.

C'est bien, disait Fortunata devant la maison de Nellina, aujourd'hui tu vas devenir grande. Je ne voulais pas. Je suis devenue femme par la force.

Quand je rouvre les yeux, tout est fini. Paternò a le souffle lourd, le visage mouillé de sueur et les cheveux ébouriffés. Il se redresse sur les coudes sans me regarder, puis il se tourne sur le côté, son corps gît à côté du mien comme celui d'un mari comblé, il s'endort rapidement. Ce corps qui jusqu'à il y a quelques minutes était peur, poids, violence de muscles écrasant les miens, chair plantée dans ma chair, est maintenant silence et indifférence. Aucun changement n'a eu lieu en lui, aucune plaie ne s'est ouverte. Il se repose, paisible, il n'a pas peur de moi, il ne craint pas que je lui fasse du mal pendant son sommeil. Il a les jambes légèrement écartées, sa poitrine parsemée de quelques poils sombres se soulève et s'abaisse tranquillement, il a de petits pieds, presque féminins, et son deuxième orteil est plus long que son gros orteil, il a des bras musclés, des doigts trapus, des ongles rongés, un grain de beauté de la taille d'une lentille sur la clavicule gauche.

Il dort tranquillement à mon côté, il peut maintenant revendiquer des droits sur moi, je lui appartiens et lui aussi m'appartiendra pour toujours, que je le veuille ou non.

Il se réveille dans un sursaut, se lève sans m'adresser un regard, fait le tour de la chambre à la recherche de ses vêtements, les enfile avec des gestes hâtifs. « C'est comme ça que ça devait se passer », marmonne-t-il comme s'il s'adressait à lui-même, puis il sort, laissant la porte ouverte.

Je passe un moment à fixer le plafond, je me perds dans les arabesques de ses fissures, aussi immobile que si on m'avait arraché toute vie. J'effleure mon ventre du bout des doigts, mais mon corps ne m'appartient plus, ce sont encore les mains d'un autre qui me touchent. Je parcours chaque recoin de ma peau à la recherche de ce qui a changé pour réparer, comme après la blessure à l'oreille, mais il n'y a aucune différence entre l'avant et l'après, tout semble pareil, la fracture est interne. Je suis une carafe cassée.

Un spasme, d'abord presque imperceptible puis de plus en plus puissant, monte de mon estomac et se transforme en nausée. Je m'assieds et rends un jet de liquide chaud. Ainsi, je libère mon corps, mais sans réussir à me débarrasser du poids que je porte à l'intérieur.

Quand, petitoune, j'étais malade, ma mère venait et sa présence suffisait à me réconforter, quelle que soit la cause de mon mal. Aujourd'hui elle n'est pas là, et je ne peux pas me soigner seule. Dors, disait-elle, dors, répétait-elle, ça va passer. Mais le sommeil est le remède des innocents, et je n'arrive pas à le trouver. Alors je vais à la coiffeuse, verse de l'eau dans la cuvette, frotte ma peau au savon, une, deux, trois, dix fois, l'odeur de vomi disparaît, mais son odeur à lui ne part pas, elle est entrée dans ma peau.

Mes camarades disaient qu'ensuite la tache reste. Quelle tache ? demandais-je, et elles riaient, la main devant leur bouche. Je remonte le couvre-lit pour cacher les traces de mon corps trahi.

Je sors dans le couloir. Même si le ciel est gris, la lumière m'agresse. Un coup de tonnerre retentit et me fait sursauter. Alors je reviens dans la chambre, comme les poules de mon père la fois où elles avaient trouvé le poulailler ouvert, et j'attends que quelqu'un vienne. Je m'approche de la coiffeuse, je prends la rose, les derniers pétales se détachent de la corolle et tombent, gouttes rouges sur le sol.

43

Je ne sais pas à quelle heure il est revenu, j'étais couchée sur le lit en proie à la torpeur, privée de volonté, incapable de bouger, comme mon père après son infarctus. Il se glisse sous les draps, essaie de me prendre de nouveau, mais à ce moment précis nous entendons des bruits. Il ouvre les volets et passe la tête par la fenêtre : « Dépêche-toi », dit-il. Il me chasse du lit en criant : « Il faut qu'on parte ! »

Je suis entrée dans cette maison par la force et j'en sors par la force. Je jette le châle de ma mère sur mes épaules, nous passons par une porte sur l'arrière et nous enfuyons dans la nuit. Il me traîne par le poignet dans la végétation, mes sabots de bois me font trébucher, il s'arrête et se retourne : il a un visage de voleur. Il me prend dans ses bras et se remet à courir.

La voix des carabiniers s'élève derrière nous : « Plus un geste ou on tire. » Je distingue leurs silhouettes à la lueur des torches : l'un est grand, l'autre menu.

« Attends, arrête-toi, je crie, et les branches griffent mes bras.

– Tais-toi », répond-il d'une voix coléreuse.

Le plus grand des carabiniers nous avertit encore : « Plus un geste ! » et il tire en l'air.

Je me bouche les oreilles, le monde alentour devient muet. Les silhouettes des carabiniers avancent vers nous. Les paumes pressées contre mes oreilles, je suis comme sourde, j'ai l'impression que je n'entendrai plus jamais rien, et pourtant je perçois le second coup de feu, plus proche, cette fois. Lui s'immobilise brusquement, alors j'écarte les mains de mes oreilles.

« Arrête ! je crie. Il n'y a plus rien à faire ! »

Le carabinier le plus grand baisse son arme et s'approche. Il est blond, il doit venir d'ailleurs, et il ne connaît peut-être pas nos lois. Qui me casse me ramasse, c'est ce que ma mère m'a appris.

Lui me lâche et reprend sa course, puis disparaît bientôt entre les arbres. Restée seule, je tombe à genoux, le châle serré autour de moi, j'attends que les carabiniers me rejoignent, les yeux fermés. Quand je les rouvre, j'aperçois une autre silhouette au second plan : un homme tête nue, qui s'approche à pas très lents.

Mon père arrive devant moi, il s'accroupit sur la terre humide, enlève sa veste et la pose sur mes épaules. Puis il m'aide à me relever, il prend ma main et la serre, tout doucement.

TROISIÈME PARTIE

44

À l'âge de neuf ans, j'ai eu la scarlatine et, pendant trois semaines, je suis restée enfermée dans ma chambre. Cosimino a la santé fragile, disait ma mère. Elle m'apportait les repas et les médicaments le nez et la bouche couverts d'une bande de tissu. Le temps semblait formé de blocs solides qui, soudain, fondaient en minuscules cascades. De ma chambre, je pouvais seulement deviner la vie dehors : la lumière du jour allait et venait, la nuit la lune brillait au-dessus du champ de mon père. Notre institutrice Rosaria me faisait apporter des livres et la pile de ceux que j'avais achevés grandissait sur le sol à côté de mon lit. Au bout de trois semaines, je me suis levée, guérie : la pile était plus haute que ma table de chevet. J'ai vu mon reflet dans la fenêtre et je ne me suis pas reconnue : un corps décharné, des os saillants, des yeux enfoncés au fond de deux cercles sombres qui les rendaient encore plus noirs. La première fois que je suis ressortie, mes muscles étaient faibles mais ma tête était remplie d'histoires, tout comme mes nuits avaient été remplies de la lumière de la lune.

À présent, même la lune s'est détournée, la chambre est plongée dans la pénombre et le champ de mon père a disparu dans la nuit. Me voilà de nouveau à l'écart comme si j'étais contagieuse, j'entends les pas et les voix clapoter comme de l'eau de l'autre côté de la porte, je me lève parfois pour aller palper les objets de ma chambre dans le noir, j'imagine que je suis Franco. J'ouvre les volets, la lumière n'entre pas. La nouvelle lune, nous avait expliqué notre institutrice Rosaria, c'est quand la lune ne montre pas son visage, parce qu'à ce moment-là, elle est conjointe au soleil, qui est comme un homme jaloux et la veut tout entière pour lui. Me voilà pareille à elle : opaque et lointaine.

Je caresse le dos des livres un par un sur l'étagère, mais aucune de ces histoires ne parle plus de moi. Toutes mes enseignantes ont menti : les tables de multiplication sont un leurre, le passé antérieur un mensonge, les formes active et passive, mais où est donc Ornicar, le complément d'objet, les ides de mars, viens mon chou, mon bijou, viens sur mes genoux avec des joujoux et des cailloux pour éloigner ces vilains hiboux pleins de poux : tout est mensonge et, seule, chagrine, je chute. L'obscurité me devient aussi insupportable qu'un bandeau sur les yeux, je cherche l'interrupteur à tâtons. J'ouvre un livre sans parvenir à comprendre ce que je lis, les lignes empilées les unes sur les autres sont de longs animaux noirs qui rampent sur la page, les phrases n'ont plus de liens entre elles et les mots se vident de leur sens comme des récipients percés. Il n'est pas vrai que la culture nous sauve, maîtresse, j'ai toujours bien étudié et ça n'a servi à rien. Je balaie furieusement du bras tout ce que je trouve : les bibelots sur les meubles, les stylos et les cahiers sur le bureau, les livres sur les étagères. Je piétine tout ce qui m'était cher.

Les livres gisent, ouverts, dans des positions peu naturelles, comme des corps aux membres fracturés, le carton de leur couverture s'est décollé et les pages exposées révèlent les mensonges qu'elles contiennent : les quatre filles du docteur March ne grandiront pas, Dorothy n'est jamais allée au pays d'Oz, Pollyanna a perdu le secret du bonheur, Alice n'a jamais trouvé la potion pour rapetisser et Lucia Mondella n'a pas réussi à se sauver en faisant un vœu à la Vierge – comme moi.

Je me laisse tomber sur les genoux et me couche sur ce grabat de papier : je n'ai plus sommeil, je n'ai plus faim. Mon corps ne sert plus à rien. Je ne suis désormais plus bonne à marier, ni à dire le rosaire dans le cercle des femmes, ni à faire de la broderie : qui voudrait donc d'un trousseau souillé par la honte ?

Je n'arrive pas à rester en place, alors j'enlève la planche amovible et sors mes secrets de leur cachette : les cahiers avec les dessins au fusain et à la sanguine, le miroir, le fond de rouge à lèvres. Je les empile dans le tas des choses à jeter, je conserve seulement la photo de moi prise par Liliana et l'observe longuement, suivant de mon index les traits de mon visage, me reflétant dans ces yeux qui ne connaissaient pas encore la honte. Après quoi, je la déchire en deux, en quatre, en huit, en seize, jusqu'à ce qu'elle soit réduite en miettes satinées que je rassemble dans un tas, ramasse dans le creux de mes mains en coupe et lâche par la fenêtre, au-dessus du champ de mon père.

45

Ma mère va et vient, les yeux cerclés de noir, chaque fois elle ouvre la bouche mais aucun son n'en sort, comme si elle portait un masque pour ne pas être contaminée. Regarde-moi, maman, voudrais-je lui dire, je suis toujours la même carafe : mêmes mains, mêmes hanches, mêmes lèvres, je n'ai rien fait pour être brisée. J'ai appliqué toutes les règles : je n'ai pas regardé l'homme, je n'ai pas retenu mon souffle pour marcher en bombant la poitrine, je n'ai pas mis de rouge à lèvres, je n'ai pas ralenti le pas en sortant de l'église pour qu'on puisse me suivre, je ne suis pas allée en cachette au cinématographe. J'aurais épousé l'homme que tu avais choisi pour moi. Je n'ai jamais désobéi, j'ai toujours dit oui. Je suis ta fille : une inconnue qui te ressemble et, peut-être, te déplaît.

Chaque fois qu'elle entend les feuilles bruisser, elle se précipite à la fenêtre pour voir si quelqu'un arrive, elle compte les jours et attend, mais le premier jour personne ne vient, pas plus que le deuxième, le troisième, le quatrième. La femme blonde appelée Angiolina a dit que ça se terminerait par un mariage, alors moi aussi je me suis mise à attendre les pas de mon bourreau qui doit venir me libérer. Je ne sais pas s'il vaut mieux avoir quelque chose ou ne rien avoir du tout.

Je passe mes journées à vider ma chambre de tout ce qu'elle contient, je frotte le sol, les meubles, les poignées de la porte et des fenêtres avec un chiffon imbibé de vinaigre. Quand tout est propre, je regarde les livres empilés par terre : « Je t'avais dit de les donner ! Ils ramassent la saleté et la poussière ! » je crie à ma mère à travers la porte fermée, mais il est tard, ma famille dort, je suis la seule que le sommeil refuse de visiter. Je me couche et feuillette les premières pages d'*Anne et la maison aux pignons verts* : « On ne sait pas encore ce qui va se passer durant la journée, et on peut imaginer tant de choses. » Je n'ai plus de place pour l'imagination, je referme le roman, le glisse sous mon oreiller et, enfin, une fatigue irrésistible s'empare de tous mes membres et assoupit mes pensées.

Angiolina entre dans la chambre où elle me tient prisonnière, elle ouvre les volets et la clarté de la lune inonde le sol. Elle écrase sa cigarette, arrange le châle de ma mère sur mes épaules et pousse un rire rauque, semblable au sien. « Qu'est-ce que tu fais là ? me demande-t-elle. Rentre chez toi !

– Je ne peux pas, je réponds en indiquant la porte.

– Mais elle est ouverte ! Elle l'a toujours été. C'est toi qui as voulu rester là, personne ne t'y a obligée. Il suffisait de tourner la poignée. » Je saute sur mes pieds, je la pousse, Angiolina tombe par terre mais son rire déplaisant continue de résonner, je me précipite dans la rue. Je cours pieds nus, les cheveux en bataille, la sueur coule le long de mes tempes jusqu'à mon cou, ma jupe se soulève sur mes jambes, mes bras moulinent au niveau de mes hanches. Je cours à coupe-souffle, je retrouve le chemin du village, je ne m'arrête qu'une fois arrivée sur la place, devant la pâtisserie. Je regarde mon reflet dans la vitrine : une fillette dépeignée, anguleuse, aux yeux aussi noirs que des olives qui fixe avidement la crème des gâteaux.

46

Je me réveille en sursaut tenaillée par la faim, une sensation oubliée depuis le jour de l'enlèvement. Je touche les os de mon bassin : ils semblent vouloir percer ma peau, aussi acérés que des poinçons. Une vive brûlure d'estomac m'étourdit : mon corps est encore vivant, il réclame à manger. Je me précipite à la cuisine, jalousant le sommeil du reste de la maisonnée. De l'autre côté des fenêtres, les alentours sont noirs : la lune est encore cachée. J'ouvre le buffet et le placard aussi discrètement que possible et rafle tout ce que je trouve. Je remplis ma bouche des restes de pâtes de midi auxquelles je n'avais pas touché, des œufs durs du souper, le pain rassis d'hier irrite mon palais. Je mords dans un morceau de fromage puis dans une pomme blette. La nourriture glisse dans ma gorge et encombre mon œsophage. J'enfile mes doigts dans le bocal des câpres, les grains de gros sel sont râpeux contre ma peau, puis je fais rouler les olives d'un autre bocal dans ma main : elles sont petites et dures, comme moi. Je dois remplir mon corps pour recommencer à le sentir. Le pot de confiture d'oranges pour le petit déjeuner du dimanche se trouve sur l'étagère la plus haute. Hissée sur la pointe des pieds sur une chaise, je m'en saisis et fais couler son contenu visqueux sur mes bras, je soulève ma chemise de nuit et en étale sur mes jambes jusqu'à mon entrejambe. Je me lèche les doigts et continue de me goinfrer jusqu'à ce que je me sente nauséeuse. La chaise vacille, je perds l'équilibre et me retrouve par terre.

J'entends aussitôt des pas approcher, ma mère apparaît et me regarde d'un air peiné : « Oliva », dit-elle. Elle s'agenouille à côté de moi, salissant sa chemise de nuit avec les restes de nourriture. « Oli' », répète-t-elle à voix très basse, comme si elle se parlait à elle-même. Elle lève un bras, je ferme les yeux en attendant la gifle. Mais sa main caresse mon visage, descend sur mon cou, mes épaules, et son bras vient entourer mon dos pour me serrer fort. Nous restons enlacées par terre, les joues collées, poisseuses de confiture d'oranges.

Quand nous nous relevons, la maison est toujours plongée dans le silence. Elle me conduit à la salle de bain et remplit le lavoir, comme quand Cosimino et moi étions petitous et qu'elle nous laissait y barboter et jouer ensemble. Elle teste la température de la pointe de son coude, me retire ma chemise de nuit tachée. Je suis nue devant elle et n'en éprouve aucune honte. Elle m'aide à entrer dans la cuve, frotte le pain de savon entre ses mains et le passe sur tout mon corps avant de rincer. Quand elle retire le bouchon de la bonde, nous regardons en silence la spirale opaline disparaître dans le conduit. Elle me tend le bras pour que je me relève, sort une serviette propre du coffre, frictionne mes cheveux, élimine toute goutte d'eau de mon corps et, arrivée à mes pieds, elle glisse le tissu entre mes orteils. « Voilà, murmure-t-elle en boutonnant mon corsage. Tu es toute propre. »

47

Avant le déjeuner, quelqu'un frappe à la porte, ma mère échange un regard avec mon père, puis elle va ouvrir. Nellina nous salue avant de s'enfermer dans la cuisine avec eux pour discuter, leurs voix sont étouffées, on entend parfois les chaises craquer. Cosimino arrive du couloir derrière moi : il ne s'est pas rasé depuis notre anniversaire, on dirait un brigand. Nous collons tous les deux notre oreille à la porte, et nous revoilà tout proches, comme dans le ventre de notre mère. Je sens son souffle sur mes cheveux, je reconnais son odeur, toujours la même depuis notre enfance, quand nous restions seuls à la maison et que je le gardais. Maintenant, il fait une tête de plus que moi, j'appuie mes épaules contre sa poitrine, il ne recule pas et je m'abandonne à son soutien.

« Demain ? dit ma mère.

– Avant le déjeuner, confirme Nellina. À la pâtisserie.

– Je ne préfère pas, intervient mon père tout doucement.

– Que tu préfères ou pas, on n'a pas le choix, rétorque ma mère.

– Il faudrait qu'on la donne à ce vaurien ? proteste mon père.

– Tu habites où ? Sur terre ou dans la lune ? crie-t-elle en tapant sur la table. On ne refera pas le monde.

– Il faut trouver un accord, Salvo, déclare la bonne du curé. C'est aussi l'avis de don Ignazio.

– Nellina, rafraîchis-moi la mémoire : combien de filles il a, don Ignazio ? » demande mon père.

Nellina ne répond pas, mais ma mère s'emporte : « Toi, tu es vraiment venu au monde pour mon malheur !

– Du calme, Amalia, réplique-t-il posément. C'était une manière de dire que seuls les gens concernés peuvent se mêler de certains sujets.

– Ça ne sert à rien de discuter avec toi, autant pisser dans un violon. Nellina est la seule à nous avoir aidés ces dernières années, et c'est comme ça que tu la remercies ?

– Salvo, intervient Nellina. S'il y avait une autre solution pour votre fille… mais on a tenté tout ce qu'on pouvait. Après cet événement, la mère de Franco a refusé leur mariage, et comment lui donner tort ? Maintenant, pour le bien de ta famille, pour ton bien… Tu ne veux quand même pas te faire justice tout seul, après ce qui t'est arrivé l'an dernier ? Tu veux te rendre malade ? »

Cosimino sursaute, il repense sans doute lui aussi à la nuit où nous avons cru que notre père était allé régler nos affaires à coups de *lupara*, la nuit où il a failli être emporté par un infarctus.

« Justice ? reprend mon père, toujours à voix très basse. La justice, c'est autre chose. »

À partir de là, nous n'entendons plus que des bribes. Noces, robe, maison… Cosimino et moi nous écartons de la porte, il m'attrape par le poignet et me regarde droit dans les yeux. « Je vais aller lui dire ses quatre vérités, moi », déclare-t-il avec la voix d'homme qui lui est venue il y a quelques mois.

Je secoue la tête. « Non, Cosimino. Ni toi, ni papa. C'est mon problème, un problème de femme. »

Nous allons nous coucher sans ajouter un mot. Quand je m'éveille, dans la nuit encore noire, j'ai l'impression d'apercevoir la silhouette de ma mère sur le pas de la porte, qui me regarde, appuyée à l'encadrement. Mais aussitôt mes paupières se font lourdes et l'image disparaît.

48

Le jour n'est pas encore levé que mon père est déjà dans la cuisine, avec ses bottes en caoutchouc et un chapeau. « Où tu l'as trouvé ? je lui demande.

– Je m'en suis acheté un autre.

– C'est une autre fille que tu aurais dû t'acheter. »

Il s'assied sur le banc, retire son couvre-chef et l'examine sous toutes les coutures. « Le rendez-vous est fixé aujourd'hui. » Sa voix est atone, comme si cette information importait peu. « Ils veulent faire la paix. »

Angiolina avait raison : il m'a prise et maintenant il doit m'épouser. Sinon je finirai vieille fille ou fausse blonde, comme elle.

Je regarde mon père : il n'a pas l'air en colère.

« Quelle paix ? je demande en serrant ma robe de chambre autour de moi.

– C'est à toi de décider.

– Tu veux me donner à cet homme ? »

Ses mains frémissent et son chapeau lui échappe. Je le ramasse et le pose sur ses genoux. Mon père baisse la tête et se tasse, comme si une lourde charge l'accablait.

« Je ne sais pas me servir de la *lupara*, Oli', ça salit les mains, et j'aime avoir les mains propres. Le sang appelle le sang et ça n'en finit jamais. »

Le peu de fois où il parle, mon père s'exprime par énigmes, il n'énonce jamais de règles, contrairement à ma mère.

« Tu sais qu'à seize ans je me suis retrouvé orphelin, non ? Un matin, ton grand-père est parti sur sa barque et il n'est pas rentré. Ta grand-mère nous a quittés moins d'un an après, elle avait le cœur fragile. Nous avons grandi seuls, mon petit frère et moi. Nitto s'est marié tout jeune avec la plus jolie fille du village, mais quelques mois après, on lui a raconté que sa femme était volage. Et, comme les gens n'arrêtaient pas d'enfoncer le clou, son sang a fini par bouillir. Ils se sont disputés et il l'a blessée au visage. Elle est retournée chez ses parents et le lendemain son frère est venu. Couteau pour couteau, Nitto est mort poignardé. Nous n'avions plus de père, alors c'était à moi que revenait de régler cette question d'honneur, et je suis parti à la recherche de l'homme qui avait tué mon frère. »

Pendant un moment, mon père redevient le dieu grec qui rentrait de ses terres sous le soleil éclatant, comme quand j'étais petitoune.

« Sur le chemin, Pippo Vitale, un ami d'enfance qui

était devenu carabinier, m'a arrêté. Il m'a pris mon arme et m'a fait dormir deux jours en prison. Quand il m'a laissé sortir, il m'a tendu mon fusil en disant : "Il t'appartient. Tu veux le récupérer ? – Je ne préfère pas", j'ai répondu. J'allais tuer le frère, puis le père serait venu me tuer, et ainsi de suite jusqu'à la fin des temps. Je dois remercier Pippo Vitale, si aujourd'hui je peux mettre mon chapeau, parce que quand on est six pieds sous terre c'est plus compliqué », conclut-il, et il grimace un semblant de sourire.

Je regarde par la fenêtre. Nous allons faire la paix, j'épouserai cet homme, les gens me salueront dans la rue. Et après ? Continuerai-je de recopier les images des vedettes de cinéma ? Les nuages auront-ils encore la forme d'un marfeuille ? Aimerai-je encore détacher les pétales des marguerites ?

« Qu'est-ce que ton ami carabinier est devenu ?

– Il travaille toujours à la caserne. »

Il est obligé de t'épouser, disait Angiolina. Sinon il ira tout droit en prison.

« Allons chercher des escargots avant qu'il fasse jour, propose-t-il.

– Maman ne veut pas, je ne suis plus une petite fille.

– Pour moi tu l'es toujours. »

Je me prépare à la hâte, il remet son chapeau et nous sortons aux premières lueurs de l'aube.

49

Nous rentrons du champ, nos seaux pleins. Cosimino s'est rasé la barbe, il n'a conservé que sa moustache, comme le veut la mode actuelle. En nous voyant arriver, maman allume le feu sous la casserole, elle a enroulé ses cheveux autour de chutes de tissu pour les faire boucler.

« Petit déjeuner ? » demande-t-elle. Nous nous asseyons à table, mon père sépare la croûte de la mie et la laisse tomber dans son bol de lait, qu'il arrose de café et de sucre. J'imite ses gestes et porte une cuillerée à ma bouche, le sucre craque sous mes dents. Nous mangeons en silence, puis chacun se retire dans sa chambre pour enfiler ses habits du dimanche : nos gestes s'inscrivent dans une chorégraphie secrète qui semble s'exécuter toute seule.

Je trouve sur mon lit la jupe jaune et le chemisier à fleurs, l'un au-dessus de l'autre, comme pour former une jeune fille invisible, mon fantôme. Je me regarde avec la jupe posée sur mes hanches, puis j'ouvre mon armoire et la range : elle est réservée aux jours de fête, c'est ce que disait toujours maman. Suspendu à un cintre en fer, il y a encore mon tablier noir, je palpe le tissu rêche et je repense à monsieur Scialò, qui nous dictait cette poésie d'une voix monocorde : « *Sois docile, obéissante : / ainsi seulement / tu gagneras l'estime des gens.* » Je referme les portes de l'armoire et garde ma tenue de travail. Je ne veux pas avoir l'air belle, je ne veux pas suivre de conseils, je ne veux plus obéir à personne. À quoi ça m'a servi ? À la place des tables de multiplication et des verbes irréguliers, on aurait dû nous apprendre à dire non, parce que dire oui les filles l'apprennent dès leur naissance.

Quand je reviens dans la cuisine, maman m'examine et secoue la tête. « Tes chaussures », me signale-t-elle. Je troque mes sabots contre mes chaussures qui ont un petit talon. Mon père et Cosimino sont tout endimanchés. À part la moustache, rien ne les distingue, en un seul jour ils sont devenus identiques. Nous nous déplaçons dans la maison à pas feutrés, échangeant seulement quelques mots polis, comme si nous étions des étrangers. Pourtant, il me semble que nous n'avons jamais été aussi soudés.

« Allons-y », dit mon père. Nous sortons et nous engageons sur le chemin de terre. Les nuages de la nuit ont disparu, le soleil est comme une hache qui s'abat sur nos nuques. Nous nous dirigeons vers la place bras dessus bras dessous : papa et maman nous encadrent,

Cosimino et moi. Les cheveux bouclés de ma mère forment une couronne noir corbeau, la sueur ruisselle dans le col amidonné de la chemise de mon père. Quand nous arrivons au croisement où l'automobile m'attendait ce jour-là, je serre le bras de Cosimino et nous bifurquons sur la grand-rue. Nous défilons comme des pantins tirés par des fils sous les regards curieux des villageois. Certains se mettent au balcon, d'autres commentent. Quand nous passons devant l'église, don Ignazio sort sur le seuil et incline la tête.

Au premier étage d'un palais élégant, les volets s'entrouvrent légèrement et une main, suivie d'un bras, d'un visage puis d'un buste se faufile dans l'entrebâillement. Deux yeux caves me suivent. Fortunata nous adresse un geste, puis elle disparaît de nouveau derrière ses volets. Je finirai comme elle, avalée par quatre murs. Les règles de l'obéissance, c'est : ne t'écarte pas du chemin, montre-toi docile et hoche la tête.

J'ai encore les yeux tournés vers cette fenêtre quand le sol se dérobe sous mes pieds, mes genoux cèdent et je m'effondre par terre. Ce n'est pas une faiblesse soudaine, c'est à cause de mes chaussures : un talon s'est cassé. Je m'agrippe au bras de mon père pour me relever, maman époussette ma robe. Je ramasse le talon cassé et poursuis en clopinant, une jambe plus longue que l'autre. Ma démarche ressemble à celle de Saro. Je lève les yeux vers le ciel, mais je n'y trouve aucun nuage amusant. Nous passons devant la caserne des carabiniers et la laissons sur notre gauche. La chaussure sans talon me gêne, l'autre me fait mal. La pâtisserie est au fond de la place, dans quelques mètres ils me remettront à lui, j'ai de plus en plus de difficulté à marcher. Il attend debout devant la vitrine, vêtu de son costume blanc, un brin de jasmin glissé derrière l'oreille. Je me souviens de ce parfum entêtant, de la chambre fermée à clé, du lit défait, des cheveux d'Angiolina aux racines apparentes qui sentaient le tabac. Ou il t'épouse ou les carabiniers l'embarquent, disait-elle en riant. Il fait un pas, se lisse les cheveux, l'affaire est dans le sac. Je me tourne vers mon père, je ne trouve aucune réponse sur son visage : épuisée, je m'arrête.

« Je ne peux pas avancer plus », dis-je, et j'enlève mes chaussures. J'en retire un soulagement immense, qui remonte dans tout mon corps. Je dévisage Paternò, puis je pivote sur mes talons et repars, pieds nus, dans la direction opposée.

50

« Le maréchal Vitale est occupé, il vous faudra patienter », prévient un jeune carabinier dont la moustache est identique à celle de mon frère.

La salle d'attente de la caserne est sombre et sent l'humidité. Cosimino est resté dehors, mes parents et moi nous asseyons sur un banc en bois. Maman regarde mon père et moi pour comprendre ce qui se passe, mais aucun de nous ne dit rien. Avec sa tenue du dimanche et sa mise en plis, on dirait que c'est elle la future mariée. Moi, c'est comme si j'avais pris cent ans. Je marchais vers lui, puis l'instant d'après, j'entrais dans la caserne, sous les regards de tout le village. Est-ce à cause du soleil, d'une bouffée de chaleur, du talon cassé ? Je ne sais pas. J'avais tellement mal au pied que j'étais incapable de faire un pas de plus, c'est pour cela que je me suis arrêtée.

Mon père se lève, dit deux mots à voix basse au jeune carabinier et s'engage dans le couloir.

« On peut repartir, maintenant, Oli' ? Tu te sens

mieux ? » murmure ma mère, les yeux fixés sur mes pieds nus. Le ton de sa voix oscille entre le reproche et la tendresse, comme si j'avais fait un caprice de fillette.

Quand nous étions petitounes, elle traînait Fortunata et moi à la première messe, pendant que Cosimino continuait de dormir parce qu'il avait la santé fragile. « Sainte Rita t'a libérée de la scarlatine », disait-elle en nous tirant du lit et en nous enfilant de gros pulls. Il faisait encore nuit quand nous sortions de la maison, Fortunata et moi nous serrions l'une contre l'autre pour nous protéger du vent. « J'ai faim, me plaignais-je pour retarder ce moment.

– Je vous donnerai une part de tarte salée sur la route », nous encourageait notre mère. Sur le chemin, chaque fois que je protestais, elle m'en faisait manger une bouchée et je me remettais à marcher. « C'est bien, disait-elle. Tu es une brave petite. » Et ainsi de suite jusqu'à l'église.

Ma mère me caresse la main et je serre le poing. « Qu'est-ce que tu vas faire après, Oli' ? Tu y as réfléchi ? »

Une miette de tarte et j'avançais, jusqu'à l'église, brave petite que j'étais. Il faisait froid dans la nef, les vieilles grenouilles de bénitier sentaient la naphtaline et je tombais de sommeil. Mais j'avais été obéissante, disait ma mère, et ma récompense était son amour.

« Je resterai une carafe cassée, m'man, je lui chuchote. On ne peut rien y faire. »

J'ouvre la main et montre les traces laissées par les épines au milieu de ma paume, le jour où ils m'ont enlevée. Elle les effleure du doigt puis ferme les yeux pour ne plus les voir.

« Vous pouvez entrer », dit le carabinier moustachu en souriant. Mon père est à côté de lui, il nous invite à nous lever d'un geste de la main. Nous suivons le jeune homme le long du couloir puis dans l'escalier jusqu'au premier étage. « Entrez », dit une voix quand il frappe à la porte.

Le maréchal Vitale est assis à son bureau. Il se lève, incline la tête pour nous saluer. Ma mère et moi prenons place, mon père reste debout derrière moi.

« J'ai appris qu'un jeune homme trop audacieux lui a manqué de respect. » Le maréchal baisse les yeux sur un dossier bien ventru : mon cas n'est pas aussi important que ce dossier, nous fait-il comprendre.

Mon père pose une main sur mon épaule. « Pippo, commence-t-il, puis il se corrige. Monsieur le maréchal, il s'agit d'un enlèvement…

– D'un enlèvement à finalité nuptiale. On m'a dit que ce monsieur s'est montré disposé à… réparer. »

Je caresse les sillons dans ma paume et secoue la tête. Mon père serre mon épaule, nous restons silencieux tous les deux.

« Cette demoiselle est majeure ? s'enquiert le maréchal en continuant de lire les documents qu'il a devant lui.

– Elle a eu seize ans il y a quelques jours…, répond ma mère, et les mots s'éteignent dans sa bouche quand elle repense à la soirée de mon anniversaire.

– Alors c'est à vous, ses parents, que je m'adresse. » Il ferme brusquement le dossier. « Elle ne veut plus l'épouser ? demande-t-il comme s'il s'agissait d'une dispute entre amoureux.

– Monsieur le maréchal », dit mon père, puis il se racle la gorge. « Ma fille Oliva n'a jamais eu l'intention d'épouser cet individu. Il n'y a pas eu d'entente entre nos familles, ni même une demande dans les règles. Il s'est mis à traîner autour de chez nous et, face à notre indifférence, il a décidé de recourir à la force, en s'en prenant d'abord à mes cultures puis à ma fille. »

Le maréchal Vitale retire ses lunettes et se frotte le visage. « Qu'est-ce que tu as l'intention de faire, Salvo ? » demande-t-il. J'ai l'impression de voir le maréchal quand il était jeune, comme je l'ai imaginé dans le récit de mon père, lorsqu'il lui a confisqué sa *lupara* et l'a mis en cellule.

Mon père tord son chapeau entre ses mains. « Je ne préférerais… » Il s'interrompt.

Le maréchal Vitale se lève et fait lentement le tour de la pièce. Il revient à son bureau et attrape son paquet de cigarettes.

« Ma fille est venue ici chercher justice », reprend mon père, toujours immobile derrière moi.

Le maréchal sort son briquet de sa poche et le soupèse dans sa main. « Justice est un mot à double tranchant », déclare-t-il. La flamme tremble dans l'air du ventilateur. « Il y a la justice de la loi et la justice des hommes, ce sont deux choses différentes. » Il aspire une bouffée. « Tu es dans ton village, Salvo, il s'agit de ta famille, de ta fille : c'est à toi de t'occuper d'elle. Quand vous sortirez de cette pièce, c'est elle qui marchera dans la rue et qui essuiera les commentaires…

– Je ne suis pas une dévergondée », j'interviens, tendue en avant, le talon cassé encore serré dans ma main. Celle de mon père glisse de mon épaule. Le maréchal fronce les sourcils et aspire une autre bouffée. Bien que j'aie l'impression d'avoir crié, c'est comme s'il n'avait pas entendu.

« Cette demoiselle est très jeune, peut-être qu'elle se sent perdue, continue-t-il sans me regarder. À cet âge-là, on a des toquades puis on change d'avis… C'est au père de la guider sur la voie de la raison. Salvo, tu as une jolie jeune fille et tu veux la condamner au malheur ?

– J'en ai déjà condamné une », répond mon père.

La cigarette s'est transformée en un cylindre de cendre qui tient en équilibre sur le mégot. Le maréchal la pose sur le bureau et l'observe, comme s'il venait de gagner un pari fait avec lui-même.

« La famille de Paternò est une famille importante, elle a des relations. Il y a eu entorse, il y aura réparation. Pourquoi vouloir que les choses se passent autrement ?

– Mais la loi… », dis-je en m'appuyant sur son bureau, et je fais tomber la colonne de cendre sur le bord de la table.

« La loi, c'est pour les gens qui ont de l'argent, m'interrompt le maréchal en récupérant la cendre dans sa main en coupe avant de la jeter à la poubelle. Vous voulez porter plainte ? Très bien, appelons mon collègue et faisons-lui écrire : Salvo et Amalia Denaro se constituent partie civile contre Paternò Giuseppe qu'ils accusent d'enlèvement à finalité de luxure… »

Ma mère se tasse comme si elle avait reçu un coup. « Il y aura un procès, continue le maréchal Vitale. Il faudra prendre un avocat, il faudra démontrer la culpabilité de l'accusé, pas seulement par des mots mais aussi par des faits. »

Il se rassied et me regarde pour la première fois. « Cette demoiselle devra prouver qu'elle a perdu son intégrité physique et qu'elle n'était pas consentante à cette fugue d'amour, comme le veut l'usage. L'a-t-on déjà vue en train de parler avec Paternò ? A-t-elle dansé avec lui sur la place, devant tout le monde ? A-t-elle accepté des cadeaux ? Des sérénades ? Quand elle a été enlevée, était-elle seule ou accompagnée ? Était-ce le matin ou à la tombée de la nuit ? »

Je ferme les yeux, la colère broie mon estomac. Ce sera mon procès, pas le sien.

Le maréchal Vitale renifle et plisse les yeux, agacé, comme si une mouche s'était posée sur son visage. « Si c'était ma fille, tu sais ce que je ferais, Salvo ? conclut-il. Je ne ferais rien du tout. »

Le talon cassé m'échappe et tombe par terre.

« La rancœur passera, les choses s'arrangeront. » Il attrape un gros livre à la couverture en cuir bleu posé sur un coin de son bureau, le feuillette et le brandit sous les yeux de mon père.

« Article 544 du code pénal : "Pour les délits prévus par le chapitre premier et par l'article 530, le mariage, que l'auteur du délit contracte avec la personne offensée, éteint le délit, également pour les personnes ayant contribué au même délit ; et, s'il y a eu condamnation, l'exécution et les effets pénaux cessent."

– Qu'est-ce que ça veut dire ? Parle simplement, Pippo, lui enjoint mon père.

– Ça veut dire : après le mariage, délit éteint pour la loi, honneur réparé pour la fille. » Il referme énergiquement le volume.

« C'est la justice, ça ? » demande mon père, mû, dirait-on, par une véritable curiosité. Ma mère pose une main sur son bras, c'est toujours elle qui a parlé pour toute la famille, rester silencieuse la déstabilise.

« C'est la loi, répond Vitale.

– La loi a été faite pour sauver les vauriens et

condamner les braves petites ? Si c'est ça, alors il faut la changer.

– Tu veux changer la loi ce matin, Salvo ? Tu t'es levé tôt exprès ? » dit le maréchal en souriant. Il retrouve aussitôt son sérieux. « Si tu veux faire un procès à Paternò, il faut d'abord que tu le fasses au code pénal », conclut-il en frappant le volume de son poing.

Mon père baisse les yeux sur la couverture bleue et se gratte la tête, comme s'il se trouvait face à une énigme.

« Et puis, si tu y penses, reprend le maréchal en allumant une autre cigarette, la loi a été faite pour défendre les jeunes filles honnêtes, pour leur assurer un mariage et ne pas les laisser abandonnées par ceux qui ont profité d'elles. D'ailleurs, tu sais mieux que moi comment ça marche : les jeunes qui sont opposés aux choix de leurs parents se marient souvent grâce à une fugue d'amour. »

Ma mère jette un regard vers la fenêtre en portant une main à sa gorge, elle repense peut-être à son voyage en bateau et à son mal de mer.

« Il arrive que les familles n'aient pas assez d'argent pour la cérémonie et le banquet, alors on organise un faux enlèvement. Et si, une fois qu'il a obtenu ce qu'il voulait, l'homme change d'avis ? Qu'est-ce qui arrive à la brave petite, comme tu dis ? Elle se retrouve seule et déshonorée, sans personne pour la prendre en charge, sans la moindre possibilité de trouver un parti. Alors la loi a obligé l'homme à assumer ses responsabilités, à respecter l'engagement qu'il a pris.

– Pippo, comme je te le disais tout à l'heure, dans ce cas il n'y a pas eu d'accord. »

Le maréchal reste silencieux pendant un moment. On n'entend plus que la respiration lourde de ma mère, comme si elle était essoufflée après avoir couru.

« Je te crois, Salvo. Et même, j'en suis convaincu. Moi aussi j'ai une fille, qui est juste un peu plus jeune, et je te dis ce que je lui dirais à elle. Je ne te parle pas en homme en uniforme, mais en père de famille et en ami, comme je l'ai toujours fait. » Mon père se frotte le menton et soupire. « C'est justement pour ça que, si tu veux bien, je vais essayer de me mettre à ta place. » Le maréchal aspire une bouffée. « Imaginons que tu trouves assez d'argent pour payer un avocat, même si tu n'as plus de champ ni de bêtes. Que tu supportes les langues-coupantes, parce qu'on sait bien que le véritable mobile de l'honneur c'est le regard des gens. Que tu gardes ta fille enfermée chez toi jusqu'au jour du procès, et ça peut prendre un an. Après quoi, tu iras au tribunal, ta fille devra raconter devant tout le monde ce qui s'est passé, sans négliger un détail. L'avocat de l'accusé laissera entendre au juge qu'elle était consentante, et même qu'elle l'avait déjà vu en privé, que ça n'a pas été un acte de violence mais d'amour. Tu vois venir comment ça finira ? La terre appartient à celui qui y passe l'araire », conclut-il en écrasant cette nouvelle cigarette dans le cendrier. Cette fois, il n'a pas réussi à faire un cylindre de cendre parce qu'il a trop gesticulé en parlant.

« Rentrez chez vous et attendez. » Il se lève, va vers la porte puis s'adresse à moi : « Ton père était à peine plus âgé que toi quand il a failli commettre la plus grosse erreur de sa vie. À l'époque, je lui ai dit : "Laisse passer le temps, ne te précipite pas." Je voudrais te donner le même conseil : rentre chez toi et réfléchis à tête reposée. Vous autres jeunes gens, vous avez des images plein la tête : l'amour, le cœur qui bat, la vie romantique. Tu sais ce que c'est, le mariage ? C'est un contrat, une mise en commun d'intérêts. Lui il t'entretient, toi tu lui restes fidèle et tu sers de guide, à lui et à vos enfants. Après les dragées, chacun sa vie. Vous vous verrez à peine aux repas. L'épouse est une femme qui est à sa place dans la société, ça la libère. Si le Seigneur lui fait éventuellement la grâce d'être veuve assez tôt, elle peut disposer d'elle-même comme elle le souhaite. Et puis qu'est-ce que c'est la vie d'une femme seule, sans les bras d'un homme ? La chair a besoin d'être réchauffée. Ce n'est pas moi qui le dis, c'est la nature. Les lois se font et se défont, la nature reste toujours la même. »

Quand nous sortons de la caserne, le soleil cogne encore plus fort qu'avant. Cosimino est parti, et nous ne marchons plus bras dessus bras dessous, chacun avance à son rythme, avec ses pensées. C'est parce que je suis née fille, me dis-je. Il y a vingt ans, le maréchal Vitale a conseillé à mon père de ne pas respecter la tradition et de dénoncer l'assassin de son frère au lieu de l'abattre à coups de *lupara*, et moi ce matin il me dit de rentrer à la maison et de prendre pour mari l'homme qui a abusé de moi.

Mon père a retrouvé son silence. Ma mère marche la tête basse, elle répète plusieurs fois à mi-voix : on ne refera pas le monde. Elle a raison.

51

J'ai la tête brûlante et, quand nous entrons, la pénombre de notre maison est une oasis de fraîcheur. Je me couche, maman s'assied sur le fauteuil à côté de mon lit et m'applique des linges mouillés sur le front. Je me laisse aller à la fièvre qui monte et me plonge dans une douce amnésie.

Quelqu'un frappe à la porte. « N'ouvre à personne, Salvo. Ils viennent au spectacle », rugit-elle.

Je l'entends tourner dans ma chambre comme la femelle d'un prédateur devant la tanière qui abrite ses petits. « Le prêtre, le carabinier, la marieuse… chacun a son mot à dire. Tu as bien raison de ne jamais parler à tort et à travers », déclare-t-elle à mon père.

Elle ferme la fenêtre pour repousser la chaleur à l'extérieur. C'est peut-être la fièvre qui me fait délirer, toujours est-il que c'est la première fois que je l'entends dire des choses pareilles.

« Après tous mes efforts pour qu'elles grandissent bien propres, quel est le résultat ? Une fille murée chez elle par un misérable et une autre abîmée par un délinquant. »

Elle retire la bande de coton de mon front, la trempe dans une cuvette, l'essore et la remet en place, fraîche.

« On a tout perdu : notre terre, nos bêtes, notre dignité. Qu'est-ce qu'il nous reste ? » Tout mon corps est faible, sa voix semble sortie d'un rêve. « Quand je suis arrivée ici, il y a bien longtemps, j'étais une étrangère. J'ai tout fait pour être acceptée : ça n'a servi à rien, autant essayer de redresser les pattes des chiens. On doit partir d'ici, et ne jamais revenir. »

Mon père s'approche, s'assied à côté de moi sur le bord du lit. Mes paupières sont lourdes, j'arrive à peine à entrouvrir les yeux. « Amalia, dit-il, et il prend son visage entre ses mains. Ce sont les coupables qui doivent fuir, pas les victimes.

– Tu as entendu le maréchal, non ?

– Pippo Vitale nous a dit des choses qu'on savait déjà, mais Oliva est jeune, elle a étudié, maintenant il faut écouter sa voix. »

Je n'ai pas de voix, mes yeux me piquent et je peine à comprendre leurs mots. J'entends des pas dans ma chambre, puis plus rien, comme quand Cosimino et moi dormions dans des lits jumeaux et que, avant de m'endormir, je m'imaginais sur l'estrade pour la fête patronale, avec de petites ailes blanches fixées sur mon dos. « Chante, Oli', chante ! » crie ma mère, au milieu de la foule. J'inspire par le nez, gonfle la poitrine et fais remonter mon souffle dans ma gorge, mais ma bouche reste muette. Tous les regards sont rivés sur moi. Les fillettes du chœur sourient, satisfaites : je ne méritais pas le rôle de soliste. La musique repart, je compte les temps jusqu'à mon attaque et expire l'air, mais aucun son ne sort. Tout le monde est devant moi : mon père, Cosimino, et même Fortunata, elle est belle, elle a le buste tendu, ses cheveux blonds et vaporeux sont comme ceux de la chanteuse Mina quand elle caresse ses lèvres du bout des doigts en gazouillant *Le mille bolle blu.* « Oliva, m'enjoint ma mère. Chante ! »

Mais je suis incapable d'articuler un son. La mère Scibetta et ses filles tapent dans leurs mains en décalé, Saro me regarde, déçu : « Je croyais que tu étais la plus douée alors qu'en fait tu ne vaux rien », dit-il, et il s'en va. Puis une femme aux cheveux détachés portant une robe décolletée monte sur l'estrade. C'est mon institutrice, Rosaria, du moins c'est ce que je crois au début. Quand elle se retourne, je m'aperçois qu'en réalité c'est Liliana. Elle me sourit, s'approche du microphone, tout le monde se tait et je n'entends que sa voix qui m'appelle.

« Oliva, Oliva, Oli' ! »

52

« Comment tu te sens, Oliva ? » Liliana effleure mon front de ses lèvres et se rassied à côté de mon lit. « Ce n'était rien de méchant, ta fièvre est tombée, tu as pris un coup de chaud », diagnostique-t-elle. Elle croise les jambes et sa robe remonte au-dessus de ses genoux.

« Tu es déjà docteur ? » dis-je, les yeux fixés sur la rondeur de sa rotule, claire et bien modelée. Elle sourit et ramène en arrière les cheveux qui tombent sur son front. Je me redresse sur les coudes, Liliana me tend un verre d'eau, j'entrevois la peau blanche de son sein par l'emmanchure.

« Comment tu t'es habillée ? Tu dois faire attention, je la réprimande.

– Attention ? À quoi ? demande-t-elle en souriant.

– Moi j'étais entièrement couverte, je portais le châle de ma mère sur la tête, et tu sais ce qui m'est arrivé. Attifée comme ça, tu cherches les ennuis. »

Elle baisse les yeux et gratte une des petites fleurs roses sur sa robe, comme si c'était une tache à éliminer.

« Si quelqu'un me fait une remarque dans la rue, c'est ma faute ? »

J'ai l'impression d'entendre son père, avec ses questions mystérieuses et allusives, alors je lui réponds, malgré mon état de faiblesse et mon envie de rester silencieuse.

« Si tu te promènes comme ça et qu'on se contente de te faire une remarque, tu auras bien de la chance. Moi, on m'a arraché de force tout ce que j'avais, alors que je n'avais rien fait de mal… »

Liliana arrête de gratter et examine son ongle, comme si elle craignait qu'il ait disparu sous la peau. « Donc ça veut dire que ça aurait dû m'arriver à moi, plutôt qu'à toi ? Qu'est-ce que j'ai fait de mal ?

– Ton père et toi vous êtes doués pour faire dire aux gens ce qu'ils ne pensent pas. »

Je ne veux pas lui donner le plaisir de me voir pleurer, et je m'efforce de ravaler mes larmes, les joues empourprées. « Je ne méritais pas ça…, je réussis seulement à articuler.

– Tu te trompes, Oliva. »

Un sanglot monte de ma poitrine et sort dans un long gémissement.

« Tu te trompes », répète-t-elle, et elle éponge mon front. « Personne ne le mérite : ni les jeunes filles sages, ni les filles dévergondées, ni les croyantes, ni les communistes. Le responsable, c'est l'agresseur, pas la victime.

– Tu ne peux pas comprendre, je réponds entre mes larmes. Les hommes n'ont pas de sentiments, notre institutrice Rosaria avait tort : ils ne sont pas comme nous, pour eux l'amour c'est un tremblement méchant qu'ils ont dans la chair et qui essaie de sortir. Les femmes doivent se défendre, sinon elles deviennent complices. »

Liliana secoue la tête. « Qu'est-ce que tu m'as dit, il y a une minute ? Que ma robe est courte et décolletée. » Elle baisse les yeux sur sa tenue. « Tu vois ? On est les premières à juger : trop court, trop long, trop moulant, trop provoçant. On répète les mots des hommes au lieu d'essayer de les changer. Ce qui t'est arrivé n'a rien à voir avec l'amour. L'amour ne s'impose pas, il se donne… »

Je ne la laisse pas achever sa phrase. « Tu vas en cours, l'année prochaine tu auras ton diplôme d'institutrice, tu as plein de connaissances, mais sur ce compte tu ne sais rien, et tant mieux pour toi ! »

Je n'arrive pas à la regarder en face : j'ai honte de ce que j'ai pensé d'elle à cause de sa robe et de ses cheveux détachés, et je me tourne vers le mur.

Liliana me caresse la main. « Tu as bien fait d'aller chez les carabiniers, finit-elle par dire. Tu mets ta souffrance au service des autres : combien de mariages malheureux, combien de violence dans les maisons, combien de malheurs ! » Elle a la même voix que notre institutrice Rosaria quand elle me félicitait parce que j'avais terminé mon exercice de grammaire la première.

« Tu as tort, je n'y suis allée que parce que j'avais mal au pied. » Je lui montre la chaussure au talon cassé, dans un coin de la chambre. « Et le maréchal Vitale ne m'a pas applaudie, tu sais. C'est tout juste s'il ne nous a pas fichus à la porte : il dit qu'il faut de l'argent pour payer un avocat, qu'on va me faire un procès, me faire un examen intime et que je devrai répondre à des questions humiliantes. C'est moi qui dois prouver que je suis innocente, lui il faisait bien, il a la loi de son côté, et si je ne l'épouse pas, c'est tant pis pour moi.

– C'est tant pis pour lui, qui va aller en prison, dit-elle en soulevant ma main comme si j'avais gagné un prix.

– En prison ? Les gens qui ont de l'argent sont toujours innocents. Il a des relations partout. » Je dégage ma main de la sienne pour me frotter les yeux. « Le maréchal a raison : je me sentais flattée, il me faisait me sentir belle. La vanité est la fille du…

– Il te regardait et tu te sentais belle. Et alors ?

– C'est mal.

– Pourquoi ?

– Stop. » Je me bouche les oreilles. « Stop. Je ne voulais pas qu'il me fasse ça.

– C'est bien de ça qu'on parle, Oliva : tu ne voulais pas ! Regarder quelqu'un est une chose, prendre quelqu'un de force c'en est une autre. Tu es une fille, pas une poule de poulailler. Tu te souviens du soir où je t'ai apporté la photo ? Tu disais “ouste, ouste” aux volailles pour les éloigner du poulailler, mais elles, obstinées, elles partaient dans l'autre sens pour rentrer dans leur cage. Tu veux faire pareil ? »

Je jette un œil à la planche amovible.

« Cette photo n'existe plus, cette gamine n'existe plus, tu vas finir par le comprendre, oui ou non ? je lui crie au visage. Je suis peut-être une poule, mais toi tu es plus entêtée qu'un âne.

– Hein ? Moi ? » Elle s'appuie sur les accoudoirs pour se lever. Si elle sort de cette chambre, je serai vraiment seule.

« *Hein-moi ?* » je l'imite en faisant la grimace. Elle s'immobilise, surprise. « *Hein-moi hein-moi !* » je répète en me dressant sur mon lit. Elle se rassied, un peu perdue. « *Hein-moi hein-moi hein-moi !* » je continue de braire en secouant la tête comme un mulet. Elle me jette un regard hésitant puis recule, comme si je risquais de la mordre. « *Hein-moi hein-moi hein-moi hein-moi !* » Je saute hors de mon lit et me mets à piaffer dans la chambre, le drap sur la tête.

Elle sourit, se lève elle aussi, attrape un pan du drap et le met sur ses épaules. « Si je suis une ânesse, toi tu es aussi trouillarde qu'une brebis : *bêê-bêêê-bêêêê !*

– Et toi alors ? Tu es aussi bruyante qu'une grenouille : *coâ-coâ, coâ-coâ, coâ-coâ !*

– *Meu-euh*, poursuit Liliana en riant.

– *Glou-glou-glou* », je rétorque en lui jetant un oreiller.

Nous nous courons après en poussant les cris de toutes les bêtes de la Création. Puis Liliana brandit le poing vers le plafond en proclamant : « Liberté, liberté ! Les animaux aussi peuvent y aspirer ! »

Nous défilons en répétant ce slogan, sautons sur mon lit en agitant les bras puis nous laissons tomber sur le matelas.

Ma mère arrive en courant, ouvre la porte et nous trouve enroulées dans un tas de draps.

« Qu'est-ce qui se passe ici ? On a libéré la ménagerie ? » dit-elle, un peu inquiète. Puis elle m'observe : « Tu vas mieux, constate-t-elle, rassérénée. Rends-toi présentable, Oli', il y a quelqu'un qui veut te parler. »

53

Calò est assis dans la cuisine, il me paraît plus petit que quand il parlait dans le cabanon de pêcheur, comme si ses os s'étaient rétrécis. Il retire ses lunettes avec flegme et les nettoie à l'aide d'un mouchoir qu'il a sorti de sa poche. Mes parents l'observent, à l'autre bout de la table. Cosimino n'est pas là.

« Je me félicite de te voir en forme, dit-il de sa voix fluette. Liliana est venue tous les jours pour savoir si ta fièvre baissait.

– Je suis désolée de vous avoir dérangés, je réponds, et je jette un regard en coin à mon amie, qui rapproche les pans de son décolleté.

– Oliva, il faut que tu saches que tu n'es pas seule, nous sommes une petite communauté et nous nous aidons dans les moments de difficulté. »

Je repense aux regards des gens quand je traversais la place écrasée de soleil, et je me mords la lèvre.

« Je racontais à tes parents que la dernière fois que je suis allé à Naples, pour une réunion du Parti, j'ai fait la connaissance d'une camarade qui s'occupe spécialement des affaires de femmes…

– Oliva a une mère, intervient ma mère d'un ton brusque.

– Bien sûr, ce n'est pas remis en question, répond-il d'une voix douce. Je vous demande seulement d'avoir l'amabilité de m'écouter quelques minutes, puis vous ferez ce que bon vous semble. »

Elle se tord les mains en regardant par la fenêtre, en direction de notre champ désormais vide.

« Avant de vous rendre visite, je me suis permis de contacter cette camarade, qui s'appelle Maddalena Criscuolo, pour lui exposer votre cas. Elle m'a assuré qu'elle pourrait vous aider à trouver un avocat spécialisé dans ce domaine.

– Antonino, intervient mon père, je te remercie pour cette attention mais, tu sais, à l'heure qu'il est nous n'avons pas d'argent à dépenser.

– Tu ne dois pas t'inquiéter de ça, Salvo », répond Calò. Il scrute les verres de ses lunettes pour vérifier qu'ils sont bien propres et les remet avec calme. « Il n'y aurait rien à payer.

– Il nous demandera forcément quelque chose, dit ma mère, soupçonneuse. Pourquoi ce monsieur s'embêterait à travailler sans rémunération ?

– Il le ferait parce que c'est pour la bonne cause, répond Calò.

– Les fosses sont remplies de bonnes causes », rétorque ma mère, puis elle soupire.

Calò conserve la même expression, comme pendant les réunions, quand il écoute tous les avis sans dire un mot en grattant sa barbiche. « Peu de filles ont le courage de dénoncer la violence qu'elles ont subie. Tu sais pourquoi ? Par peur, par honte, par ignorance. Beaucoup de gens pensent qu'il faut éviter le scandale et, au lieu de condamner le ravisseur, ils condamnent leur fille à passer sa vie aux côtés de son bourreau. Ou alors, ils vont chercher le ravisseur et l'abattent d'un coup de fusil dans la tête, ils se retrouvent en prison, puis ils sont libérés parce que le mobile du crime était de restaurer l'honneur de leur fille. Ces lois découlent d'une mentalité dépassée, elles allaient bien pour nos grands-parents, pas pour nos filles. Une seule noix dans un sac ne fait pas de bruit, mais s'il y en a plusieurs… On ne peut changer les choses que de cette manière.

– Calò, l'interrompt ma mère, agacée. Parlons sans détour : je n'ai pas l'intention de faire du bruit ni d'envoyer ma fille se battre à la place des autres. En plus, même le maréchal Vitale nous a dit très clairement que la loi…

– Comment ça se passe dans les familles, de nos jours, Amalia ? On fait des enfants comme on fait du pain : de l'eau, du levain et de la farine. Ils arrivent quand ils arrivent, et si on ne peut pas se permettre d'en avoir, qu'est-ce qu'on fait ? La femme doit avorter, mais l'Église dit que c'est un péché et la loi dit que c'est un crime, alors on va en catimini chez la faiseuse d'anges, et bien souvent on ne rentre jamais chez soi parce qu'on meurt d'infection ou d'hémorragie. Quand les choses ne se passent pas bien entre mari et femme, qu'est-ce qu'on fait ? On reste sous le même toit dans le malheur, le mensonge et la tromperie. Je connais beaucoup de bons pères de famille qui ont deux ou trois familles en même temps. Par ailleurs, le crime d'honneur et le mariage réparateur sont dans le code pénal. Est-ce que ces lois sont justes, à ton avis ?

– Et alors, ce serait à nous de les arranger, ces mauvaises lois, Calò ? demande ma mère. C'est à la politique de s'en occuper, mais, comme on dit, même si les cerveaux sont d'accord le combat continue entre les corps. Nous, on n'a jamais rien reçu qui vienne de là-haut. Enfin, de toute façon je suis ignorante, beaucoup de choses m'échappent.

– Il n'empêche que vous connaissez votre fille, intervient Liliana en s'asseyant à côté de moi sur le banc en bois. Les temps ne sont plus les mêmes et nous, les jeunes, on est différents de vous : on ne se résigne pas à accepter l'état des choses. Un non isolé peut changer une vie, un grand nombre de non rassemblés peut changer le monde. »

Ma mère la regarde en silence, comme si elle était face à une gamine qui ânonne les mots d'un livre sans les comprendre. Plus personne n'a l'air de savoir comment continuer cette discussion. C'est finalement la voix de mon père qui brise le silence.

« Ces discours sont bien beaux, Antonino. Tu fais de la politique, ta fille suit des études pour devenir institutrice, alors que moi c'est à peine si je sais écrire mon prénom. Mais je peux te dire une chose : si ma fille a besoin d'aide, je ne l'en priverai pas. » Il pose ses mains ouvertes au milieu de la table et regarde ma mère. Elle soupire, plisse les yeux et pose à son tour ses mains sur la table. Liliana et Calò font de même. Ils ressemblent aux chevaliers de la Table ronde, dont nous parlait madame Terlizzi.

« C'est à toi de t'exprimer, Oliva, dit mon père. Parle librement : veux-tu épouser Pino Paternò en réparation du tort qu'il t'a causé ? »

Je sors mes mains de sous la table, je les ouvre et les pose à côté des autres. Les mots montent de mon estomac, comme la nausée qui ne me laisse aucun répit depuis cet événement, et sortent de ma bouche avec force et clarté.

« Non. Je ne veux pas. »

En les prononçant, je comprends que c'est là ma seule certitude.

54

Quand Cosimino rentre à la maison, il est tard et nous avons déjà dîné. Il a l'air hagard et deux ombres noires soulignent ses yeux. Depuis que nous sommes allés chez les carabiniers, il n'est pas revenu pendant cinq jours, même pas pour dormir. En le voyant arriver, ma mère porte la main à sa poitrine et se précipite vers les fourneaux. Elle ne dit rien, elle veut juste qu'il s'asseye à table et mange la nourriture qu'elle a préparée et qu'elle continuera de lui préparer jusqu'à ce qu'une autre femme, son épouse, le fasse à sa place.

« Je n'ai pas faim, m'man », coupe-t-il court, et il disparaît dans sa chambre. Le manque d'appétit de Cosimino, ses traits tirés, ses nuits passées Dieu sait où : tout cela aussi, c'est à cause de moi. Je me tourne dans mon lit sans réussir à m'endormir. « Tu me racontes une histoire ? demandait mon frère quand on était petitous.

– Quelle histoire ? Il faut que tu dormes, il est tard, lui répondais-je pour me faire désirer.

– L'histoire de Giufà, insistait-il.
– Je ne m'en souviens pas, mentais-je.
– Giufà et les tripes à la tombola !
– Celle-là je te l'ai racontée hier soir.
– Giufà et la casserole volée, alors.
– Je te l'ai racontée avant-hier. »

Il se taisait. Quand je voyais qu'il était sur le point de renoncer, je me lançais dans le récit : « Ce matin à l'école, j'ai lu une histoire dans le livre de ma maîtresse, Rosaria », et je continuais jusqu'à ce que sa respiration se fasse profonde.

J'entends des pas dans le couloir. « Tu dors ? demande mon frère, de l'autre côté de la porte.

– Non, entre. » Je mets ma robe de chambre sur mes épaules.

Cosimino ne s'est pas changé. Couche-toi là, à côté de moi, voudrais-je lui dire, je vais te raconter la belle histoire de Giufà et les brigands. Mais je ne dis rien et il reste debout sur le seuil. « J'étais chez Saro, ces jours-ci, déclare-t-il. Nardina te passe le bonjour. Elle demande si tu vas lui rendre visite.

– Tu lui passeras le bonjour de ma part quand tu la reverras », je réponds.

Combien d'années se sont écoulées depuis l'époque où il avait peur du noir et qu'il me demandait de lui raconter une histoire pour s'endormir ? « Nardina dit que tu fais bien. » Les mots sortent de sa bouche comme l'huile du pressoir : goutte à goutte. Chaque syllabe semble lui coûter autant d'efforts que d'écraser les fruits. « Elle dit que tu ne dois pas te soucier de ce que racontent les gens, que tu dois suivre ton chemin. Que tu n'es pas coupable, que cette histoire t'a seulement causé de la souffrance. »

Sa petite moustache, son costume couleur crème, ses cheveux pommadés : il fait tout pour prouver qu'il est un homme, mais sa difficulté à prononcer ces mots fait de lui un petit garçon à mes yeux. Il n'est pas facile d'être une femme, mais d'être un homme non plus. « D'accord, Cosimino, j'ai compris. Bonne nuit. »

Il reste là, peut-être qu'il a encore peur de s'endormir, comme quand il avait neuf ans. « Saro aussi dit que tu fais bien si tu n'épouses pas cet homme. »

C'est l'avis de Saro et de Nardina, mais toi qu'est-ce que tu penses ? voudrais-je lui demander. Cependant je ne le fais pas, peut-être parce que je ne veux pas entendre son point de vue et que, maintenant, je me moque véritablement de ce que pensent les autres. « Saro dit aussi que le mariage, ça ne s'obtient pas par la force. » Il avance d'un pas, comme s'il voulait venir s'asseoir sur le bord de mon lit, mais il s'arrête, recule. « Et aussi que les femmes sont des nuages, qu'il faut regarder la forme qu'elles prennent et ne pas essayer de les faire entrer dans un moule. »

Je repense aux marfeuilles à cornes et esquisse un sourire. « Qu'est-ce que tu lui as répondu ?

– Moi ? » Deux taches rouges se forment sur ses

joues. « Je lui ai demandé si… s'il épouserait une fille comme ça… » Il baisse les yeux. « … une fille qui a reçu cette offense », se corrige-t-il.

Une fille, c'est comme une carafe, disait toujours notre mère.

Il finit par lever les yeux pour me regarder. « Et tu sais ce qu'il m'a répondu ? »

Je secoue la tête.

« “Je me jetterais à ses pieds sans hésiter”, il m'a répondu. »

55

Je vais à la messe du dimanche dans ma tenue de tous les jours, laissant mes habits de fête dans l'armoire : je n'ai plus rien à célébrer. Au moment de la communion, don Ignazio me jette un regard désemparé, je lui épargne une situation embarrassante en restant à ma place. « Vas-y, toi », dis-je à ma mère. Elle se tourne vers les autres femmes, fait quelques pas en direction de l'autel puis change d'avis et me rejoint.

À la sortie, mes camarades se rassemblent sur le parvis. Certaines me scrutent à distance, puis Tindara quitte le groupe pour venir vers moi et me faire la bise. « Mercredi, c'est mon anniversaire, déclare-t-elle.

– Alors je t'adresse mes vœux dès maintenant.

– J'offrirai une orangeade et des biscuits aux amandes à mes amies les plus proches. Ça te dirait de venir ?

– Je regrette, mais j'ai déjà un engagement », je réponds, laconique. Je n'ai pas envie d'être l'attraction de la journée.

Tindara a l'air désolée. « Tu es fatiguée par les préparatifs pour ton mariage ? dit-elle d'un ton plein de solidarité. Le mien est dans un mois et je suis déjà épuisée. Je ne sais pas dans quel état mon mari me trouvera. » Elle rit en cachant sa bouche derrière sa main.

Je la regarde, abasourdie. Quel mariage ? De quel mari parle-t-elle ? Elle glisse un bras sous le mien. « Ne te préoccupe pas de ce que disent les autres, dit-elle en jetant un coup d'œil par-dessus son épaule. Elles sont juste jalouses parce qu'on va bientôt se marier et pas elles. Quand on veut faire des commérages, on trouve toujours de quoi, n'est-ce pas ? Moi, elles ont parlé dans mon dos à cause des fiançailles arrangées, puis elles en ont eu marre et elles ont cherché un autre sujet, comme les chats qui veulent de la pâtée. Ton histoire a été une aubaine, un nouvel os à ronger. Mais entre nous, je peux te le dire : ce qu'elles sont provinciales ! Je le leur ai dit que tu as bien raison de te faire désirer : il a voulu aller trop vite, et maintenant il est obligé d'y aller tout doux, comme un limaçon. Tu pourrais faire rajouter des clauses au contrat : il a les poches bien remplies, sa famille possède la pâtisserie et elle a même des magasins en ville ! »

Je dégage mon bras du sien. Elles sont toutes convaincues que je n'ai pas encore accepté le mariage pour me faire désirer et faire monter la mise. Elles me préfèrent vendue plutôt que dévergondée. Avide d'argent plutôt que déshonorée et sans mari.

« Qu'est-ce qu'il y a ? demande Tindara, étonnée. Je suis de ton côté. Si on n'est pas solidaires entre nous, qui le sera avec nous ?

– Mes meilleurs vœux, Tindara, pour ton anniversaire et pour tout. » Je pivote sur mes talons et rejoins d'un pas rapide ma mère, qui s'est engagée dans la grand-rue. Tindara revient vers les autres filles et elles reprennent leurs ragots. Je n'appartiens plus à leur groupe. Je n'appartiens plus à personne.

56

Liliana ouvre la porte. « Entrez, elle est déjà là », dit-elle, toute contente, comme si elle nous invitait à une réception. Mon père enlève son chapeau et franchit le seuil. Je lui emboîte le pas. Calò est assis à la table de la salle à manger, à côté d'une femme aux cheveux châtain foncé coupés court. Dès que j'entre, elle se lève pour venir à ma rencontre. Elle porte un pantalon, comme les hommes.

« Te voilà enfin ! » dit-elle comme si nous nous retrouvions après une longue séparation et que je lui avais manqué. Elle me serre contre elle. Mon sang ralentit dans mes veines et je retiens mon souffle : depuis l'événement, je n'aime pas qu'on me touche. Elle sent mes muscles se contracter et relâche sa prise. Elle recule d'un pas pour me regarder et prend mon visage entre ses mains. « Antonino m'a tellement parlé de toi que j'ai l'impression de déjà te connaître, dit-elle, comme pour se justifier. Mais toi, par contre, peut-être que tu ne sais pas grand-chose de moi. » Son sourire révèle ses grandes dents blanches. « Je m'appelle Maddalena Criscuolo, je fais partie de l'Union des femmes italiennes. »

C'est bien ce que je disais à notre institutrice Rosaria : le féminin singulier n'existe pas. D'une manière ou d'une autre, les femmes doivent toujours être ensemble.

« Vous êtes avocate ? je demande, intimidée.

– Non. » Elle sourit de nouveau et jette un regard à Calò. Elle s'attendait peut-être à ce que je sois plus vive. « Je suis militante.

– Qu'est-ce que ça veut dire ? Vous êtes dans l'armée ? je demande, gênée.

– Une militante, c'est une femme qui agit pour améliorer la vie de tout le monde, m'explique-t-elle comme si j'étais une petitoune. Nous menons beaucoup de combats, poursuit-elle à l'intention de mon père, qui suit de son index les veines du bois de la table. Notamment pour la loi sur le divorce, celles sur l'avortement, contre les violences faites aux femmes… »

En entendant les mots divorce et avortement, mon père fronce les sourcils et croise les bras.

« Je croyais qu'on devait parler à un avocat », je me justifie en le regardant. Il lève la tête et tapote la table.

« Maître Sabella va arriver, nous rassure Maddalena. Je voulais seulement avoir quelques minutes pour faire ta connaissance, Oliva, et parler de femme à femme. »

Que veut-elle savoir, qu'avons-nous à nous dire ? Une fatigue immense et inédite m'écrase. Elle envahit mes jambes, mon dos, mes épaules, mon cerveau, j'ai l'impression de me recroqueviller sur mon squelette, accablée par le poids de tous les mots qui pleuvent sur moi depuis l'événement. Tout le monde a l'air d'en savoir plus que moi, tout le monde a une réponse à dégainer et personne ne m'a demandé comment je me sens. Je m'appuie à la chaise de mon père, lequel a de nouveau les yeux rivés sur la table. « Allez dans ma chambre, nous propose Liliana. Vous serez plus tranquilles. »

Dans la chambre de mon amie, la pile de livres sur le bureau a encore grandi et les photographies se sont multipliées. Les clichés qu'elle a pris sont rangés dans un classeur ouvert sur une étagère. « Calò m'a dit que sa fille est une bonne photographe, déclare Maddalena en regardant autour d'elle. Et toi, qu'est-ce que tu fais ? Tu fais des études ? me demande-t-elle.

– Je suis allée jusqu'à la deuxième année de l'école normale, puis j'ai arrêté. »

Elle parcourt les photographies et je vois défiler tous les visages du village. « Ça ne te plaisait pas ? » dit-elle.

Nardina devant la mercerie de don Ciccio, la fille Scibetta grassouillette sortant de l'église, la tête couverte d'un voile couleur ivoire brodé par ma mère, Nellina devant la sacristie… Quel plaisir Liliana trouve à regarder ces grimaces imprimées sur du papier brillant, alors qu'elle peut les voir chaque fois qu'elle met un pied hors de chez elle ? Moi, je serais prête à payer pour ne plus les voir.

« Si, mais ma mère dit toujours que c'est mal pour une fille de savoir trop de choses. Et puis, après l'événement…

– Ça te plairait de les reprendre ?

– C'est trop tard, je murmure. Maintenant, c'est fait. » Je repense aux cours de latin avec madame Terlizzi, à l'époque où je croyais encore que *rosa, rosa, rosam* était la formule magique pour tenir le mal à distance.

« Tu pourrais passer les examens en candidate libre et devenir institutrice. Tu y as déjà pensé ?

– Mon père a fait un infarctus, notre lopin de terre a été détruit et nos quelques bêtes ont été tuées. Je gagne un peu d'argent en brodant, ma mère dit que je me débrouille bien. »

Maddalena continue de feuilleter l'album relié en carton rouge. Elle a l'air si absorbé que je me demande si elle m'a entendue. J'y jette un coup d'œil moi aussi : ce ne sont que des portraits de femmes.

« Oliva, si j'ai voulu te parler en tête à tête, finit-elle par dire, c'est parce que l'avocat va te demander des choses que tu n'auras peut-être pas envie de lui raconter, mais il faut que tu saches qu'il le fera seulement dans le but de t'aider au mieux. Plus tu lui en diras, mieux ce sera.

– Qu'est-ce qu'ils feront à cet homme ? je m'enquiers, sans quitter les photos des yeux.

– Il sera poursuivi pour enlèvement et violence sexuelle, répond-elle.

– Le maréchal a dit qu'on ne me croira pas et que le juge l'innocentera.

– Des fois, ça arrive. Sabella est doué, mais je ne peux te donner aucune garantie sur le résultat. Si tu veux le faire, fais-le pour toi-même, pour que la vérité soit dite. »

Je sens un élancement dans mon estomac : je ne sais pas si la vérité, je suis pour. La vérité c'est aussi que, souvent, mon cœur a battu plus fort quand je le voyais au fond de la rue qui attendait mon passage. La vérité c'est que j'étais déçue quand il n'y avait personne à cet endroit et qu'aucun regard ne me suivait jusqu'au croisement avec le chemin de terre qui va chez moi.

Maddalena continue de parcourir les photos. Le visage de ma mère apparaît soudain sur une page : elle porte le châle qu'elle m'a donné le jour de mon enlèvement.

« J'aimais aller à l'école parce que je connaissais toutes les réponses. Maintenant je ne sais plus rien. Les gens s'attendent à me voir devant l'autel et peut-être que ma mère en serait contente elle aussi, dis-je en indiquant la photo. Peut-être que mon frère voudrait que j'épouse Saro, un ami d'enfance, mais Saro ne me prendrait que par compassion, et je ne veux pas le rendre malheureux. Sans compter que je le mettrais en danger, et sa famille aussi, ils finiraient par payer pour un péché que j'ai commis. Et puis mon père : si je changeais d'avis maintenant, il serait déçu. Cette histoire lui a valu trop d'humiliations, trop d'animosité, et elle lui a même causé une maladie au cœur. »

Mes jambes tremblent et j'ai tellement honte que je n'arrive plus à la regarder en face.

« J'ai mis beaucoup de gens en difficulté à cause d'une erreur qui est autant la mienne que la sienne. La vérité, c'est que je n'ai aucun courage et que je ne suis un exemple pour personne. »

Maddalena prend ma main et la pose sur la photo de ma mère. « Le courage, c'est comme une plante, dit-elle. Il faut le cultiver, lui donner de la terre, de l'eau, l'exposer à la lumière du soleil. Deux personnes assistent à un crime, elles reconnaissent l'assassin : il vient d'une famille très puissante. Que font-elles ? Elles vont le dénoncer ou elles se taisent ? Si elles savent qu'elles seront victimes d'une vengeance, alors elles rentreront chez elles sans rien dire. Personne n'est un héros tout seul, c'est pour cela que maître Sabella et moi sommes venus ici : pas pour te pousser à faire une chose, mais pour t'assurer que, si tu le souhaites, tu peux la faire. »

Nous restons silencieuses un moment. La musique de la radio entre par la fenêtre ouverte : « *Renato, Renato, Renato* », chante Mina. Les chansons aussi sont trompeuses : elles sont pleines de jeunes femmes libres et anticonformistes qui reprochent aux garçons de ne pas les avoir encore embrassées, alors que dans la vraie vie le simple fait de respirer est un péché mortel. « *Renato, Renato, Renato* », le refrain revient, s'atténue, disparaît.

« Toi, comment tu te sens ? » me demande Maddalena de but en blanc. Enfin cette question que personne ne m'avait encore posée. Je fixe l'image de ma mère. « Je ne sais pas, dis-je, comme si je l'avouais à la photo. Et je ne me souviens même plus comment je me sentais avant. »

Maddalena m'écoute sans rien dire. Je caresse le visage de ma mère ride par ride, chagrin par chagrin. Liliana passe la tête par la porte : « Maître Sabella est arrivé. »

57

Il est assis en bout de table et sort des documents de sa mallette en cuir noir. « Pour commencer, je voudrais essayer de reconstruire les faits, dit-il une fois que je me suis installée à côté de mon père. Que s'est-il passé le soir du deux juillet dernier ? demande-t-il sans préambule.

– Il n'y a pas grand-chose à dire, maître, commence mon père. Oliva a été prise de force par un jeune voyou bien connu ici. Tout le monde au village sait que c'est un personnage trouble…

– Cela ne nous intéresse pas », l'interrompt l'avocat, les yeux rivés sur ses notes. Elles sont rédigées d'une écriture bien propre, qui s'accorde avec son allure soignée.

« Comment ça ? » demande mon père, déçu. Il regarde Calò comme s'il l'avait escroqué.

« Ce que je veux dire, monsieur Denaro, explique Sabella en mettant ses lunettes et en lissant une de ses mèches, c'est que le juge ne se soucie pas du profil de l'accusé, mais de ce qu'il a fait et de s'il l'a fait. »

Mon père se prend la tête entre les mains. « C'est ça, la loi ? L'homme qui est dans le juste doit se disculper devant celui qui a péché ?

– Pour la loi, il n'y a pas de pécheurs, seulement des coupables et des innocents, jusqu'à preuve du contraire », développe Sabella. Mon père se tait et baisse la tête. Calò et Liliana ont l'air gênés, quant à moi j'ai de la peine pour mon père parce qu'il n'arrive pas à se faire comprendre par l'avocat. J'ai envie de sortir de cette pièce et de me mettre à courir comme cette fois où je suis partie pendant le rosaire chez les Scibetta. Au lieu de cela, je regarde Maddalena et je repense à ce que nous nous sommes dit dans la chambre de Liliana.

« Est-ce que je peux parler, maître ? » je demande timidement.

Tout le monde se tourne vers moi, à part Sabella, qui sort une feuille blanche et un stylo. « Je vous écoute », répond-il, prêt à prendre des notes.

Mon cœur bat si fort que j'ai peur qu'on entende ses pulsations. Les mots, mes amis de toujours, ont disparu, ils se sont tous enfuis. Défendre Saro ou mon institutrice Rosaria, c'est une chose, parler en mon nom en est une autre. Je me lance, mais les phrases fondent dans ma bouche, car répéter ce qui s'est passé signifie le revivre, cette fois en public, sans possibilité de me cacher. Je tripote un bouton de mon chemisier, comme en cours pendant les interrogations orales, quand je triturais la boutonnière de mon tablier noir. Je ferme les yeux. Je suis devant le bureau de madame Terlizzi, entourée de mes camarades. J'ai révisé, je connais la leçon par cœur et j'aurai une bonne note, comme toujours. Ainsi, je me remets à respirer et les mots sortent un à un de ma bouche, comme si je racontais l'histoire de quelqu'un d'autre. Comme si je n'étais plus moi-même.

« Voilà ce qui s'est passé : c'était le jour de mes seize ans et je rentrais chez moi à la tombée du jour, j'étais seule. »

Rosa, rosa, rosam : le charme se remet à fonctionner. Sabella me regarde attentivement et écrit quelque chose. De temps en temps il hausse un sourcil, je ne sais pas ce que signifie cette expression sur son visage, si elle manifeste sa compassion ou sa réprobation. Liliana est pâle, je n'avais encore jamais raconté cette histoire, même pas à elle.

« Au bout de quelques jours, je ne sais pas combien, je me suis traînée jusqu'à la porte et j'ai cogné dessus avec le peu de forces qu'il me restait. Je l'ai prié de revenir, comme il me l'avait dit. »

Je n'arrive pas à regarder mon père, alors je garde les yeux fixés sur Sabella, qui continue d'écrire. Maddalena a la tête baissée : elle doit être déçue, parce qu'elle, elle n'aurait jamais cédé à son ravisseur. Elle aurait préféré mourir de faim, de soif et de peur plutôt que de prononcer son prénom et de l'implorer de revenir. Ma voix se fait plus ténue mais j'arrive jusqu'à la fin de mon récit, les carabiniers, la fuite, les coups de feu, l'ombre de mon père qui avance entre les arbres.

Quand je me tais, le silence se fait. Le stylo de l'avocat aussi a perdu sa voix. Puis un bruit de vaisselle venu de la cuisine rompt le charme : c'est madame Fina qui prépare le déjeuner. La vie des autres continue comme si de rien n'était. Avant, tout était si simple pour moi aussi ! Le cliquetis des couverts, mes pensées qui allaient et venaient, les jours qui s'écoulaient paisiblement, dans un ennui tranquille, sans cette peur qui s'empare de moi tous les matins dès que j'ouvre les yeux et me tient compagnie jusque tard dans la nuit.

« Quelqu'un vous a vue, le soir de l'enlèvement ? » demande Sabella. La rue était déserte, c'était presque l'heure du souper, les commerçants fermaient leurs boutiques. Soudain, je me souviens des pas derrière moi, de mon cœur qui tressaille et du père de Tindara qui me salue d'un mouvement de la tête, me dépasse et disparaît.

« Santino Crisafulli est passé dans la rue juste avant. Il a peut-être entendu quelque chose. »

Maddalena hoche la tête et croise les mains.

« Je suis désolée de vous avoir dérangés, j'ajoute quand je constate que personne ne prend la parole.

Je n'imaginais pas qu'on pouvait en arriver là à cause d'un regard, d'un mot. »

Sabella enlève ses lunettes. « Mademoiselle, dit-il avec un air sévère, vous n'avez pas à vous excuser ni à avoir de regrets car vous n'avez rien fait de mal. Même si vous aviez fait des promesses à ce… » Il fait une pause. « … jeune homme. » Je secoue vigoureusement la tête en signe de dénégation, et il poursuit. « Même si vous l'aviez, comme on dit, encouragé, même si vous vous en étiez éprise, et même si vous aviez été fiancés… » Je me tords les doigts jusqu'à ce que la douleur soit suffisamment forte pour faire écran à celle qui me brûle la poitrine. « La seule question qui compte est la suivante : étiez-vous oui ou non consentante pour avoir ce rapport avec Pino Paternò ? Avez-vous eu la possibilité de choisir librement si vous souhaitiez répondre favorablement à ses approches ou est-ce que vous vous êtes sentie obligée par la prostration, la faim, les menaces, la force, l'humiliation ?

– Je ne voulais pas, mais…

– Il existe différents types de violence, intervient Maddalena. Il y a la violence physique et la violence psychologique : toi, tu les as endurées toutes les deux. Tu n'as pas choisi d'avoir un rapport avec lui, tu l'as subi contre ta volonté. Ce n'est pas de l'amour, c'est de la contrainte. »

Madame Fina entre avec le café, quand elle passe à côté de moi elle me serre les épaules de son bras libre. Sabella souffle sur sa tasse, avale le contenu en une gorgée et la repose sur la table. Il rassemble méticuleusement ses feuilles, les range dans un dossier gris puis dans sa mallette en cuir. Il se lève.

« Pour moi, tout est clair, Oliva. Maintenant, c'est à vous de décider, en accord avec vos parents, bien sûr, étant donné que vous êtes mineure. Si vous avez l'intention de poursuivre et de vous constituer partie civile dans le procès contre Paternò, je suis disposé à assurer votre défense, sans frais, bien entendu. »

Je me tourne vers Maddalena, mais elle est en train de parler avec Liliana. Alors je suis l'avocat vers la porte. Je chancelle et m'appuie au mur. « Vous n'avez aucun tort, Oliva, dit Sabella avant de sortir. Vous n'êtes qu'une jeune fille. »

58

Le maréchal Vitale a rempli quelques formulaires sans rien dire ou presque et, quand nous sommes sortis, il a posé une main sur l'épaule de mon père. Nous sommes rentrés par des petites rues, et depuis je n'ai pas mis un pied dehors, pire que ma sœur Fortunata.

Je voulais envoyer Paternò en prison, et c'est moi qui m'y retrouve. Les journées commencent et s'achèvent toutes de la même façon. Les miens ont peur de me laisser seule, alors eux aussi limitent leurs sorties à l'indispensable. C'est Pietro Pinna qui va vendre les grenouilles et les escargots à notre place, parce que les gens ne font plus confiance à mon père depuis qu'ils ont appris que nous avions porté plainte. Cosimino fait de petits travaux ici et là, et il arrive bien souvent qu'il passe la journée à attendre avec nous.

Parfois il fait soleil, parfois il pleut. Quand il y a du vent, je me mets à la fenêtre pour contempler les figures tracées par les feuilles qui virevoltent. La nuit, je m'arme de courage et sors un peu sur notre terrain : dans un coin qui a échappé à la destruction, mon père a replanté des légumes.

En entendant les coups frappés à la porte, ma mère porte les mains à son visage et recule instinctivement d'un pas : nous ne recevons plus de visites, et nous craignons qu'après nos poules et notre champ, on vienne s'en prendre à nous. Elle regarde par le judas. « Il y a une dame qui porte un pantalon et qui a une coupe de garçon », dit-elle.

Maddalena entre et nous prend toutes les deux dans ses bras. « J'avais très envie de faire votre connaissance, Amalia. » Ma mère s'écarte et la fait entrer dans la cuisine. Maddalena est venue avec un sac bien rempli. « Et voilà, dit-elle en l'ouvrant devant nous.

– D'autres livres, il ne manquait plus que ça, commente ma mère en calabrais. On les mangera au déjeuner, entre deux tranches de pain », ajoute-t-elle alors que nous allons vers ma chambre.

Maddalena s'assied à mon bureau et la chambre me semble soudain plus grande, sa présence élargit les lieux. Elle passe en revue les livres empilés dans un coin et hoche la tête. « Tu aimes lire, constate-t-elle.

– C'est mon institutrice du primaire qui me les a offerts. J'en ai lu certains quatre ou cinq fois.

– Les livres que je t'ai apportés ne sont pas des romans », dit-elle en les empilant sur mon bureau. Je lis les étiquettes sur les couvertures protégées par du papier coloré : italien, mathématiques, histoire, géographie, latin. « Je ne vais plus à l'école, j'objecte.

– Tu pourrais faire des exercices seule à la maison. Liliana, qui a continué, pourrait t'aider et ensuite tu passerais l'examen en candidate libre pour obtenir ton diplôme d'institutrice. Comme ça, tu pourrais travailler et être indépendante de ta famille et de… » Elle s'interrompt un instant. « … et de tout le monde. »

Je caresse le dos des livres : j'aimais tant enfiler mon tablier noir, aller en cours à pied avec Liliana, m'instruire, rentrer à la maison et m'asseoir ici pour réviser en silence. Peut-être que si je recommençais, les journées seraient de nouveau découpées en heures et le temps en jours, et alors ma réclusion serait plus courte.

« Je ne sais pas si j'en suis capable, j'avoue.

– Moi non plus je n'étais pas capable de faire beaucoup de choses que j'ai faites, répond-elle avec un grand sourire qui dévoile ses dents blanches et droites. Quand j'avais vingt ans, avec un groupe de camarades, on s'est mis en tête d'organiser des convois spéciaux pour emmener des enfants qui étaient dans le besoin dans des familles du nord de l'Italie. Tu sais ce que les gens racontaient ? Que nous, les communistes, on mangeait les enfants. Mais nous, on a persévéré, et beaucoup de femmes nous ont confié leurs petits.

– Voulez-vous un peu de lait d'amande à la menthe,

madame le professeur ? demande ma mère depuis le seuil.

– Oui, avec plaisir. Merci, Amalia. » Maddalena se lève et nous retournons à la cuisine. « Je ne suis pas professeur, au fait, précise-t-elle.

– Je vous ai vue avec tous ces livres, alors…, se justifie ma mère.

– Je ne suis pas allée à l'université, j'ai passé mon diplôme à l'école normale et j'enseigne aux enfants, explique Maddalena.

– Ah bon, je pensais que vous faisiez de la politique.

– On fait tous de la politique, d'une manière ou d'une autre. Tout est politique : nos choix, ce que nous sommes prêts ou pas à faire pour nous et pour les autres… »

Ma mère sort trois verres, y verse le mélange pâteux puis de l'eau. « C'est sûr qu'il est plus facile de faire des choses pour les autres quand on habite dans une grande ville et qu'on a un emploi fixe, sans avoir à se soucier de ce qu'on mangera au prochain repas, ajoute Maddalena en remuant la cuillère dans son verre.

– Moi aussi je suis née et j'ai grandi dans une ville, dit ma mère en plissant les yeux comme pour visualiser une image ancienne. Puis j'ai rencontré Salvo, j'étais à peine plus âgée qu'Oliva, et sur un coup de tête je l'ai suivi jusque dans son village. » Elle regarde autour d'elle. « On s'est enfuis en secret, parce que mes parents n'étaient pas d'accord. Il y a vingt ans, les jeunes gens n'avaient pas la possibilité de choisir, la fugue d'amour était le seul moyen à disposition. Alors qu'aujourd'hui… » Elle me regarde en coin et place une coupelle sous tous les verres. « Les lois qui étaient adaptées pour l'époque ne le sont plus aujourd'hui, le monde change, et le saint paie pour l'assassin. »

Elle détache quelques feuilles du pied de menthe sur le rebord de la fenêtre et les rince sous le robinet. Toute la cuisine s'en trouve embaumée. « Je me suis mariée par amour, sans trousseau et sans dot, et les enfants sont arrivés immédiatement. D'abord Fortunata puis, quatre ans après, Oliva et Cosimino. Que voulez-vous faire pour les autres, quand vous avez trois enfants ? On a déjà assez de mal à s'occuper d'eux comme il faut. Vous avez bien fait de ne pas vous marier, vous êtes libre. » Elle regarde les feuilles de menthe se noyer dans le lait.

Maddalena boit une gorgée. « À la vérité, j'ai une fille, elle est un peu plus âgée qu'Oliva », dit-elle avant de reposer son verre.

Ma mère regarde sa main, à la recherche d'une alliance. Maddalena s'en aperçoit et ferme le poing. « Je suis tombée enceinte quand j'avais dix-huit ans, le père a soutenu qu'il n'était au courant de rien et qu'il n'avait rien à voir avec ça. » Ma mère range la bouteille d'orgeat dans le buffet et va s'asseoir à côté de Maddalena. « Tant pis, j'ai pensé, je l'élèverai seule.

J'ai passé ma grossesse chez une tante à moi qui habitait à la campagne parce que mon père voulait que cette histoire reste secrète. Je sentais ma fille se développer en moi et j'imaginais comment serait sa vie.

– Qu'est-ce qu'il s'est passé ensuite ? demande ma mère en attrapant son verre.

– On me l'a retirée dès sa naissance et on l'a fait adopter par une famille qui voulait avoir un enfant mais qui n'y arrivait pas. Sans me le dire. »

Le silence est brisé par le bruit du verre qui se casse sur la table. Ma mère porte les mains à son cœur et regarde le lait d'amande se répandre sur la nappe. « Et voilà, j'ai tout cochonné ! » s'écrie-t-elle, les yeux brillants, et elle bondit pour attraper le torchon. Maddalena et moi nous levons pour l'aider à ramasser les débris de son verre. « Je suis désolée, je suis désolée », répète-t-elle en se tordant les mains. Elle nous fait signe de nous rasseoir, elle veut réparer les dégâts toute seule. Mais Maddalena continue de recueillir les éclats dans le liquide épais. « Entre femmes, on doit s'aider, déclare-t-elle. Chacune de nous a sa fêlure. »

Nous continuons de nous affairer autour de la table de la cuisine et, en quelques minutes, tout est rentré dans l'ordre.

« Quand Antonino Calò m'a raconté ce qui t'est arrivé, Oliva, reprend Maddalena en se rasseyant, j'ai voulu te rencontrer pour te dire que tu ne dois pas avoir peur : l'histoire d'une femme, c'est l'histoire de toutes les femmes. Après qu'on m'a enlevé ma fille, je suis restée chez ma tante à la campagne pendant plus d'un an, je ne voulais voir personne, je me disais que c'était ma faute et que ma vie était finie.

– Vous n'avez pas réussi à la récupérer ? demande ma mère, encore sous le coup de l'émotion.

– J'ai fait des recherches et je suis remontée à la famille qui l'a adoptée. Des braves gens, ils l'ont laissée faire des études, elle est inscrite en mathématiques. Un jour, je l'ai attendue devant l'université : elle est sortie, entourée par ses amis, son regard a croisé le mien pendant un instant. Elle a quitté ses camarades pour se diriger vers moi. Je me suis sentie comme il y a vingt ans, quand elle bougeait dans mon ventre. On s'est retrouvées face à face, puis elle a continué tout droit et s'est jetée dans les bras de son petit ami, qui était venu la chercher et qui était juste derrière moi.

– Et vous ne lui avez pas parlé ? je demande en tordant mes doigts gelés.

– Au fond, elle m'a dit tout ce que je voulais savoir, sans qu'il y ait besoin de mots : elle était belle, en pleine forme, heureuse, elle avait des amis autour d'elle et des bras forts pour la soutenir. C'est ce que je lui souhaitais, peu importe qui lui a donné cela. Que peut-on espérer pour nos enfants, sinon qu'un jour ils passent devant nous sans nous voir pour suivre leur propre chemin ? » conclut Maddalena, tournée vers ma mère. Celle-ci secoue la tête, lève les yeux au ciel et met une main devant sa bouche, comme pour refouler les mots qui voudraient en sortir.

59

Maddalena est repartie quelques jours après. Depuis, elle m'écrit toutes les semaines, je lui réponds sur-le-champ et Cosimino va pour moi à la poste. Une lettre tous les sept jours : c'est une manière d'aider le temps à passer.

Je conserve toutes les lettres dans le tiroir de mon bureau, nouées par un ruban de soie rose découpé par ma mère sur une robe destinée à la Scibetta maigrichonne. Je n'en ai déchiré et jeté qu'une seule : elle n'était pas de Maddalena, mais de Franco. Quand le facteur est passé et que j'ai lu son nom sur l'enveloppe, je ne voulais même pas l'ouvrir. Puis j'ai repensé à son profil, le même que celui du bel Antonio, et à cette fois, derrière le cabanon, où j'ai cru que la langueur que je sentais dans mon estomac était de l'amour. Alors je l'ai lue. Il disait qu'il avait demandé à son oncle d'écrire pour lui, et que ce dernier avait accepté. Il regrettait chaque jour de ne pas avoir été capable de s'opposer à sa mère. Il espérait au moins que je serais heureuse avec cet homme qui avait eu le courage dont lui, Franco, n'avait pas été capable. Il ne me souhaitait que du bonheur. Il ne m'oublierait pas.

J'ai déchiré cette lettre. Pas par colère, mais par tristesse.

Liliana passe tous les jours après les cours pour comparer nos devoirs, je refais à la maison ce qu'elle fait en classe. Si j'arrive à rattraper le programme de l'année dernière et à ne pas prendre de retard sur celui de l'année en cours, nous obtiendrons toutes les deux notre diplôme en juillet. Au début, ma mère était opposée à l'idée que je le passe en même temps que les autres filles du village, mais en fin de compte elle a changé d'avis et elle s'est mise à coudre ma robe pour l'examen.

Mon père et moi avons recommencé à partir chercher les escargots à l'aube, et à partager notre silence. « P'pa, je lui demande un jour alors que nous rentrons à la maison dans la pénombre nuageuse du matin. Est-ce que je suis sur la bonne voie ? »

Il ouvre la porte, enlève son chapeau, pose les seaux à côté du banc de l'entrée et, comme d'habitude, il reste muet.

« C'est toi le père, et tu ne dis rien ? je m'impatiente. Tu ne fais rien ? » Je retire ma veste humide et la laisse tomber par terre. Il la ramasse lentement et l'accroche au portemanteau.

« Oh que si », répond-il en souriant. Il s'accroupit devant le seau pour trier les escargots : les plus gros d'un côté, les plus petits de l'autre. « Tu as toujours aimé venir aux champs et le travail ne t'a jamais fait peur, à la différence de ta sœur et de ton frère, et ça, depuis que tu es petitoune. »

Ses mains s'enfoncent entre les coquilles qui s'entrechoquent dans un bruit léger. Quel est le rapport ? je me demande. Ma mère a raison, il ne répond jamais directement. « Une fois, tu ne t'en souviens peut-être pas, parce que tu avais cinq ou six ans, après deux jours de pluie, tu m'as accompagné sur un trajet qu'on n'avait jamais fait, et sur le chemin du retour tu as glissé dans un puits artésien abandonné. Tu n'as même pas eu le temps de crier, tu as immédiatement disparu dans la terre. »

La scène me revient soudain en mémoire, comme si elle se déroulait maintenant. Je sens le froid pénétrer jusqu'à mes os, mes pieds s'agiter avant de toucher le fond, le goût terreux de l'eau qui envahit ma bouche et mon nez.

« Je croyais que j'allais me noyer », dis-je, et je me frotte les bras pour chasser les frissons. Puis je ferme les yeux et sens ses mains puissantes qui m'attrapent et m'arrachent à la boue molle pour me ramener à la surface.

« Tu m'as sauvée », je susurre.

Mon père verse les gros escargots, ceux qui se

vendent le plus cher au marché, dans une bassine où ils dégorgeront et il laisse les plus petits, que nous mangerons, dans le seau.

« Quand on marche en terrain inconnu, il vaut mieux être deux. » Il met les coquilles vides de côté, elles serviront d'engrais pour les plantes rescapées. « Tout à l'heure tu m'as demandé ce que je fais. Eh bien voilà, conclut-il une fois son tri achevé. Quand tu trébuches, je te soutiens. »

60

La veille de Noël, aux premières lueurs du jour, Nellina se présente de nouveau chez nous. « Je suis désolé, aujourd'hui nous ne recevons pas, l'informe mon père par la porte entrebâillée.

– Pourquoi donc ? demande-t-elle, contrariée.

– Parce que notre chat n'est pas rentré et cela nous a rendus tristes. »

Elle reste quelques secondes silencieuse. « Vous n'avez jamais eu de chat, rétorque-t-elle, surprise.

– C'est peut-être pour ça qu'il n'est pas rentré, répond-il.

– Salvo, ce petit jeu t'amuse peut-être, mais je suis venue parce que j'ai quelque chose d'important à vous dire.

– À cette heure ? s'étonne mon père sans la laisser entrer.

– C'est pour Oliva.

– Elle va bien, merci. Salue don Ignazio de ma part. »

Ma mère intervient et fait asseoir Nellina dans la cuisine.

« On m'a demandé de vous signaler que si vous abandonnez les poursuites, se lance cette dernière, la famille de… sa famille fera un cadeau à Oliva. Un gros cadeau. » Cosimino et moi écoutons la conversation depuis la pièce d'à côté.

« Ils veulent t'acheter, commente mon frère en lissant sa moustache. Comme si on pouvait arranger certaines choses en mettant la main à la poche. L'honneur d'une fille n'a pas de prix, ni l'argent ni la loi ne peuvent le racheter. Le tribunal, le juge : c'est du cinéma. Si ça n'avait tenu qu'à moi, on aurait réglé ça autrement que par un procès… »

Je mets mon index devant ma bouche pour le faire taire. Pendant un moment, les voix se mêlent, puis j'entends distinctement mon père : « Nellina, peut-être que tu t'es perdue sur la route du marché aux bestiaux. Il n'y a rien à acheter dans cette maison. »

Nellina continue d'un ton vexé : « Vous dites cela parce que c'est encore frais. Mais pensez à demain, à après-demain, aux années à venir. Cet argent, Oliva sera bien contente de l'avoir, et vous aussi. Vous ne croulez pas sous les ressources, que je sache. »

Une chaise racle le sol, ma mère s'est levée. « Nous ne voulons même pas écouter cette proposition, Nellina, Dieu nous en garde. Tu es pardonnée de nous l'avoir rapportée parce que tu n'as pas connu la joie d'avoir un enfant. Oliva étudie pour devenir institutrice, dit-elle d'une voix forte pour s'assurer que je l'entende. Elle ne veut pas recevoir l'aumône, ajoute-t-elle en calabrais. Allez, bonne journée à toi ! »

Cosimino et moi échangeons un regard stupéfait. Jamais nous n'avions entendu notre mère dire un seul mot de travers à Nellina ou à quiconque dans le village. Une vie entière passée à dire oui monsieur oui madame par réflexe pour avoir la vie tranquille et ne pas se mettre les gens à dos. Et voilà qu'elle aussi a appris à dire non.

La bonne du curé la prévient qu'il vaut mieux parvenir à des accords par les bonnes manières que par les mauvaises, parce que ces gens-là ne plaisantent pas, et bien des fois il faut savoir renoncer à son orgueil, qui est un des sept péchés capitaux. Quand elle finit par s'en aller, ma mère et moi nous attelons à la préparation du réveillon, sans dire un mot sur cette visite. Nous répétons avec calme les gestes de toujours : pétrir le pain, verser l'huile, hacher l'ail, peler les tomates, allumer le fourneau, laver les casseroles, faire reluire les couverts. Nous nous affairons jusqu'au soir sans qu'elle me donne la moindre consigne. Lorsque je me trompe, elle ne fait pas de réflexion, elle me laisse faire à ma manière, comme si elle avait renoncé à toutes ses règles. De temps en temps, elle lève les yeux de ses préparatifs et me sourit, un peu timide.

Alors que nous sommes sur le point de nous attabler,

on frappe de nouveau à la porte. Je repense aux propos de Nellina sur les bonnes et les mauvaises manières, j'ai le sang inquiet. Les coups à la porte recommencent, plus forts, ma mère lorgne par le judas mais il fait trop sombre pour y voir quelque chose, mon père nous chuchote de rester silencieux pour faire comme s'il n'y avait personne. La troisième fois qu'on frappe, une voix dit : « Ouvrez, c'est moi. » Nous échangeons un regard, nous avons l'impression de rêver.

Fortunata apparaît sur le seuil, son châle et ses cheveux sont mouillés, elle claque des dents. Elle nous regarde sans rien dire, elle a des cernes plus noirs que la nuit et elle tremble, peut-être pas seulement de froid. Elle ressemble à un chien battu qui hésite à se fier aux mains tendues car il ignore si elles lui réservent des caresses ou des coups de bâton. Ma mère lui donne des vêtements secs et envoie Cosimino chercher une chaise. Nous attendons qu'elle mange et boive sans lui poser de questions, et c'est elle qui prend finalement la parole.

« J'ai passé quatre ans en enfer. Des humiliations, des coups, des insultes. Mon enfant, c'est à cause de lui que je l'ai perdu, il disait que ce n'était pas le sien, que je l'avais trompé, que j'étais une traînée parce que je m'étais fait engrosser par un autre pour l'épouser. J'avais voulu le mariage ? Il allait me faire voir ce que c'était, le mariage. Quatre ans enfermée chez moi, sans voir âme qui vive, sans échanger un mot avec les miens.

Et moi je n'ai rien dit. C'était ma faute si je m'étais retrouvée dans cette situation. Je me disais : supporte, tiens bon, la femme forte est celle qui sait endurer. Silence, patience, douceur : un homme apprécie ces qualités. Quatre ans : lui qui faisait ce qui lui chantait dehors et moi en train de moisir entre quatre murs. Montre-toi supérieure, montre-toi docile, ne t'arrête pas à ça, je me répétais. Je me rappelle ce que tu disais toujours, papa : plie donc, roseau, l'inondation passera. C'est ce que j'ai fait, mais la dernière goutte a fait déborder le vase. »

Je n'avais plus entendu la voix de ma sœur depuis son mariage, ce jour où sa robe lui moulait les hanches et où les Musciacco faisaient des sourires crispés. Pendant tout ce temps, elle était là, elle endurait cette souffrance derrière ces murs, comme si c'était normal que le mariage soit une réclusion.

« Ce soir, il s'est présenté à la maison avec ce vaurien, et tout d'un coup c'en a été fini de ma patience. "Nous avons un invité, femme : mets une autre assiette. Ton beau-frère s'est disputé avec son père et il nous fait l'honneur de réveillonner avec nous." Quand je l'ai vu, mon sang n'a fait qu'un tour. "Mon beau-frère ? Ma sœur va le traîner devant le juge, pas devant le curé", je lui ai dit. Musciacco m'a giflée et il a dit : "Dans ta famille, les femmes sont toutes les mêmes : prêtes à faire n'importe quoi pour trois sous." J'ai vu rouge, j'ai fait le tour de la table, j'ai empilé les assiettes du beau service de sa grand-mère, je les ai jetées par terre et j'ai craché dessus. Il ne s'y attendait pas, il ne s'attendait plus à aucune réaction de ma part. J'ai couru dans la chambre, j'ai rassemblé quelques affaires, je me suis précipitée dehors et j'ai dégringolé l'escalier. »

Nous l'écoutons en silence. Savions-nous ces choses ou non ? Et sinon, pouvions-nous les imaginer ? Quoi qu'il en soit, nous n'avions rien fait, nous nous étions rendus complices des non-dits.

« Excuse-moi, papa, je suis désolée, dit Fortunata. Mais si je ne peux pas rester ici, j'irai au couvent plutôt que de retourner dans cet endroit. »

Mon père reste tout silence, puis il s'approche d'elle et dépose un baiser sur son front. Quand il se penche au-dessus d'elle, leurs cheveux se confondent, de la même couleur. « Bon, je crois que nous avons assez fêté le réveillon, soupire ma mère. Allons nous coucher, il est tard. » Elle sourit avec une douceur nouvelle. « Je vais préparer ton lit. » Elle s'engage dans le couloir en secouant la tête, suivie par Fortunata et moi.

Les hommes restent discuter dans la cuisine, par moments leurs voix nous parviennent. « Tu dois la ramener là-bas, dit Cosimino. Sinon c'est nous qui avons tort. La femme doit rester avec son mari, sous le même toit, il vaut mieux qu'elle y retourne sur ses jambes plutôt que Musciacco vienne la récupérer ici par la force. Sans quoi, ça va se régler avec des coups de couteau. On a déjà assez de malheurs comme ça. »

Nous n'entendons plus rien pendant quelque temps, et ma mère continue de faire le lit. Puis Fortunata met un index devant sa bouche et arrête son geste. C'est de nouveau la voix de Cosimino, mais nous n'arrivons pas à discerner ses mots.

« Je ne préfère pas, finit par répondre mon père d'une voix anxieuse qui ne lui est pas coutumière. J'irai lui parler demain, tu verras que tout s'arrangera. Va dormir, je monte la garde. »

S'ensuivent des bruits de chaises et de tabourets, puis le silence, et nous allons nous coucher. Le lendemain matin, nous les trouvons tous les deux endormis dans la cuisine, habillés, prêts à défendre la maison et les femmes.

À pas de loup, ma mère va entrouvrir les volets, puis elle fait la moue. Elle devait marier deux filles et elle se retrouve avec deux filles à la maison. Il aurait mieux valu que nous naissions garçons comme Cosimino, mais nous sommes nées filles et pour nous la vie est devenue un sac de nœuds.

61

Depuis que Fortunata est là, le temps s'écoule plus vite, même si le quotidien reste le même. Nous rangeons la maison, préparons à manger, débarrassons et faisons la vaisselle, puis l'après-midi je me retire dans notre chambre pour réviser et parfois elle propose de me faire réciter, mais au bout de cinq minutes elle commence à bâiller et s'endort le livre à la main. Heureusement, ensuite, Liliana vient et nous travaillons ensemble.

Un matin, la Scibetta maigrichonne nous rend visite, ma mère la fait entrer mais elle lui propose la chaise la moins confortable et un verre d'eau à la menthe, sans lait d'amande. La fille Scibetta se lance dans le compte rendu détaillé des événements du village. Tout Martorana était là au mariage de Tindara, mais il n'y avait pas beaucoup à manger et le vin était allongé à l'eau, si bien que de nombreux invités racontent qu'ils se sont arrêtés sur le chemin du retour pour manger des panisses ou un sandwich à la rate. Don Ignazio n'a pas pu dire la messe pendant deux semaines parce qu'il a eu une maladie aux cordes vocales, Nellina a voulu le remplacer, l'évêque a dû intervenir pour lui expliquer que les femmes ne diront pas la messe avant que l'Apocalypse ait sonné. Saro a commencé son apprentissage auprès de son père, et maintenant il fait des allées et venues entre ici et la ville, où il a un client important qui lui a confié la construction de tout son mobilier, et comme plus d'une fois il est parti le soir et n'est revenu que le lendemain matin, certains pensent qu'il n'y a pas que le travail qui l'attend à la ville…

Il me tarde que Mena s'en aille, le seul avantage de cette vie recluse depuis des mois, c'est justement que je ne suis plus au courant de rien, que les chuchotis permanents se sont tus, comme une radio qu'on aurait éteinte. Mais elle s'éternise. « Cosimino n'est pas là ? demande-t-elle en lorgnant autour d'elle.

– Il est parti en ville en autocar chercher du travail », répond ma mère.

Mena soupire et reprend. Rosalina est jalouse à cause de ce qu'on raconte sur Saro, parce qu'il semblerait que dans le fond il lui ait toujours plu, le chagrin lui a fait perdre cinq kilos, alors sa mère l'a emmenée chez le docteur Provenzano, qui a dit que personne n'était jamais mort d'amour et que d'ailleurs ce serait mieux pour sa santé qu'elle en perde cinq de plus. Musciacco, par contre… Ma sœur sursaute, et il s'en faut de peu que le plateau avec le pain frais et le pot de confiture d'oranges amères lui échappe des mains. Cela n'empêche pas Mena de poursuivre son récit. Musciacco raconte à la ronde que c'est lui qui a chassé sa femme, qu'elle l'a forcé à l'épouser par le mensonge. Fortunata abandonne le plateau sur la table et va s'enfermer dans sa chambre.

Mena veut lui courir après, ma mère et moi la retenons. « Je ne voulais pas la rendre triste, gémit-elle, les yeux rouges. Au contraire, je voulais la rassurer, lui faire savoir qu'elle n'a rien à craindre, qu'il n'y aura pas de représailles de la part de Musciacco. Après tout ce qu'elle a subi, c'est enfin une femme libre. Elle doit être contente. »

Je la regarde, interloquée, m'interrogeant sur sa sincérité. « Libre de quoi ? finis-je par dire. Libre d'être considérée comme une traînée ? Comme une femme qui a obtenu son nom de famille par la tromperie ? Qui a été répudiée par son mari ? C'est ça que tu appelles liberté, Mena ? »

Elle lève les yeux vers moi, serre les dents, et ses joues creuses se font encore plus saillantes. « Quel autre choix on a, Oli' ? Rester vieilles filles, comme moi ? C'est ça, la liberté ? Je suis libre, à ton avis ? Je suis contente ? Tu crois qu'on ne me montre pas du doigt dans la rue, comme toi, comme Fortunata, comme Tindara, comme Rosalina ? Chaque femme a son péché. Au moins, ta sœur a mis fin à ce tourment, elle peut partir ailleurs, refaire sa vie. Un mariage, ça se défait, et heureusement qu'elle n'a pas d'enfants parce que... »

Elle s'interrompt et se laisse tomber sur la chaise. Elle s'est peut-être souvenue du gros ventre de Fortunata, mal camouflé par sa robe de mariée, et elle regrette ce qu'elle vient de dire. Pauvre Mena, soudain j'ai de la tendresse pour elle, elle au moins, à la différence de bien des gens dans ce village, elle n'est pas convaincue d'avoir toujours la bonne réponse. Elle n'est pas méchante, elle n'est pas pire que moi. Nous sommes toutes dans le juste et dans l'erreur.

62

Le printemps est arrivé sans crier gare. Du plus loin que je me souvienne, cette saison a toujours été une fête dans le champ de mon père parce qu'à cette période les arbres commencent petit à petit à donner les fruits de ce qu'ils ont reçu : eau, engrais, taille, pesticides, lumière, chaleur. Mais cette fois le jardin est muet, sans couleurs ni odeurs, et en l'absence des arbres, le printemps est absent aussi, y compris en moi.

Pendant nos travaux de broderie, nous allumons la petite radio, le seul objet que Fortunata a emporté avec elle en partant de chez Musciacco. Je chante à gorge déployée et elle m'apprend les chorégraphies des sœurs Kessler qu'elle a vues à la télévision. Fortunata est grande et blonde comme Alice et Ellen, moi petite et brune comme un corbeau. Nous nous mettons face à face au milieu de la cuisine, comme deux jumelles ratées, et bras dessus bras dessous nous faisons *dada-oumpa, dadaoumpa, dadaoumpa*, nous claquons nos doigts et chantons *dadaoumpa, dadaoumpa, oumpa*. Ma mère dit que nous sommes comme deux petitounes qui n'ont pas encore la tête sur les épaules, mais parfois elle pose une main sur sa hanche, plie une jambe en arrière et se joint à la chorégraphie en chantant *dadaoumpa, oum-pa* avec nous.

Un matin, alors que nous chantons *Quando, quando, quando* en faisant bouillir les oranges pour la confiture, quelqu'un frappe à la porte : c'est un employé de justice, qui apporte la notification de comparution à la première audience. Nous le faisons entrer, éteignons la radio et ne la rallumons plus.

Le temps est de nouveau mauvais, on dirait que l'hiver est de retour, je n'ai pas envie de réviser et mes livres restent fermés sur le bureau. Tout ce que je réussis à lire, c'est la dernière lettre de Maddalena, à voix haute pendant que nous tricotons. Elle dit que Fortunata a été courageuse de partir et qu'elle devrait porter plainte chez les carabiniers pour les violences qu'elle a subies. Elle ajoute que tant que nous n'aurons pas une loi sur le divorce, les femmes séparées auront des difficultés à refaire leur vie, mais que les choses changeront bientôt grâce à nous, les femmes du Sud, qui avons enduré plus et avons donc une plus grande envie de nous libérer. La libération, je suis pour. À la fin de la lettre, elle propose à ma sœur de s'installer pendant quelque temps chez une camarade à elle qui habite à la ville et qui l'aiderait à trouver un travail.

Fortunata baisse les yeux sur la pelote de laine posée sur ses genoux. « Je suis incapable de faire quoi que ce soit seule, même de traverser la rue. Comment je pourrais m'en aller d'ici ? Et quel travail je pourrais faire ? Toi, au moins, tu as étudié, moi je suis passée de la maison de notre père à celle de Musciacco, je ne connais presque rien de la vie. »

Elle continue de tricoter et de dérouler sa pelote, ses mains exécutent une danse très rapide. « Je suis désolée, Oli', s'excuse-t-elle, mais je ne peux pas aller voir le maréchal Vitale. Toi tu es forte, je ne suis pas comme toi », et elle abandonne ses aiguilles.

Je lui retire son ouvrage des mains et rattrape les mailles qu'elle a sautées. « Moi non plus je n'étais pas comme moi, avant. Tiens, je t'ai rattrapé les mailles. » Je lui rends les aiguilles. « Comme ça, il n'y aura pas de trou. »

Une semaine après, équipée du manteau du dimanche de ma mère et du grand sac en toile élimé qui l'avait accompagnée durant son voyage de noces en bateau, Fortunata se rend à l'autocar pour aller en ville chez l'amie de Maddalena. Avec son petit chapeau et son léger trait de rouge à lèvres elle est redevenue belle, comme quand, adolescente, je devais la suivre chaque fois qu'elle sortait de la maison. Mais cette fois elle est sortie seule : elle s'est éloignée d'un pas vif vers la grand-rue et elle a disparu. Avant de partir, elle m'a serrée dans ses bras et m'a dit : « Tu vois ? À force de faire *dadaoumpa* comme les jumelles Kessler, je suis devenue comme toi. »

63

Il fait froid, cette nuit. À l'autre bout de la chambre, le lit de Fortunata est vide, et le mien me rejette. Les règles du sommeil, c'est : couche-toi sur le dos, respire profondément et ferme les yeux. Mais dès que je baisse les paupières, la pensée de demain me tourmente. Le sommeil vient pour repartir aussitôt, des images confuses me réveillent : le rouge d'une orange sur le blanc d'un pantalon, un sifflement venu de la rue, des yeux qui suivent mes pas, des mains qui me tiennent avec force, un point au milieu de mon corps qui se déchire, du sang qui imprègne les draps, les livres de Liliana à la couverture abîmée, Fortunata trempée de pluie qui frappe à notre porte de ses poings écorchés, les jasmins, la rose, les marguerites, les nuages en forme de marfeuilles à cornes, Alice qui se perd en suivant le lapin, lequel la conduit dans une pièce sombre, lui offre un châle en soie, Alice qui s'enfuit dans la nuit alors que les coups de feu des carabiniers approchent, maître Sabella qui referme sa mallette noire et la Reine de cœur qui me condamne : qu'on lui coupe la tête !

Je rouvre les yeux et éponge la sueur sur mon visage, j'ai le dos humide et la mâchoire douloureuse. Je vais à la salle de bain et fais couler de l'eau froide sur mon cou et mes poignets. La maison est plongée dans le silence. Munie de la lampe que nous prenons pour aller chercher les escargots, je sors sur notre terrain. Je pousse jusque là où il y avait l'olivier avant qu'il meure, je m'agenouille et me mets à creuser à mains nues. Je reste penchée dans la pénombre, de plus en plus transie, jusqu'à sentir le cuir rêche sous mes doigts, mes ongles se cassent, je continue de creuser et déterre le vieux sac à demi moisi. J'éteins la lampe et rentre à la maison, mes affaires dans les bras.

Après avoir défait les sangles aux boucles dévorées par la rouille, je déplie le paquet constellé de taches sombres. Au milieu, protégée de la pluie et de la terre, je retrouve ma robe de la fête patronale. Je l'étale sur mon lit, ses broderies et son tissu sont intacts. Le temps qui a passé depuis ce jour m'a usée, moi, pas ma robe. Je sors un fil et une aiguille de la boîte à couture, m'assieds sur le bord du lit et, approchant mon visage de la lumière ténue sur ma table de chevet, je fais passer le fil dans le chas puis le noue. Je rapproche les pans et recouds la déchirure à l'aide de petits points invisibles, comme ma mère me l'a appris. Je remonte le long du tissu lacéré qui, en apparence, a retrouvé son intégrité sous mes doigts. Une fois la chose faite, les ciseaux coupent le fil.

J'enlève mon pyjama et m'imagine que c'est la veille de mon mariage, la dernière nuit passée seule avec mon corps intact, avant qu'il ne devienne la propriété d'un homme, la proie de son plaisir. J'effleure mes bras, mes seins, mon ventre, mes hanches, je touche mes cuisses, mes genoux, mes chevilles, mes pieds, orteil par orteil. J'ai légèrement grandi depuis le jour de cette danse, mais mon corps est resté le même, à moins que je n'aie un peu maigri. Je défais les boutons de la robe un à un avant de l'enfiler. Je retire la planche amovible, sors le collier de corail que Liliana m'a donné et l'attache autour de mon cou. Je traverse ma chambre à pas lents, comme si j'allais vers l'autel, tandis que dans ma tête résonne la musique des mariages.

Oliva Denaro, consentez-vous à ne jamais être prise pour épouse dans la joie comme dans la peine, dans la santé comme dans la maladie, dans la richesse comme dans la pauvreté, seule tous les jours de votre vie ? Jusqu'à ce que la mort vous sépare de cette terre ? Y consentez-vous ?

Est-ce que j'y consens ?

À mon réveil le lendemain matin, je porte encore la robe blanche de mon premier bal.

64

Ma famille m'attend dans la cuisine, assise autour de la table. « Je suis prête, dis-je. Allons prendre l'autocar. » La peur de la nuit passée a quitté mon corps, pareille à de l'eau usée qui aurait disparu dans la bonde. La robe a regagné sa place dans mon armoire, seule ma honte est restée enterrée au pied de l'olivier mort.

« Nous ne sommes pas pressés, dit mon père. Calò nous y conduira en auto, il nous attend au fond du chemin de terre avec Liliana à dix heures précises. »

Je prends place et trempe un morceau de pain rassis dans du café au lait auquel j'ajoute du sucre : c'est un jour comme les autres.

« Je reste ici pour tenir compagnie à maman, m'informe Cosimino en lissant sa petite moustache, on ne rentre pas tous dans la voiture. À ton retour, tu me raconteras tout dans les détails, comme tu faisais avec l'histoire de Giufà », conclut-il en posant une main sur mon épaule. Il a poussé, son corps long et maigre ressemble à un parapluie, qui protège des intempéries.

J'avale ma dernière bouchée et ma mère se penche au-dessus de la table pour empiler la vaisselle et la mettre dans l'évier. « Je t'ai préparé une tenue propre, dit-elle comme elle avait coutume de le faire avant que j'aille à l'école.

– Ne t'inquiète pas, m'man, je me tiendrai propre. »

Elle ouvre le robinet pour rincer les bols, puis elle s'interrompt. « Il n'y en a pas besoin : tu es toujours propre. » Elle s'essuie les mains sur son tablier et en pose une, un peu humide, sur ma joue. « Et rappelle-toi : qui sait parler traverse les mers. Tu dois tout raconter au juge, sans te sentir gênée, comme tu l'as fait avec l'avocat. Dans quelques mois, si Dieu le veut, tu auras ton diplôme d'institutrice et tu connaîtras plus de mots en latin que ce malheureux qui t'a outragée n'en connaît en italien. Sers-toi de tout ce que tu as appris ! »

Mon père et Calò sont à l'avant, Liliana et moi à l'arrière. La route pour aller en ville est longue et tout en tournants, mon amie me tient la main et discute avec moi des matières que nous devons réviser et de l'examen que nous passerons au début de l'été. Je fais semblant de l'écouter, répondant par monosyllabes à ses questions. Plus nous nous éloignons du village, plus mon sang s'apeure, comme si mes cauchemars de la nuit dernière devaient devenir réalité.

Calò se gare sur une place qui est à elle seule aussi grande que Martorana. En face de nous se dresse un immeuble en U : les bâtiments latéraux sont percés de fenêtres et le corps central tient sur de très hautes colonnes, comme un temple de la Grèce antique. Je me prends à imaginer qu'il est habité par des divinités. Nous traversons la place jusqu'aux marches qui conduisent à la porte d'entrée, je lève les yeux et vois l'inscription JUSTICE en lettres capitales. Espérons, me dis-je. Liliana lit dans mes pensées : « Ce n'est pas encore la justice, me murmure-t-elle à l'oreille tandis que nous franchissons la porte. Un jour, je ferai changer cette loi qui donne raison aux agresseurs, je te le promets, ajoute-t-elle plus fort, et sa voix résonne dans le hall.

– Un jour…, je répète. Mais c'est aujourd'hui que je suis là. »

Je n'ai pas le temps d'en dire plus parce que mon père m'attire à lui en passant un bras sous le mien, et nous nous dirigeons ensemble vers la salle d'audience. Calò et Liliana nous encadrent. « N'aie crainte, Oliva, c'est comme aller chercher des limaçons, me dit mon père. Il faut s'armer de patience et d'intelligence, parce que certains individus mollassons ont le même talent que les mollusques : ils savent se cacher pour ne pas se faire attraper. Mais c'est le talent des lâches. »

Calò s'approche du portier et lui dit quelques mots. Celui-ci consulte un registre et indique un couloir. L'écho des talons de Liliana qui claquent sur le marbre retentit sous le haut plafond. Moi, j'essaie d'avoir le pied léger dans mes mocassins blancs et je repense à ce moment où, au milieu de la place, sous le soleil qui s'abattait comme une hache, je me suis arrêtée subitement, le talon de ma chaussure à la main. À présent, même si je le voulais, je ne pourrais pas revenir en arrière.

Nous entrons dans l'ascenseur et Calò appuie sur le bouton qui porte le chiffre trois. Quand la cabine se met en branle, ma chair se hérisse, comme le jour où j'ai pris l'autocar avec mon père.

« C'est la salle douze », dit Calò, et il passe devant nous. À côté de la porte, deux femmes sont en pleine discussion. L'une d'elles porte une veste d'homme et un pantalon, dès qu'elle me voit sa belle bouche charnue s'étire et elle découvre ses dents. L'autre a une queue-de-cheval et les yeux maquillés au crayon. « Ça te va bien, les cheveux tirés en arrière », dis-je à Fortunata. Elle sourit et passe une main sur sa tempe pour ramener une mèche derrière son oreille. « L'avocat est déjà à l'intérieur, nous prévient Maddalena. Allons-y. »

Mon père et moi traversons la salle bras dessus bras dessous, on dirait une église : les deux rangées de bancs sur les côtés, le crucifix au fond. Un homme en robe noire entre dans la salle et va prendre place derrière la grande table en bois, tout le monde se lève.

Maître Sabella me serre la main et sort un dossier ventru de sa mallette noire, il a l'air fatigué, comme si lui aussi avait fait une insomnie. Je me sens soudain forte, ma respiration est paisible, mes mains sont sèches, je regarde droit devant moi. Je suis entourée par mon père, Calò, Liliana et Maddalena. Mais ce n'est pas pour eux que je suis là, c'est pour moi. De l'autre côté de la salle, il y a la défense : trois hommes en tenue sombre et, entre eux, un homme vêtu de blanc, aux cheveux lissés à la brillantine, mais sans brin de jasmin derrière l'oreille. Il est beau, c'est vrai, mes camarades avaient raison. Presque un an a passé et il n'a pas du tout changé. Moi j'ai continué ma route, lui est resté sur place. C'est aussi pour cela que nos vies ne se croiseront plus.

Dès l'instant où il me voit, il cesse de sourire et me fixe, son regard me pèse mais il a perdu le pouvoir de me rendre belle ou invisible. Plus rien ne peut me toucher, désormais, et ce que j'ai perdu, je l'ai perdu pour toujours : courir à coupe-souffle avec mes sabots aux pieds, inventer des noms pour les nuages, me réciter les déclinaisons latines, tracer au crayon les visages des vedettes de cinéma, deviner l'amour dans les pétales d'une fleur.

QUATRIÈME PARTIE

1981

65

On a beau avoir envie de le quitter, le village ne vous quitte pas. C'est une chose de faire des boutures, c'en est une autre de cultiver son jardin. Si le départ se fait en un clin d'œil, le retour prend du temps.

La route, sinueuse, longe la mer, qui m'a toujours rendu craintif, et ton frère aime rouler vite, on dirait qu'on va remporter un trophée si on arrive plus tôt, tu vois ? Et sa femme ne lui dit rien, ce n'est pas comme ta mère, qui n'a jamais été avare de mots. « Elle te plaît, ma nouvelle voiture, papa ? » m'a demandé Cosimino avant de démarrer. J'ai hoché la tête pour lui faire plaisir. « Tu veux essayer de la conduire ? a-t-il proposé en ouvrant la portière.

– Je ne préfère pas », ai-je répondu. Alors il s'est installé au volant et, depuis, la voiture n'a pas quitté la voie de gauche. « L'âne qui court se casse le dos », ai-je dit. Il ne m'a même pas entendu : il a regardé sa femme et s'est allumé une cigarette, sans doute la cinquantième depuis que nous avons quitté Rapisarda.

Amalia se cramponne à la poignée du plafond, comme si elle était dans l'autocar, et sourit à Lia, qui est assise entre nous. « Tu deviens jolie comme un cœur », dit-elle à sa petite-fille en écartant sa frange de ses yeux. Lia secoue la tête et ses cheveux ébouriffés retombent sur son visage. Amalia soupire et s'éponge le front : pour elle aussi ce retour est une épreuve. Nous nous sommes implantés dans une autre terre, comme deux branches cassées, j'ai recréé un potager avec les boutures que j'avais prises du précédent. Les nouveaux plants ont poussé. Pour les êtres humains, c'est une autre histoire : on a beau leur donner toute l'eau et tout le soleil du monde, leurs nouvelles racines ne sont jamais aussi profondes que les précédentes. On n'arrête pas de regretter sa terre d'origine, même quand elle nous est devenue étrangère.

Après ton procès, le village s'est scindé en deux : ceux qui disaient elle a bien fait, ceux qui disaient elle n'aurait pas dû. Les racontars pesaient sur nos épaules chaque fois que nous mettions un pied dehors. Toi, tu restais muette. Tu te réveillais le matin pour réviser, tu te couchais le soir après avoir passé la journée plongée dans tes livres. Liliana venait, vous vous enfermiez dans ta chambre et nous n'avions pas intérêt à faire le moindre bruit. Tu étais devenue sauvage, comme après que tu as eu la scarlatine, tu t'en souviens ? Tu avais neuf ans et un jour, ta peau s'est couverte de points rouges, nous t'apportions de la soupe, tu en mangeais à peine, ainsi que de la ricotta fraîche donnée par la mère Scibetta, le tout directement dans ta chambre pour que tu ne contamines pas Cosimino, qui avait une santé plus fragile que la tienne. Tu avais une forte fièvre, tout ton corps te démangeait, et ta mère a fait le vœu à Notre-Dame des Miracles d'aller tous les jours à la première messe si tu te rétablissais. Au bout de trois semaines, tu as guéri : plus une tache, les os saillants et des cernes, mais bien solide sur tes pieds. Tous les enfants du village restaient chez eux par crainte de la contagion et tu marchais seule dans la rue.

Quand tu es sortie du tribunal, tu avais la même expression. Tu marchais, silencieuse, et tu ne laissais personne t'approcher, comme si tu étais contagieuse. Au procès, tout le monde a été stupéfait : personne n'imaginait qu'un lion couvait dans l'agnelle. Tu as répondu d'une voix ferme, comme aux interrogations de ton institutrice. Non, il n'y avait pas eu d'accord entre nous. Non, il n'y avait pas eu de promesse. Non, je n'appréciais pas ses attentions. Non, je ne veux pas l'épouser. Le juge n'arrivait pas à croire que tu méprisais ce mariage.

Dire oui, même un âne sait le faire, alors que dire non est difficile, mais une fois qu'on a commencé on n'arrête plus. C'est la seule chose que j'ai été capable de t'apprendre et, à partir de là, ça a été non pour tout le monde. Non à ta mère qui voulait te trouver un autre parti, non à quelques-unes de tes anciennes camarades qui venaient te rendre visite, non à la mère Scibetta qui a proposé de te prendre à son service. Tu es devenue ombrageuse, taciturne. Le premier jour des examens, tu es partie de bonne heure dans la grand-rue, sans prévenir personne, et tu t'es enfermée dans ta chambre après le déjeuner. Tout s'est bien passé, as-tu dit, tout s'est bien passé. Le lendemain, tu es sortie avec ton dictionnaire de latin, et à ton retour tu as à peine grignoté avant de disparaître dans ta chambre. Puis, un matin, Liliana est venue pour t'accompagner à l'examen oral. Elle t'a demandé si tu étais stressée et tu as répondu avec un sourire amer : « Après ce que j'ai vécu au tribunal, plus aucun jugement ne me fait peur. »

Tu as reçu la meilleure note, ta mère a préparé des pâtes aux sardines et nous nous sommes attablés avec nos habits du dimanche. Tu es entrée dans la cuisine et tu nous as regardés d'un air sombre : « Je n'ai pas faim, as-tu dit.

– Mais c'est un jour de fête, il faut célébrer ta réussite ! » Ta mère a rempli ton assiette et a lissé son chemisier sur sa taille. « Les jours de fête, c'est fini pour moi », as-tu répliqué, et tu es partie.

Cosimino dépasse une autre voiture dans un tournant, ça doit être la trois cent vingtième. Amalia reste cramponnée à la poignée comme une plante grimpante, elle m'indique le compteur de vitesse. « Ralentis », dis-je. Pour toute réponse, Cosimino klaxonne à l'intention de la voiture qui est devant. Dis-moi donc, que peut faire un père pour sauver ses enfants ?

Puis Amalia se tape le front : « Quels imbéciles, Salvo, on n'a rien apporté ! Même pas des gâteaux.

– Elle m'a dit au téléphone qu'elle s'occupait du dessert, je la rassure. » Et puis, j'ai cueilli des fleurs dans notre jardin, de celles que tu as toujours aimées.

66

Je dois acheter des fleurs.

Je dois acheter du pain, aérer l'appartement, mettre la rallonge à la table, demander à mademoiselle Panebianco de me prêter des chaises. Et puis je dois aller à la pâtisserie.

Pendant des années, je n'ai plus voulu de fleurs chez moi : c'étaient toujours tes mains qui avaient cultivé les plantes, p'pa, avec tes ongles en deuil, tes doigts couverts de coupures plus ou moins superficielles, un vrai manuel qui disait comment extraire la vie de la terre. Planter une graine et attendre qu'elle germe, c'est ce que j'ai fait moi aussi : je me suis inhumée sans savoir si le temps du bourgeonnement reviendrait. J'étais une motte de terre aride et stérile, à l'image de ton champ détruit par l'eau salée, mon corps déraciné ne produirait plus de fleurs. Le jour où j'ai obtenu mon diplôme, je suis rentrée à la maison et je vous ai trouvés tout endimanchés. J'ai éprouvé de la peine pour nous tous. Vous étiez heureux, moi triste, parce que ce jour-là devait être le plus beau de ma vie. Je n'en aurais pas d'autre. Il n'y avait pas eu de justice pour moi, il n'y aurait pas de voile blanc en dentelle pour me chatouiller le cou, ni d'alliance à glisser sur mon doigt, ni de caresses d'un homme amoureux, ni la plénitude paisible d'un ventre rond, ni une main minuscule dans la mienne.

Partir de Martorana a été comme essayer de me débarrasser de mon ombre, mais le sentiment d'injustice et de honte ne disparaît pas quand on marche dans d'autres rues. Il faut du temps, il faut d'autres voix qui s'ajoutent à la sienne, il faut partir mais aussi revenir. Parce que ni les temps heureux ni les temps difficiles ne durent éternellement, c'est ce que tu me disais toujours.

C'est pourquoi ce matin je me suis réveillée tôt. Je mettrai mon nouveau rouge à lèvres, une robe en coton blanc, mes sandales turquoise, je dresserai la table avec soin, je préparerai des pâtes aux sardines et nous fêterons, presque vingt ans après, mon diplôme obtenu haut la main. Nous fêterons aussi ma prise de poste, nos silences, nos coups de téléphone trop courts, les anniversaires de chacun, tous les Noëls et toutes les Pâques, les événements familiaux, un divorce et quelques mariages, et, enfin, mon entêtement à vouloir rester ici, dans mon village, contre vents et marées.

Il me reste beaucoup à faire. Je descends l'escalier et reste un instant sur le seuil : l'air chaud et salé assèche ma gorge.

67

On a beau baisser la vitre, tout ce qu'on y gagne c'est faire entrer plus de chaleur, mêlée à l'air salé de la mer, pas l'ombre d'un nuage qui pourrait nous apporter une goutte de pluie. Quand tu étais petitoune, tu attendais l'orage pour pouvoir aller chercher les limaçons, mais il mettait des jours à venir et tu étais déçue. Casserole regardée ne bout jamais, te rappelais-je. Je t'ai répété la même chose après le procès : tu n'en as pas tiré satisfaction, mais tu as planté des graines, et, sur une terre cultivée, quelque chose finit toujours par pousser.

Pendant qu'ils lisaient la sentence, lui, il riait, comme s'il regardait un spectacle des comiques Franco et Ciccio. La peine minimale : comment était-ce possible ? Une femme aux cheveux couleur d'étoupe, elle s'appelait Angiolina Verro, je n'oublierai jamais son nom, a témoigné : elle a dit qu'elle ne t'avait pas entendue gémir ou te débattre dans la chambre à côté. La peur et l'horreur se mesurent en cris et trépignations dans ce bas monde, tu ne le savais pas ? Le chef d'accusation de « conjonction violente » – ce sont les mots du juge – n'a pas été retenu contre lui en raison de l'absence de preuves. Quelles preuves aurait-il fallu ? Les mots d'une jeune fille honnête ne suffisaient-ils pas ? Le courage de raconter devant tout le monde des faits intimes ne suffisait-il pas ? Quelqu'un est venu dire au juge qu'il t'avait vue danser avec lui, que tu l'avais encouragé. On a raconté que tu voulais l'épouser, que c'était moi qui m'y étais opposé et t'avais promise à un autre. Que c'était pour cela qu'il t'avait fait enlever : ce brave jeune homme avait agi par amour, voilà tout, car, selon le juge, enlever une fille dans la rue, c'est un acte d'homme amoureux, pas de brigand. J'aurais voulu le voir si on avait fait le même honneur à sa fille. De faux témoins qui s'étaient fait graisser la patte – cet homme était loin d'être sur la paille – ont raconté que tu lui avais fait des promesses plus d'une fois et qu'il t'avait donné une orange que tu avais acceptée. Quand bien même cela aurait été vrai, est-ce qu'accepter un fruit signifie vouloir prendre l'arbre entier ?

« Salvo, quand est-ce qu'on arrive ? J'ai l'estomac retourné », se plaint Amalia. Elle a enlevé une de ses chaussures et se masse le pied. Dans une vingtaine de cigarettes et cent cinquante-six autres dépassements le poing sur le klaxon, si tout va bien, voudrais-je lui répondre, mais au lieu de cela je pose une main sur son cou, où je sais que toute la douleur se concentre chez elle. J'ai fait le même geste ce jour-là. L'avocat de la défense, maître Criscione, avait posé des questions scabreuses et avait demandé une expertise médicale au docteur Provenzano sur ton état physique intime, mais tu avais refusé. On aurait dit que c'était à toi que l'on faisait un procès. Je croyais rêver. Je n'oublierai jamais la réponse de maître Sabella au juge : « Je suis l'avocat de l'accusation, pas de la défense, a-t-il dit. Ma cliente n'est pas venue ici pour démontrer son innocence et son honneur, mais pour dénoncer la violence qui lui a été faite. »

Heureusement, don Santino, le père de Tindara, est venu témoigner, et c'est seulement grâce à son témoignage qu'en fin de compte il y a eu condamnation. Tout le village n'était pas ligué contre nous et une étoile brille même dans les nuits les plus noires. Quand le juge a eu fini de lire la sentence, on se serait cru au marché : certains applaudissaient, d'autres sifflaient, d'autres encore criaient. « La montagne a accouché d'une souris, a hurlé ce type tandis qu'on l'emmenait. Qu'est-ce que vous avez obtenu ? Beaucoup de bruit pour rien », a-t-il dit, l'air méprisant, en faisant monter et descendre sa main, doigts joints.

Les nerfs du cou de ta mère sont un enchevêtrement de racines qui se détendent peu à peu sous mes doigts. « Allez, encore un peu de patience », lui dis-je pour la rassurer même si le trajet est encore long et que, pour être sincère, je m'en réjouis. Quand on revient quelque part après une si longue absence, il faut renouer avec chaque pierre, chaque brin d'herbe, chaque croûte de terre desséchée par le vent aride. Ta mère sort son ouvrage de son sac, l'abandonne aussitôt, elle me regarde comme si elle voulait me dire quelque chose puis se ravise et se tourne vers la fenêtre. Cosimino tripote le bouton de la radio à la recherche du bulletin d'information, sa femme l'interrompt : « Arrête, j'aime cette chanson », dit-elle, puis elle se met à chanter. « *Donatella est sortie et elle n'est plus à la maison, elle a explosé, elle a disparu, elle n'est plus à mes côtés…* »

Elle chante un peu faux, mais il lui sourit et attend que le morceau s'achève avant de changer de station. Leur fille sort de son sac à dos un petit baladeur et y branche un casque. « Lia, tu as toujours cet engin sur les oreilles ! » lui reproche Mena. La petite ne lui répond pas, elle écoute déjà une autre musique.

68

Je frappe légèrement à la fenêtre. Mademoiselle Panebianco vient et baisse le son de la radio. « *Je ne comprends pas pourquoi tout le monde continue de m'appeler Donatella…* »

« C'est aujourd'hui, lui dis-je.

– Tout est prêt, ma belle, je t'ai mis les chaises pliantes de côté. Rosario passera les prendre ?

– Oui, tout à l'heure, merci. » Je fixe les rideaux roses.

« Tu as besoin d'autre chose, Oli' ? J'ai préparé une bonne tarte aux fruits, si tu en veux…

– Non merci, donna Carmelina, je m'occupe du dessert.

– Tu es sûre ? » Je décèle une appréhension dans sa voix, comme hier dans ton silence au téléphone, p'pa. Même de loin, tu réussis à te faire du souci sans prononcer un mot. « J'y vais de ce pas », je réponds. Puis je la salue et gagne la partie ancienne du village, à l'opposé de là où j'habite maintenant.

Mon appartement est en bord de mer, je ne sais pas s'il te plaira, mais tu diras qu'il est bien, me laissant comme toujours la liberté de faire à ma façon et le soupçon que mon choix n'a pas été le bon. Il n'y a pas de terre autour, tu le remarqueras tout de suite, mais ça te changera, et puis un peu d'air marin te donnera de l'appétit. Je laisse le front de mer sur ma gauche et grimpe vers le centre. La montée ne m'a jamais paru aussi longue et j'ai mal aux pieds. *Rosa, rosa, rosam*, me répétais-je, jeune, pour oublier mon effort sur le trajet de la mer à la maison, à l'époque où je croyais encore que les jolis mots permettaient de surmonter toutes les injustices, toutes les souffrances. Si j'avais encore cet âge-là, j'enlèverais mes chaussures pour sentir les pavés chatouiller mes plantes de pieds. Mais le temps passe, et ce n'est pas toujours une mauvaise chose : j'ai mis tant de distance entre moi et cette gamine pieds nus et décoiffée que je ne saurais pas quoi lui dire si je la croisais aujourd'hui, pas plus que je ne saurais quoi dire à ma fille si j'en avais une. Alors, au lieu de me réciter les déclinaisons, je chante mentalement cette chanson que j'ai en tête : « *Donatella c'était quelqu'un, ne la cherche pas tout en bas, si elle est passée par là elle a glissé, écrasée sur les rochers.* » Je me penche depuis le belvédère pour jeter un dernier regard à l'écume des vagues avant d'entrer dans le vieux village, accordant mes pas dans mes sandales turquoise au rythme de la musique dans ma tête. Je les ai achetées un printemps à Sorrente, avec Maddalena, il y a sept ans de ça.

Nous étions arrivées de Naples à bord du train qui fait le tour du Vésuve et nous nous étions perdues dans les ruelles qui embaumaient les citronniers et le jasmin. Maddalena s'est approchée de la boutique d'un cordonnier, aux murs il y avait des coupons de cuir de différentes formes et couleurs.

« Qu'est-ce que tu penses de celles-là ? m'avait-elle demandé en m'indiquant un modèle turquoise avec des lanières croisées sur le cou-de-pied.

– Trop tape-à-l'œil pour moi, mais elles plairaient à Liliana.

– Bonne idée, prenons-les et on les lui enverra à Rome. La dernière fois que je l'ai eue au téléphone, elle était très soucieuse au sujet du référendum sur le divorce…

– Je suis désolée pour elle, l'avais-je interrompue, mais chacun a ses problèmes. Et puis je ne suis pas sûre qu'elle ait besoin de ces sandales, elle a déjà tout ce qu'elle voulait, elle a même réussi à entrer au Parlement avec Nilde Iotti, comme elle le souhaitait depuis son enfance.

– Et alors ? » Maddalena avait arrêté de sourire. « Toi aussi tu as ce que tu veux, tu as un diplôme, un poste d'institutrice, tu es indépendante. Certes, tu n'as pas obtenu justice, mais la justice c'est autre chose, ça ne dépend ni de toi ni de moi. Tant qu'il n'y a pas de justice, on ne peut pas être véritablement libre. Liliana est en train de mener un combat pour toutes les femmes…

– Les femmes ! Enfin, pourquoi faut-il toujours qu'on parle d'elles au pluriel pour qu'elles soient prises en compte ? Les hommes, eux, ils valent quelque chose même pris isolément. Nous, par contre, on doit se mettre en rang, former une troupe, comme si on était une espèce à part. Je ne veux être le soldat d'aucune armée, Maddalena, je ne veux être sous aucun drapeau : associations, partis, groupes d'activistes, rien de tout ça ne m'intéresse. Je ne suis pas comme Liliana et toi, je ne veux pas faire de politique. Ce qui m'est arrivé, je le pleure toute seule. Ce que Paternò m'a fait alors que je n'avais que seize ans… »

C'était la première fois que je prononçais son nom. Aller chercher ces syllabes et les articuler avait été comme donner de la consistance à un fantôme, lui conférer une identité. Le vent était soudain tombé, et le soleil semblait taper tout entier sur un point précis de ma nuque. J'avais vacillé, comme si on m'avait enlevé ma colonne vertébrale, et j'avais dû m'appuyer au mur de la boutique, puis je m'étais laissée glisser par terre. Je m'étais assise en tailleur et j'étais restée immobile, absorbant la fraîcheur de la pierre. « Pourquoi c'est si difficile pour nous, Maddalena ? avais-je demandé, les yeux fermés pour empêcher mes larmes de sortir. Pourquoi est-ce qu'on a besoin de combats, de pétitions, de manifestations ? De brûler nos soutiens-gorge, de montrer nos culottes, d'implorer les gens de nous croire, de faire attention à la longueur de nos jupes, à la couleur de notre rouge à lèvres, à la largeur de nos sourires, à l'intensité de nos envies ? En quoi suis-je responsable d'être née femme ? »

Maddalena s'était assise à côté de moi et était restée silencieuse quelques minutes.

« Je suis allée au mariage de ma fille, tu sais », avait-elle fini par dire. J'avais rouvert les yeux.

« La semaine dernière. Elle m'a présenté son mari et tous leurs proches. Elle a dit : “Voici ma mère.” Et tu sais comment ils ont réagi ? » J'avais secoué la tête. « Ils ont écarquillé les yeux et ils ont demandé : “Une autre ?”

– Tu ne m'avais rien dit…

– Un matin, il y a pas mal d'années de ça, après ton procès, j'ai trouvé le courage de lui parler à la sortie de l'université.

– Comment elle a réagi ?

– Comment voulais-tu qu'elle réagisse ? Mal. Elle ne voulait pas entendre parler de moi et, pendant très longtemps, je n'ai pas eu de nouvelles. J'ai pensé que j'avais commis une énorme erreur, c'est pour ça que je n'en ai parlé à personne. »

Même Maddalena, qui n'a peur de rien, a dû composer avec la honte, avais-je pensé. Comme tous les gens qui ont subi un tort.

« Il y a quelques semaines, c'est elle qui m'a contactée, avait-elle continué. Dix ans avaient passé depuis la dernière fois que je l'avais vue, mais je l'ai reconnue tout de suite. Elle avait pris un album de photos : on la voyait bébé, puis enfant, puis adolescente. J'ai regardé avidement ces images pour pouvoir les assimiler, toute la vie que j'avais ratée était collée sur ces pages. Elle m'avait contactée parce qu'elle s'était aperçue que, sur certaines de ces photos, elle avait le même sourire que moi. Elle m'a dit que quand son enfant naîtrait, elle lui raconterait toute cette histoire.

– Tu vas devenir grand-mère, alors ?

– Troisième grand-mère, oui. »

Je m'étais relevée et lui avais tendu le bras pour l'aider à se relever à son tour. Dans la boutique, on entendait le cordonnier planter de minuscules clous. Maddalena avait passé la tête dans l'atelier puis elle s'était tournée vers moi : « On se fait faire la même paire de sandales ? » Une demi-heure après, nous marchions à l'ombre des citronniers. « Je retourne à Martorana, avais-je soudain déclaré. Dans l'école où j'ai appris à lire et à écrire. C'est là que je veux enseigner.

– Je sais, avait répondu Maddalena. Ça aussi, c'est faire de la politique », avait-elle commenté en souriant.

Me voilà donc en haut de la côte, à l'entrée de la grand-rue qui conduit à la place. Je suis sûre que ce matin Maddalena aussi a mis ses sandales turquoise pour fêter notre victoire.

Tu avais raison, papa : tout vient à point à qui sait attendre.

69

« Tout vient à point à qui sait attendre », dis-je à ta mère qui me demande de nouveau si on est encore loin, s'il y en a encore pour longtemps, puis qui baisse et remonte aussitôt la vitre. Je glisse deux doigts dans le col de ma chemise trempé de sueur et desserre le nœud de ma cravate. Elle fait la moue, comme chaque fois qu'elle attend de moi une réponse que je n'ai pas. Comment un homme, un père de famille, pourrait-il savoir ce qui est bon pour chacun juste parce qu'il porte la culotte, comme on disait autrefois ? Je suis seulement un paysan, ce que je sais faire, c'est planter une graine et aider une plante à pousser malgré la sécheresse, les pluies soudaines, les vents violents. Je lui mets un tuteur si elle est chétive et je tiens éloignés les parasites qui pourraient l'affaiblir. Mais ensuite, quand elle trouve sa voie, la plante pousse toute seule.

Tu as décidé de t'installer à Naples et d'y enseigner, qu'aurais-je dû faire ? Nous t'avons accompagnée au port, Liliana t'a retenue devant le bateau :

« Souviens-toi de la promesse que je t'ai faite », a-t-elle dit, et elle t'a serrée dans ses bras. Tu as monté les marches métalliques du navire puis tu as disparu. Évidemment que j'aurais voulu te garder dans mon jardin, qui aurait souhaité autre chose ? Mais si tu partais seule, cela signifiait que tu étais robuste. Les gens qui travaillent la terre savent ces choses-là.

Cosimino klaxonne et nous doublons une autre automobile, la cinq centième sûrement. Ta mère serre la poignée et récite le rosaire la bouche fermée. « Salvo », dit-elle entre deux prières. Quand elle m'appelle par mon prénom, c'est pour me faire un reproche ou parce qu'elle a peur. « Remonte la vitre, j'ai froid dans ma chair. »

Je tourne la manivelle, et un dernier souffle d'air brûlant me lèche la joue.

« N'aie crainte, on rentre à la maison, lui dis-je en prenant ses mains gelées entre les miennes.

– Martorana n'est plus la maison.

– Qu'est-ce que tu racontes, Amalia ? La maison, c'est là où sont nos enfants. »

La maison, c'est l'endroit où l'on espère revenir un jour, me dis-je, même si on y a été traité comme un étranger. La maison, c'est l'endroit d'où l'on veut s'enfuir, même si c'est là que l'on a appris à parler et à marcher. Quand, après moins d'un an de prison, ce type a retrouvé la liberté, les gens ôtaient leur chapeau sur son passage, comme s'il rentrait de villégiature.

Heureusement que tu étais déjà partie ! Il se pavanait, répétait à tout le monde ce que maître Criscione avait dit pendant le procès, je ne l'oublierai jamais : les filles veulent qu'on les convainque, il faut les forcer pour casser leur timidité naturelle, l'homme amoureux a ses droits. J'ai encore les mots de son avocat gravés dans la cervelle : « Une jeune fille pas très jolie, pas riche, dont la seule perspective est un bon mariage. Avec les charmes de son âge, ses petits regards, ses petits sourires, elle a réussi à attirer l'attention d'un des célibataires les plus en vue du village. Certains artifices féminins s'apprennent en famille : sa sœur aînée a réussi à épouser le neveu du maire en se faisant mettre enceinte et leur mère s'était enfuie dans sa jeunesse, pour se marier une fois le fait accompli. Dans cette famille, la fugue d'amour est une tradition. »

Voilà ce qu'il a dit, mot pour mot. Tu parles d'un avocat, il était pire qu'une commère de village !

Ta mère me tire par la manche, je me tourne vers la vitre et reconnais les formes et les couleurs des maisons. Même si la route est dégagée, Cosimino ralentit, comme si les embouteillages se trouvaient maintenant dans sa tête. « Nous voilà de retour », dit-il. Personne ne lui répond.

Quand maître Criscione a eu fini de parler, tu as adopté cette expression froide qui ne t'a plus jamais quittée, c'est là que tu as compris que justice ne serait pas rendue, parce que tu étais du mauvais côté d'une loi qui disait noir sur blanc qu'un homme qui prend une femme de force reste libre s'il lui offre le mariage en échange. Et moi je t'avais accompagnée dans cette impasse.

70

C'est toi qui m'as emmenée dans cette rue, p'pa, un dimanche matin où le soleil cognait fort. Quand nous nous sommes retrouvés devant la vitrine des gâteaux, tu m'as demandé ce que je voulais, je ne le savais pas, j'essayais de deviner ce que toi tu voulais. Ce matin, je reprends le même trajet, un pas après l'autre, mais je marche seule : sans même ton silence, qui est plus facile à décevoir que mille recommandations. Enfant, je scrutais les filles qui se dirigeaient vers l'autel au bras de leur père prêt à les livrer à un homme. Moi, je désirais seulement que tu me gardes à tes côtés pour toujours.

« Bonjour, Oliva, me dit le vieil homme à côté de son stand.

– Bonjour, Biagio », je réponds en souriant.

Nous nous saluons chaque fois que je passe devant ses fleurs, mais il baisse toujours les yeux, peut-être à cause de cette rose pleine d'épines qu'il m'a offerte un après-midi il y a bien longtemps. Je m'arrête pour étudier le présentoir, Biagio s'approche. « Je peux t'être utile ?

– Aujourd'hui, j'ai quelque chose à fêter… Je voudrais une belle composition pour la mettre sur ma table. »

Biagio regarde les fleurs qui l'entourent. « Qu'est-ce que tu veux, Oli' ? Des glaïeuls, des dahlias, des bégonias… des roses ?

– J'aime les fleurs des champs. Avez-vous des marguerites ? » Il hoche la tête et me prépare un gros bouquet. Je reprends mon chemin, à chaque pas le papier crépon jaune frotte contre le tissu de mon pantalon. Quand je suis revenue ici, il y a sept ans, je me sentais étrangère et je ne parlais à personne : Fortunata était restée en ville ; quant à maman, Cosimino et toi, vous aviez déménagé à Rapisarda après la libération de ce type. Il ne me restait plus rien ici, à part le souvenir de cette gamine ébouriffée et chaussée de sabots qui dessinait en cachette les visages des vedettes de cinéma. J'ai loué cette maison en bord de mer, dans la partie nouvelle du village, pour ne croiser personne, et j'y suis restée enfermée jusqu'à la rentrée. Je me demandais pourquoi j'étais revenue, sinon pour jouer à cache-cache avec de mauvais souvenirs. Puis, peu à peu, j'ai commencé à sortir, on me reconnaissait, on me regardait de travers, on s'étonnait. On me saluait timidement quand on apprenait que j'étais la nouvelle institutrice. Bonjour, mademoiselle

Denaro, bégayait-on, craignant de me vexer en m'appelant « mademoiselle » parce que je ne m'étais pas mariée. Bonjour, répondais-je sans relever. Je n'avais pas honte de porter ton nom de famille.

Un dimanche, la mère Scibetta m'a fait parvenir une invitation à déjeuner. « Tu aurais dû me dire que tu étais de retour, Oliva chérie, tu fais partie de la famille maintenant, si tu ne viens pas les gens vont parler ! » Le salon n'avait pas changé. Elle ne m'a pas fait asseoir sur le banc mais dans un fauteuil, et m'a proposé ces galettes rances qui avaient la saveur de l'enfance. C'est Miluzza qui les a apportées, sur un plateau datant de l'époque où j'essayais encore d'imaginer mon avenir alors qu'elle savait déjà que le sien se déroulerait entre ces murs, aux côtés de cette femme dont elle avait payé l'hospitalité au prix de sa liberté.

« Nora, Nora ! » a crié la mère Scibetta. Sa fille grassouillette est apparue dans l'encadrement de la porte et m'a souri sans joie : en fin de compte, des deux sœurs, c'était elle qui était restée à la maison, alors que la photographie de Mena devant l'église trônait sur le buffet. Je me suis approchée pour la regarder : vous figuriez tous sur cette photo, autour des jeunes mariés. Maddalena m'avait prêté un beau chemisier pour assister à la cérémonie, mais au dernier moment j'avais renoncé à m'y rendre. Ce mariage aussi était ma faute : il n'y avait plus de travail pour toi ni pour Cosimino, Antonino Calò avait essayé de vous trouver des emplois par ses relations au Parti, pour cela il aurait fallu que vous déménagiez sur le continent, mais ton cœur était fragile et mon frère souffrait de nostalgie. La mère Scibetta avait alors estimé que le moment était venu et avait proposé une de ses filles à Cosimino, celle qu'il voulait, ainsi que des terres appartenant à sa famille, situées à l'autre bout de la région. Il avait pesé le pour et le contre pendant deux jours et deux nuits, puis il était revenu la voir. « J'épouserai Mena », avait-il déclaré. Ainsi, Mena s'était mariée avec le trousseau que j'avais brodé de mes mains bien longtemps auparavant, Cosimino avait enfilé le costume retourné de son nouveau beau-père, et don Ignazio les avait unis jusqu'à ce que la mort les sépare. Il ignorait que peu après, avec la loi sur le divorce, il suffirait d'un avocat et d'un juge pour séparer ce que Dieu avait uni. Quelques années après, Lia était née.

Cosimino avait véritablement sauvé notre honneur. Avec deux alliances en or, plutôt qu'avec une *lupara*. Il s'était sacrifié pour notre famille et tu l'avais laissé faire, comme pour Fortunata. Tu n'avais exigé la liberté que pour moi, tu avais fait le tour du village bras dessus bras dessous avec moi pour défier les lois non écrites de l'honneur et du déshonneur. Quel amour particulier m'as-tu porté, quelles attentes particulières as-tu nourries, à quelles épreuves as-tu voulu me soumettre ?

C'est peut-être lié aux limaçons, à notre capacité à nous parler en silence, à ma main que tu serrais en cachette, tout doucement, au jaune qui dégoulinait de nos pinceaux le jour où, d'un commun accord, nous avions peint le poulailler.

71

Je n'avais pas imaginé un instant que la peinture pouvait être dangereuse pour les bêtes. Parfois, les choses semblent bonnes, mais du poison se cache à l'intérieur. Comme la fois où je t'ai conduite à la pâtisserie.

L'automobile roule au pas, maintenant. Depuis que nous sommes entrés dans le village, Cosimino a perdu son assurance, son regard est celui du gamin maigre et fragile qu'il était autrefois. La place n'a pas changé, ici vingt années n'ont pas eu plus d'effet qu'un seul jour. L'église, la caserne des carabiniers, les deux cafés avec leurs terrasses respectives, la vitrine de la pâtisserie.

Nous nous sommes arrêtés précisément à cet endroit, ce souvenir est gravé dans ma mémoire, j'avais voulu t'emmener le voir pour clarifier la situation. Comment un homme comme lui aurait-il pu te rendre heureuse ? C'est ce que je pensais, sauf que la vérité, c'est que j'étais peut-être incapable d'imaginer un homme à tes côtés, quel qu'il soit. Je voulais te laisser choisir en toute liberté, mais au lieu de cela je me suis substitué à toi, est-ce qu'au fond je ne t'ai pas prise par le bras non pour te soutenir mais pour t'emmener où je voulais, et t'entendre dire les mots que je voulais entendre ? J'ai été pire que les pères avec la *lupara*, pire que ceux qui exigent qu'on leur baise la main. J'ai refusé de te livrer à un homme tyrannique, comme je l'avais déjà fait pour Fortunata, pourtant je t'ai quand même perdue, différemment. Perdre leurs enfants : tel est peut-être le destin des parents. Tout ce qu'un père a de sensé à faire, c'est se mettre de côté et laisser filer.

Après le procès, tu es partie t'installer à Naples et il ne me restait plus rien au village. Ni terre, ni bêtes, ni filles. Fortunata avait déjà emménagé en ville pour fuir les langues-coupantes et elle avait presque immédiatement trouvé un travail à l'usine grâce à l'aide de l'amie de Maddalena. Elle mettait des tomates en conserve. Quand ta mère et moi l'avons appris, nous n'en croyions pas nos oreilles. Aussi incroyable que cela puisse paraître, cette fille si délicate enfilait tous les matins sa tenue de travail et allait pointer !

Lorsque Cosimino est parti à Rapisarda, sur les terres de sa femme, nous l'avons suivi, qu'aurions-nous fait tout seuls ? Au fil des ans, il a démontré son savoir-faire, les terres de la mère Scibetta étaient à l'abandon et il a réussi à leur rendre leur fertilité. Qui aurait imaginé qu'il exporterait des oranges jusque sur le continent ?

Tu sais ce qui s'est passé, Oli' ? Ceux qui n'en ont fait qu'à leur tête ont eu raison. Le nouveau mari de Fortunata est syndicaliste dans l'usine où elle travaille et, à la différence de son premier mari, il se sert de ses mains uniquement pour travailler. Mena et Cosimino nous invitent à déjeuner un dimanche sur deux, et j'ai l'impression que c'est un bon mariage : deux personnes qui se soutiennent sans violence, ni dans les gestes ni dans les mots.

Tu sais ce que c'est, les enfants ? C'est comme ces graines apportées par le vent qui viennent germer sur ta terre, il faut les laisser pousser pour savoir quel fruit elles donneront, on ne peut pas le deviner à l'avance. Je croyais avoir trois plantes chétives, et j'ai découvert dans mon champ trois arbres robustes et fructueux. La vie peut toujours renaître, même sur une terre brûlée par le sel.

72

La vie peut toujours renaître, même sur une terre brûlée par le sel : c'est toi qui me l'as appris, p'pa, à travers tes gestes. Creuser, semer, tailler, arroser. Je glisse délicatement le bouquet de marguerites dans mon cabas pour ne pas abîmer les pétales, et me dirige d'un pas vif vers ma dernière étape.

J'ai fait installer dans ma salle de classe une étagère remplie de livres et quelques pots de fleurs. À la fin de la journée, certains enfants lisent à tour de rôle à haute voix pendant que d'autres s'occupent des plantes. Mon institutrice, Rosaria, aurait apprécié ce rituel : si j'ai voulu revenir dans cette école, c'est peut-être aussi pour l'y ramener.

Au fil du temps, j'ai vu défiler les enfants de mes anciennes camarades de classe : les deux filles de Crocifissa, arrivées avec un an d'écart, deux petites brunes aux yeux charbonneux, comme leur mère ; le fils aîné de Rosalina, le deuxième est encore à la maternelle et elle en attend un troisième ; la fille de Tindara, blonde aux yeux verts, je l'ai immédiatement reconnue parce qu'elle est le portrait craché de l'homme que sa mère m'avait montré en photo, un matin il y a bien longtemps, sur le parvis de l'église.

« Tu avais raison, me dit Tindara devant l'école quand elle vient chercher sa fille. Je l'ai épousé pour sa belle allure, mais chaque fois qu'il ouvre la bouche j'ai des poussées d'urticaire. Il dit blanc je dis noir, il dit matin je dis soir. Et puis – elle jette un regard furtif alentour et baisse la voix –, tu sais, il est séduisant mais il n'a rien dedans. Les gens me demandent quand est-ce qu'on va lui offrir une petite sœur ou un petit frère, dit-elle en se tournant vers sa fille, mais la statue du saint je ne l'ai vue qu'une fois. Si je m'étais faite bonne sœur ça n'aurait pas changé grand-chose : les hommes c'est comme les pastèques, il faut les goûter avant de les ramener à la maison, pas vrai, Oli' ? »

Quand Marina est arrivée en classe, je n'ai pas eu besoin de lire son nom sur la liste pour comprendre. Le premier jour, elle m'a raconté que ses parents et elle avaient quitté la ville parce que, après la mort de son grand-père, son père avait dû revenir au village pour s'occuper des affaires familiales. Elle m'a dit que ses camarades de la ville lui manquent mais qu'elle est contente parce que l'après-midi elle est à la pâtisserie avec son papa, qui lui fait goûter la ricotta sur la pointe du couteau. Elle est vive, robuste et elle a des yeux noirs profonds. C'est sa mère qui vient la chercher à la sortie de l'école : une femme de petite taille, très discrète. Quand nos regards se croisent, nous inclinons la tête pour nous saluer. J'aurais pu être cette femme.

En revanche, pas d'enfants de Musciacco à l'horizon. Après l'annulation de l'union religieuse, il s'est présenté l'année suivante devant don Ignazio, avec moins de cheveux mais plus d'embonpoint, et une femme plus jeune à ses côtés. Cependant, l'héritier tant attendu n'est toujours pas arrivé. Et peut-être que l'enfant dont il a privé Fortunata avec ses coups lui pèse plus que la condamnation dont il n'a jamais écopé.

73

Voilà le palais de la famille Musciacco, au fond de la rue principale. Il n'a pas changé mais il me paraît plus petit qu'autrefois. Que veux-tu, aujourd'hui, on construit des bâtiments cinq fois plus hauts en cinq fois moins de temps, la richesse d'antan a laissé place à la richesse moderne.

Je m'y suis rendu le lendemain de la fuite de Fortunata. Je n'aurais pas su dire ce que j'attendais de cette visite : comprendre, peut-être rétablir la paix, je pensais encore qu'avec une discussion raisonnable on pouvait réussir à s'entendre. Seules les montagnes ne se rencontrent pas, comme on dit, mais cette fois encore je me trompais.

J'ai monté l'escalier avec le cœur qui battait la chamade. Gerò m'a fait patienter pendant une demi-heure puis il m'a invité à entrer. Il fumait un cigare et buvait du vin, assis sur le canapé. Il ne m'a rien proposé, et je n'aurais rien accepté.

« Vous me devez des explications », lui ai-je dit,

debout devant lui, d'une voix tremblante de rage, mais j'étais plus en colère contre moi que contre lui, de ne pas avoir compris ce qui se passait entre les murs de cette maison. Il m'a répondu que je lui avais confié Fortunata et qu'il l'avait traitée comme un bijou. Il s'est permis de dire ça, tu te rends compte ? Et qu'elle s'était montrée ingrate. Pour suivre l'exemple de sa sœur elle avait fait cette folie de quitter la maison, il refusait de reprendre une femme qui avait passé plus d'une nuit hors de son foyer. « C'est une question d'honneur, a-t-il déclaré, et il a écrasé le mégot de son cigare dans le cendrier.

– Mais enfin, Fortunata est restée sous mon toit !

– Vous n'auriez pas dû la reprendre, vous auriez dû me la ramener le soir même. Je suis un gentilhomme, pas le pantin de votre fille. Maintenant, vous pouvez vous la garder, mais tout le village doit savoir que c'est moi qui ne veux plus d'elle, après son abandon du domicile conjugal. Et vous pouvez me remercier de ne pas porter plainte. Ce mariage est une escroquerie depuis le début, je le ferai annuler par la Rote romaine. »

La fumée de son cigare me piquait le nez. Rester dans cette maison ou parler à une mule, c'était pareil : une perte de temps et de mots. Il valait mieux que je garde ma fille chez moi, fût-elle déshonorée, plutôt que de la remettre aux mains de cet individu. J'ai descendu l'escalier avec une douleur à la poitrine qui me coupait la respiration, je me suis arrêté sur le pas de la porte pour souffler et éponger ma sueur. C'est alors que Paternò est arrivé en sifflotant : « Qu'est-ce que vous faites là ? m'a-t-il demandé, étonné. Je ne peux même plus rendre visite à un ami cher à mon cœur sans vous trouver posté sur le seuil. » Puis, sans me regarder, il a commencé à monter l'escalier.

J'avais des fourmis dans le bras gauche, j'avais des difficultés à parler. « Je ne suis pas venu pour vous voir ni pour aucun sujet qui vous concerne », ai-je articulé.

Il s'est arrêté et m'a dévisagé.

« Avez-vous fixé une date pour le mariage ? m'a-t-il demandé d'un ton arrogant, puis il a inspecté ses ongles d'un air distrait.

– Ma fille ne veut pas de vous, il va falloir que vous vous le mettiez en tête. Mais si vous…

– Alors nous n'avons rien d'autre à nous dire », m'a-t-il interrompu. Et il a continué de monter l'escalier.

« Attendez ! ai-je essayé de l'arrêter. Si vous lui présentez publiquement vos excuses et exprimez votre regret d'avoir forcé sa pudeur, nous retirerons notre plainte et il n'y aura pas de procès », ai-je murmuré, et mon cœur tambourinait sous ma chemise.

Que veux-tu, il a réagi comme si je lui avais raconté une blague. Il m'a observé depuis le palier, il s'est plié en deux comme s'il avait un fou rire et a sorti un mouchoir comme pour essuyer ses larmes d'hilarité.

« Qu'est-ce que vous racontez ? Êtes-vous sérieux ? Pourquoi est-ce que je devrais m'excuser ? Je suis dans le juste, je suis du côté de la loi : je voulais l'épouser, votre malheureuse de fille. Elle a eu sa chance. Je lui ai même offert un avant-goût de lune de miel pour lui faire comprendre ce qu'elle perdait à faire la difficile. Mais elle a préféré obéir à son père plutôt qu'à son cœur. Vous savez la vérité ? Vous voulez passer pour un parent moderne, mais vous êtes pire que les pires réactionnaires du village : vous commandez votre fille à la baguette, mieux vaut qu'elle devienne vieille fille plutôt qu'elle épouse un homme qui vous déplaît, n'est-ce pas ? Le malheur d'Oliva, c'est votre orgueil, pas ma passion. Vous l'avez fichue en l'air. »

Il a continué de monter l'escalier, quatre à quatre. L'écho de ses pas se confondait avec les palpitations de mon cœur emballé. Je l'ai entendu crier, deux étages plus haut, penché par-dessus la balustrade qui donnait sur la cour : « Des excuses ? Quelles excuses ? C'est vous qui devriez me demander pardon à genoux pour avoir osé prononcer mon nom dans une caserne de carabiniers. Je vous le dis, comment ça finira : vous vous y casserez les dents ! J'ai des relations, la sentence est déjà écrite : vous vous y casserez les dents ! »

Puis il s'est remis à siffloter, il a frappé à la porte et est entré chez Musciacco.

Je me suis assis sur la première marche et j'ai attendu que le bourdonnement dans mon oreille s'arrête. Allais-je mourir à ce moment précis, en laissant mes filles seules ? Parfois, la vie ne laisse pas d'autre choix que de survivre. J'ai remis mon chapeau pour masquer la sueur froide qui coulait sur mon front et je suis rentré à la maison à petits pas.

Amalia montre les rues du village à Lia, qui hoche la tête tout en continuant d'écouter les cris de ses chanteurs. Je touche instinctivement mon bras gauche, même s'il n'y a plus de raison depuis que Cosimino m'a payé l'opération des artères coronaires chez le meilleur spécialiste de toute la région. Il est des maux qui disparaissent avec le temps, et d'autres qui résistent au scalpel.

Oli', la vérité c'est que je savais comment ton procès se passerait. Mais tu étais déterminée à aller jusqu'au bout, que fallait-il que je fasse ? J'avais l'impression d'être un lion pris dans les rets, qui se resserrent quand il se débat. On n'arrête jamais de se tromper, dans la vie.

74

On n'arrête jamais de se tromper. Quand j'étais petitoune, il me semblait qu'une lumière intérieure m'indiquait la direction à suivre pour ne pas commettre d'erreur, comme dans les divisions à deux chiffres, y compris celles avec une virgule. Puis, au fil du temps, cette lumière s'est atténuée, et j'ai gardé de ma première chute la peur de tomber. J'ai immédiatement regretté d'être rentrée à Martorana, et après ma visite à la mère Scibetta j'ai arrêté de monter dans le vieux village, je restais toujours sur le front de mer, au milieu des maisons récentes. Un jour, j'ai pris mon courage à deux mains et j'ai reparcouru le chemin de terre que, sabots aux pieds, j'avais emprunté mille fois, sous la pluie, sous le soleil. Ça a été un gros effort pour rien : notre petite maison n'existait plus, ta terre avait été aplanie et dessus, on avait posé les fondations d'un immeuble moderne, en béton armé. Je suis repartie les mains vides : j'étais venue chercher quelque chose qui n'était plus. J'ai pensé que c'était une erreur de revenir, que j'aurais dû m'installer avec vous, sur les terres de la famille Scibetta. Tu ne me l'as jamais demandé, tu ne demandes jamais rien, mais je savais que tu le désirais : la maison est grande, personne n'est au courant de nos histoires, les gens nous regardent dans les yeux, me disais-tu au téléphone. En fin de compte, j'avais décidé de vous rejoindre.

Puis, un jour, j'ai entendu des pas devant ma porte, j'ai immédiatement reconnu leur tempo irrégulier associé aux journées de mon enfance. « C'est ouvert », ai-je dit depuis la cuisine, sans bouger.

« Je t'ai attendue, Oli' », a-t-il déclaré, une fois assis en face de moi à ma table.

Ses cheveux étaient plus longs et sa barbe roussâtre masquait la tache sur sa joue gauche.

« Moi ? Pourquoi ? ai-je répondu.

– Pour tout. »

Saro ne souriait pas, son visage avait l'expression obstinée de ceux qui, leur vie durant, ont dû se frotter à l'obstacle de leur corps avant de se frotter aux autres.

« Tu sais ce que je peux t'offrir : la menuiserie de mon père, les copeaux de bois qui se mêlent aux cheveux, un lopin de terre, et cette étendue infinie d'amour qui écrase ma poitrine depuis l'époque où on jouait avec les nuages. Et puis la recette secrète de ma mère, celle des pâtes aux anchois. »

Cela représentait ce que mon enfance avait eu de plus beau : Nardina et don Vito Musumeci, les étés passés à l'ombre du grand arbre devant la menuiserie, l'odeur du bois fraîchement coupé, cèdre, noyer, cerisier, différente pour chaque essence, la voix de Nardina qui nous appelle pour le déjeuner, les persiennes mi-closes aux heures les plus chaudes.

Est-ce que je pourrai avoir cela de nouveau ? me suis-je demandé. Serai-je encore capable de lever les yeux et de voir la forme du marfeuille dans le ciel ?

« Non, ai-je répondu. Non, Saro. C'est trop tard. »

Saro n'a rien dit, il m'a caressé la main et il est parti. Quelques jours après, j'ai préparé ma demande de mutation, je l'ai mise sous pli et l'ai glissée dans mon sac, mais les semaines passaient et je n'étais toujours pas allée à la poste. Au bout d'un mois, je me suis rendue à la menuiserie et j'ai demandé à Saro de venir chez moi pour prendre des mesures, je voulais un placard. Je l'ai regardé travailler sans me poser de questions pendant plusieurs jours. Le temps s'écoulait avec légèreté entre nous, les mots et les silences se mêlaient, et devant les gestes précis et essentiels de ses mains qui assemblaient les planches, je me suis imaginé que je pourrais aussi lui confier mes os, mes cartilages, ma peau. Il les manipulerait avec la même délicatesse.

Quand le travail a été fini, il m'a demandé de quelle couleur je voulais mon placard. J'ai haussé les épaules, comme quand, papa, tu m'avais emmenée à la pâtisserie pour acheter des gâteaux. Je n'étais pas habituée à identifier mes désirs.

Saro s'est gratté la joue, et j'ai eu de nouveau envie de savoir si sa tache avait un goût de fraise.

« Si c'était pour chez toi, tu le voudrais de quelle couleur ? lui ai-je demandé.

– Je préfère laisser les meubles au naturel, a-t-il répondu. Il suffit d'y passer une couche d'huile d'imprégnation pour mettre le bois en valeur. » Il s'est mis à chercher parmi ses pots alignés sur une étagère.

« Alors d'accord pour le naturel. » J'ai pris un pinceau, aussi contente que quand, petitoune, j'avais peint le poulailler avec toi.

75

Ta mère n'arrivait pas à concevoir qu'une fille puisse apprécier d'exécuter des tâches d'homme. Mais tout le monde est différent et seul Notre-Seigneur peut nous juger. Par exemple, Mena insistait pour que Lia fasse de la danse classique. En fin de compte, Lia s'est découvert une passion pour le tennis. Que peut-on y faire ?

Nous passons devant l'église où tu as été baptisée et où tu as fait ta première communion, et elle baisse les yeux comme si elle cherchait quelque chose dans son sac, mais ses mains fouillent dans le vide. Qu'est-ce que tu veux, ça fait si longtemps que je la connais, je déchiffre tous ses gestes.

« Je n'aime pas les célébrations », as-tu dit au téléphone, une fois la chose faite. C'est Mena, informée par sa mère, qui nous a raconté la cérémonie. À six heures du matin, il n'y avait avec vous dans l'église que Nora et Nardina, vos témoins. Après la bénédiction de don Ignazio, vous êtes rentrés chez vous,

Saro est allé à la menuiserie et tu t'es préparée pour l'école. Tu as donné les fleurs de ton bouquet à tes élèves et vous avez joué ensemble à il m'aime, un peu, beaucoup. Ta mère n'a pas réussi à se faire une raison : « Comment ça, en cachette, comme si elle volait le sacrement des mains de Notre-Seigneur ! Et sa robe, son trousseau ? »

Amalia soupire et regarde de nouveau par la vitre. Il ne reste rien de cette cérémonie, pas même une photo souvenir. Ta mère n'était pas là pour pleurer d'émotion au premier rang, ni ton frère et ta sœur pour être tes témoins, ni Liliana pour tenir ton voile, ni tes amies de l'école pour jeter du riz sur le parvis de l'église, il n'y avait pas d'orgue, de chanteurs, d'odeur d'encens, d'enfants de chœur qui se prenaient les pieds dans leur aubes trop longues.

Et je n'étais pas là non plus pour t'accompagner jusqu'à l'autel et te confier à ton époux. Tu t'es confiée toute seule. Vous vous êtes remis l'un à l'autre. Est-ce une bonne chose ? Qu'est-ce qu'un père doit dire ? Peut-être que pour te donner à un homme tu as eu besoin d'être loin de tous, moi compris.

76

Nous nous sommes présentés devant don Ignazio main dans la main, comme si nous étions déjà mari et femme et que nous n'allions le voir que pour l'en informer. Nora pleurait, peut-être parce qu'elle avait compté sur moi pour ne pas être la seule du village à rester vieille fille. Nardina s'était fait boucler les cheveux chez le coiffeur la veille au soir et mettre du vernis sur les ongles, même si à l'aube, dans l'église vide, personne ne la verrait. J'ai imaginé qu'après toute une vie passée à être jugée laide, elle avait appris à se faire belle juste pour elle. Le charme de Vito Musumeci, lui, avait perdu de son éclat et avait presque disparu avec le temps. Les années passées ensemble les avaient rapprochés : comme une gomme qui aurait estompé les traits les plus marqués au crayon, la vieillesse avait adouci les défauts de Nardina et atténué la beauté de Vito. Ils se tenaient par la main sur le banc en bois de l'église, enfin indifférents aux jugements des autres villageois.

Saro s'était rasé, j'avais mis un peu de poudre rosée sur mes joues afin de dissimuler ma fatigue.

La veille au soir, je n'avais pas réussi à dormir. Il faisait chaud et, un peu avant l'aube, je m'étais assise sur le balcon pour bénéficier de la fraîcheur qui montait de la mer. Un bruit se mêlait à celui des vagues qui se brisaient sur les rochers, celui d'un frottement vigoureux. Je m'étais penchée et j'avais vu la silhouette de mademoiselle Panebianco, qui balayait la rue devant l'immeuble.

« Donna Carmela, l'avais-je hélée. Qu'est-ce que vous faites, à cette heure ? »

Elle avait levé la tête, la lune faisait briller la tresse blanche qui couronnait sa tête.

« Excuse-moi, ma belle, je t'ai réveillée.

– Mais non, j'étais déjà debout, je n'arrivais pas à dormir. Et vous ?

– Je nettoie la rue pour le passage de la mariée. Sa robe doit rester immaculée. » Ensuite, elle était montée pour me coiffer.

Avant de traverser la nef, Saro m'a murmuré : « Si tu m'épouses parce que je te fais peine – il a indiqué sa jambe droite du menton –, dis-le-moi. Ça m'ira quand même, mais j'ai besoin de le savoir.

– Et toi ? » ai-je répondu. Il a glissé son bras sous le mien et nous nous sommes dirigés vers l'autel : le boiteux et la dévergondée.

Pendant notre nuit de noces, Saro m'a tenu la main,

couché à côté de moi dans mon lit. Je devais apprendre à connaître son corps, l'apprivoiser comme un animal sauvage. Je le regardais dormir, prendre sa douche, s'habiller, se raser le matin en faisant attention à cette fraise rouge sur sa joue que, dès l'enfance, j'aurais voulu goûter. Jour après jour, j'avais de plus en plus l'impression que le Saro enfant contenait déjà le Saro adulte et que le Saro adulte portait, parfaitement distinctes à contre-jour, les traces de l'enfant qu'il avait été. C'est moi qui l'ai cherché, une nuit, comme si soudain un passage que je croyais fermé s'était ouvert.

Il en va ainsi avec les peurs : ce sont des portes qui n'existent que jusqu'au moment où l'on a le courage de les franchir.

Maintenant aussi j'ai peur, p'pa. Je traverse la place et me retrouve, pour la première fois depuis bien des années, devant cette porte dont l'enseigne n'a pas changé : « Pâtisserie Paternò ». Je m'avance vers le comptoir, il n'y a personne mais j'entends du bruit dans l'arrière-boutique. Je jette un regard par-dessus mon épaule, il est encore temps de sortir, comme une poule qui se serait égarée. Des pas approchent et une silhouette se dessine derrière les gâteaux aux amandes.

Il m'adresse un regard indécis, comme s'il avait du mal à en croire ses yeux. La dernière fois qu'il m'a vue, il y a presque vingt ans de cela, il affichait l'orgueil des vainqueurs : il était le plus fort, le plus puissant, il pouvait compter sur une loi qui lui donnait raison même s'il avait tort.

Il me scrute furtivement puis baisse la tête. J'attends ce moment depuis qu'il est revenu à Martorana, après la mort de son père. Mais il a fallu du temps, des femmes plus combatives que moi et bien d'autres « non » criés plus fort que le mien. Il a fallu des années, des jours, des minutes, des secondes d'attente.

77

Il a fallu ton coup de téléphone, ton invitation à déjeuner, ton obstination, pour que nous refassions ce trajet jusqu'au village, rue par rue, bâtiment par bâtiment, montée par montée. La place est toujours la même malgré ses boutiques récentes, la grand-rue a été repavée, voici le croisement avec le chemin de terre qui conduisait chez nous. Voici la bretelle pour la route du littoral et les immeubles neufs, du côté de la mer, qui m'a toujours fait peur parce qu'elle n'a pas de racines.

Cosimino se gare et nous descendons, un peu ankylosés. Amalia lisse sa robe et regarde autour d'elle. Voilà ton appartement, tu mènes ici une vie dont nous ne savons rien, dans un immeuble moderne, construit il y a une dizaine d'années dans la partie nouvelle de Martorana. Au lieu du parfum de la terre, on sent la puanteur de l'eau salée, et c'est pourtant précisément là que tu as décidé de refleurir. « Quatrième étage, répond la voix dans l'interphone, il y a un ascenseur. »

« Moi je monte à pied », je déclare, et je me dirige vers l'escalier, suivi par Lia qui chantonne dans une langue inconnue.

Saro nous accueille, un peu gêné, j'ai l'impression qu'il est redevenu le petitou d'autrefois. Il nous fait faire le tour de l'appartement et découvrir votre vie cachée : couverts assortis, peignoirs suspendus côte à côte, oreillers voisins. « Vous êtes bien installés », déclare Cosimino, et Mena hoche la tête, approbatrice. Je sais bien ce qu'il se dit, qu'est-ce que tu crois ? Il se dit que, si vous vous installiez chez nous, vous auriez bien plus que deux pièces et une cuisine minuscule. Et Saro pourrait laisser la menuiserie pour travailler avec lui. Mais vous, c'est ici que vous voulez vivre, plie donc, roseau, l'inondation passera, et l'heure viendra de relever la tête.

78

Qu'est-ce que tu disais, p'pa ? Plie donc, roseau, l'inondation passera. Et l'heure est venue.

« Bonjour », lui dis-je sans baisser les yeux.

Il semble troublé, il s'empare de la pince à gâteaux d'un geste hésitant. Il a vieilli, ses cheveux autrefois noirs sont veinés de gris sur les tempes et son crâne s'est un peu dégarni. Je prends la liberté de l'observer calmement : sa bouche au pli amer, sa peau légèrement gonflée sous les yeux, son front marqué par trois rides horizontales qui se sont creusées quand il m'a reconnue. Pas d'odeur de jasmin : il a perdu l'habitude d'en glisser un brin derrière son oreille, comme un arbre qui se serait desséché. Néanmoins, les branches ont résisté : des bras puissants pointent de ses manches retroussées, bien que son ventre proéminent tende sa blouse de travail. Quand il relève les yeux, je les reconnais, mais son regard s'est adouci. J'ausculte mon cœur, à peine une palpitation due à l'émotion. Je prends une de mes mains dans l'autre et la serre deux fois, pour me tenir compagnie.

Il est encore beau, Paternò, ce n'est plus la beauté de ses vingt ans, quand l'air se fendait et que toutes les têtes, même celles des saintes, se tournaient sur son passage, mais la beauté de quelqu'un qui a connu la tristesse d'avoir gagné sans mérite et de n'en avoir rien tiré.

« Je voudrais un gâteau pour une fête : qu'est-ce que tu me suggères ? »

Paternò pose la pince, soupire et passe une main dans ses cheveux. Puis il m'indique la vitrine avec les gâteaux, dans le coin gauche de la boutique. Je me dirige vers elle, mes sandales font un léger bruit sur le marbre. C'est en raison d'un talon cassé qu'aujourd'hui nous nous retrouvons de part et d'autre de ce comptoir. Je m'arrête devant les glaçages multicolores, et j'en ai l'eau à la bouche comme quand j'étais petitoune.

« Une *cassata* pour toute ma famille », dis-je en indiquant la plus grande.

Il s'approche sans commenter, je ne recule pas. Il regarde la vitrine, puis moi, il sort la *cassata* à deux mains. Soudain, je reconnais l'odeur de sa peau. Il se détourne et regagne son poste. La force qui me faisait tenir debout jusque-là s'évanouit, comme après une longue course. Mes genoux tremblent sous l'effort, je vois ses gestes comme au ralenti : il prend une boîte en carton, la met sur le comptoir, y dépose le gâteau, la referme méticuleusement, l'emballe dans le papier où son nom de famille est imprimé, déroule le ruban doré, le coupe, le noue et le fait friser avec la lame de ses ciseaux. Des gestes neutres, qui n'ont rien de scabreux, des mains dépourvues de cruauté, celles-là mêmes qui, le soir, bordent le lit de sa fille. Où sont passés la fureur, le mépris et l'arrogance ? Le mal qu'il m'a fait l'a donc traversé sans laisser de traces ? Tous les mots que j'aurais voulu dire meurent dans ma bouche, l'homme contre lequel je me suis battue pendant si longtemps n'a existé que dans mes cauchemars, et celui que j'ai en face de moi ne mérite même pas d'être mon adversaire.

Je le vois enfin tel qu'il est, assis sur le tabouret à côté de la caisse : il me paraît fatigué, il a l'air d'avoir mal vieilli et, comme tout le monde, d'être déçu par le passage du temps. Il a perdu lui aussi, lui aussi est une victime : de l'ignorance, d'une mentalité arriérée, d'une virilité à démontrer à tous et à tout prix, de lois dépassées par le temps et par l'histoire, et pourtant toujours en vigueur, du moins jusqu'à hier. Maddalena avait raison, p'pa, aucune femme n'est fragile : seules les personnes exposées à l'injustice le sont.

Je vérifie le prix sur l'étiquette dans la vitrine, dépose l'argent à côté de la caisse et prends le paquet. Je suis presque dehors quand j'entends sa voix.

« Tu n'as pas voulu de la *cassata*, ce jour-là. C'était un mensonge ? »

Ses mots se plantent dans ma peau comme des épines d'oursin, et l'ombre d'un instant l'autre Paternò refait surface, celui dont un seul regard suffisait à me remplir de honte. Pourtant je sais qu'il ne peut plus me faire de mal, car je ne suis plus sa victime. Le ton de sa voix est moqueur, comme autrefois, mais c'est une vraie question qu'il me pose : il veut savoir, il veut que je lui dise s'il est coupable ou non. La réponse du tribunal ne lui a pas suffi, il me demande de le juger, maintenant, vingt ans après, dans la pâtisserie que son père lui a laissée en héritage.

Je reviens vers le comptoir, il s'est levé et me fixe, c'est lui le plus faible à présent. « Je n'ai de comptes à rendre à personne sur ce que je veux », je réponds, bien droite face à lui. Les règles de l'émancipation sont les plus compliquées : on ne les découvre que quand elle est déjà acquise.

« Pourquoi tu es venue ici, alors ? insiste-t-il, et sa voix se fait plus forte, quoique veinée d'inquiétude, comme s'il craignait une punition. Pour me dire que tu as eu raison de refuser tout ce que je t'offrais ? Qu'est-ce que tu y as gagné ? »

Ses cris ne me font pas peur : ce n'est pas mon bourreau, ce n'est qu'un homme, un homme qui n'a même pas vraiment compris sa faute. J'articule ma réponse d'une voix calme, comme si j'étais devant le bureau de madame Terlizzi, parce que je connais mon texte par cœur.

« Je suis venue acheter avec l'argent de mon salaire ce qu'un jour, il y a bien longtemps, tu as voulu me donner de force. Ce que j'y ai gagné ? La liberté de choisir. »

Il hausse les sourcils, l'air sincèrement étonné, comme s'il se retrouvait confronté à un cas de figure qu'il n'avait jamais envisagé : devoir accepter un refus.

On entend de petits pieds trotter depuis la porte. « Bonjour, maîtresse », dit une jeune voix derrière moi. Nous sursautons tous les deux. « Bonjour, Marina, je réponds avec un sourire. Passe un bon dimanche. » Je me penche, lui caresse les cheveux et sors. Je traverse la place avec mon paquet à la main, d'autres élèves accompagnées par leur mère me saluent, quelques personnes âgées s'arrêtent pour me regarder, étonnées de me voir sortir de la pâtisserie Paternò. Un souffle de vent fait trembler l'air figé par la canicule. J'accélère le pas, je traverse rapidement la grand-rue puis emprunte la direction de la mer et me mets à courir, parcourant la descente à coupe-souffle. Les règles de la course, c'est toujours les mêmes, elles ne changent jamais, et je ne m'arrête pas, bras, jambes, cœur, je respire la bouche grande ouverte, les joues en feu, les cheveux ébouriffés, la nuque moite, jusqu'à apercevoir au loin les immeubles récents et la voiture de Cosimino garée près de chez moi. Donna Carmelina passe la tête à sa fenêtre : « Ils sont déjà en haut », m'informe-t-elle en souriant. Je me hâte vers la porte, mais elle me hèle encore : « Oli', une seconde : tout à l'heure le facteur t'a apporté ça », et elle me tend une enveloppe. Je la glisse dans mon sac et me précipite vers l'escalier, je le monte quatre à quatre, j'appuie sur la sonnette, la porte s'ouvre et tu es là.

79

J'ouvre la porte et tu es là, tu portes un paquet où est inscrit le nom de la pâtisserie. Pourquoi as-tu voulu qu'il soit là avec nous aujourd'hui ? Parce que rien ne s'efface, les événements douloureux pas plus que les autres, c'est ça ? Saro vient à ta rencontre, il te débarrasse de ton paquet et t'interroge du regard, tu baisses les yeux et inclines la tête. Il sourit, dépose un baiser sur tes cheveux et se dirige vers la cuisine. Tu sors de ton cabas un bouquet de marguerites un peu fatiguées. Je les mets dans un vase du salon, à côté de celles que je t'ai apportées de mon jardin.

Ta mère te serre contre elle et tu te laisses faire, quand elle te libère tu salues Mena et Cosimino. « Où est Lia ? demandes-tu. Elle n'est pas venue avec vous ? » Mena indique le balcon, et tu découvres ta nièce accoudée à la balustrade, qui regarde la mer. « Petits enfants, petits problèmes, grands enfants, grands problèmes, se plaint Mena. Je te jure, Oli', elle a grandi du jour au lendemain, je ne la reconnais plus. Il y a encore un an, c'était une petite obéissante, tu te souviens ? Maintenant elle ne me répond même plus quand je lui parle. Pour son anniversaire, elle a demandé ce machin-là pour écouter de la musique, ça coûte un bras mais son père lui a dit oui, comme d'habitude. Elle passe ses journées dans sa chambre avec ça sur les oreilles. Nous, la musique, on l'écoutait ensemble, on dansait, on discutait, c'était le bon vieux temps. Tu te rappelles comment on était à quinze ans, nous, Oli' ? »

Tu soupires et rejoins ta nièce : tu te rappelles bien comment tu étais, à quinze ans. Lia se retourne mais, à la différence de quand elle était petitoune, elle ne t'embrasse pas. Tu poses une main sur son épaule et vous restez dans cette position jusqu'à ce que ta mère vienne t'appeler parce que les autres invités sont arrivés.

Fortunata s'est faite belle et sourit de toutes ses dents : le prénom que nous lui avons choisi lui correspond enfin. Son mari et elle tiennent chacun un enfant par la main, le troisième est dans son landau. Ils ont apporté deux cabas de produits de l'usine : confitures, huile, purée de tomates. « C'est dans mon atelier qu'on les met en bouteille », précise ta sœur, toute fière.

C'est le moment des bavardages, mais cela m'intéresse peu. Toutes les phrases que j'aurais voulu te dire ne sont jamais sorties de ma bouche, j'espère que tu les as entendues quand même. À mon tour, je rejoins Lia sur le balcon et regarde la mer, perpétuellement en mouvement. Ma petite-fille et moi n'avons pas besoin de mots : elle a sa musique, j'ai mon silence. Il se pourrait bien que, de toute la famille, cette gamine soit celle qui me ressemble le plus. Quand Saro annonce que le repas est prêt, nous jetons un dernier regard à ce mélange de vagues bleues et d'écume blanche et rentrons. Tu nous indiques les places : Lia entre ses parents, toi à côté de ton mari, moi à l'autre bout. Tu nous regardes un à un, assis autour de ta table : tu souris.

80

Je vous regarde un à un, assis autour de ma table : aujourd'hui nous fêtons mon diplôme, mes fiançailles, mon premier salaire, mon mariage. Ce n'est pas un dédommagement, c'est une présence après bien des absences. C'est comme prendre la parole après avoir traversé le silence, reprendre mon souffle après avoir beaucoup couru sans jamais me retourner. Il y a bien du monde autour de cette table, car les absents sont là aussi : Maddalena, Liliana, Calò, mais aussi maître Sabella, les filles qui ont brûlé leurs soutiens-gorge dans les rues, les femmes qui siègent maintenant au Parlement et celles qui sont chez elles en train de préparer le repas, celles qui reçoivent des gifles et se sentent coupables, celles qui ne se marient que par intérêt, celles que l'on traite de dévergondées quand elles marchent dans la rue, celles qui ont fait des études et celles qui n'ont rien appris, et puis il y a donna Carmelina qui la nuit lavait la rue pour que ma robe soit immaculée quand je m'avancerais vers l'autel.

Les enfants de Fortunata courent partout. Leur père, Armando, menace de les punir, moi je les laisse faire. Je ne sais pas si d'autres enfants viendront remplir ces pièces. Cosimino et Saro ont l'air de deux petitous, comme quand ils jouaient ensemble, Armando essaie de discuter avec toi, papa, de défier ton silence. Il te parle de l'usine, des roulements, du salaire. Tu hoches la tête et attends patiemment qu'il se taise. Maman et Fortunata échangent quelques ragots avec Mena.

Lia s'est de nouveau réfugiée sur le balcon, dans le coin où je m'assieds moi-même souvent. Elle a enfilé son index dans une des bobines de la cassette audio et la fait tourner sur elle-même. « C'est pour économiser les piles », m'explique-t-elle sans que je le lui aie demandé. Je m'assieds à son côté et essaie d'engager la conversation : « Quand tu étais petitoune… » Elle ne me laisse pas continuer. « Ne me parle pas comme ma mère, elle continue de me traiter comme une gamine et elle me donne des règles pour tout. Toi, dans la vie, tu as fait comme bon te semblait, sans te soucier de ce que les gens en penseraient, tu étais différente des autres. Moi aussi, des fois j'ai envie de m'enfuir : de la maison, du village, de la Sicile, comme toi tu as fait. »

Une brise légère monte de la mer et, soudain, j'ai le sang transi : « Tu te trompes, Lia. Je voulais être comme mes camarades, j'aurais donné n'importe quoi pour me fondre dans la masse. »

Elle arrête de rembobiner la cassette, repousse sa frange pour me regarder avec étonnement. Elle ne ressemble pas à ses parents, ni à aucun d'entre nous, sa beauté n'appartient qu'à elle. « Pourtant, tu as toujours été un exemple pour moi, m'avoue-t-elle, déçue. Tu t'es rebellée ! »

Je lui prends la cassette des mains et finis de rembobiner à sa place. « Tu sais combien de fois j'aurais voulu faire ça avec ma vie ? Rembobiner et tout recommencer depuis le début ? »

Lia tripote un bouton sur son front. « Tu veux dire que tu as regretté ?

– Il y a des "non" qui ne coûtent rien et d'autres qui ont un prix très élevé. Le mien, je l'ai payé jusqu'au dernier centime, et ma famille avec moi. Pendant très longtemps, je me suis sentie seule, jugée, à côté de la plaque. Aujourd'hui, je sais que j'ai eu raison et que j'ai bien fait. Mais ça, c'est mon histoire, chacun a la sienne, c'est un peu comme pour les chansons. » Je lui rends sa cassette en souriant. « Qu'est-ce que tu écoutes, comme musique ? »

Elle mordille l'ongle de son index en silence, comme si elle était absorbée par une pensée, puis elle esquisse un sourire, laissant entrevoir son appareil dentaire.

« Un ami m'a enregistré cette chanson. » Elle met

la cassette dans son Walkman, appuie sur un bouton rouge et me tend les écouteurs.

« Il est comment, ton ami ? Il te plaît ? » je lui demande alors qu'une chanson anglaise à la mélodie romantique démarre. Elle hausse les épaules : « Je ne sais pas encore s'il me plaît, il faut du temps pour savoir ça.

– Tu as rougi, c'est ton petit copain ! je la taquine.

– Qu'est-ce que tu racontes, tatie ? Je n'ai que quinze ans ! »

Il est tard quand la porte se referme et que les voix et les rires disparaissent dans l'escalier. « Viens te coucher, m'invite Saro. On débarrassera demain. »

Tout est sens dessus dessous, mais j'apprécie que notre ordre habituel ait été chamboulé, le temps d'une soirée. « J'arrive », je lui réponds, et j'entends ses pas se diriger vers notre chambre.

J'empile les assiettes et les emporte à la cuisine, ainsi que les verres et les couverts. Je rassemble les pans de la nappe. Ne laisse pas les miettes sur la table, ça va faire venir les morts, disait toujours maman. Mieux vaut les morts que les vivants, répondais-tu, p'pa.

Une fois que j'ai fini de tout remettre en place, je sors sur le balcon et m'assieds là où Lia était tout à l'heure, j'ouvre le journal que j'ai acheté ce matin au kiosque et lis : « Abrogation des articles 544 et 587 du code pénal. L'Italie dit adieu au mariage réparateur et au crime d'honneur. » Dans l'entrefilet mon œil s'arrête sur les mots barbarie, code pénal, modernisation, meurtre, méridional, mariage. Puis, parmi les noms des défenseurs de la proposition de loi, je lis : députée Liliana Calò, communiste.

Je me penche par-dessus la balustrade et, en voyant les lumières éteintes chez donna Carmelina, je me souviens de l'enveloppe qu'elle m'a donnée. Je rentre, laissant les volets entrouverts pour que l'air de la mer rafraîchisse l'appartement. Saro dort déjà, j'éteins la lumière et retourne dans la salle à manger.

Sur l'enveloppe, il n'y a que mon nom et mon adresse, rédigés d'une écriture familière. Je prends le coupe-papier sur le secrétaire et l'ouvre, elle contient une photographie en noir et blanc aux bords clairs. Dans la pénombre, je mets quelques secondes à l'identifier, puis la voilà en face de moi : une jeune fille brune aux yeux aussi noirs que des olives et aux cheveux ébouriffés, aux genoux égratignés et à l'expression renfrognée. Au dos, quelques mots : « J'ai tenu la promesse que je lui avais faite. Liliana. »

Je regarde de nouveau la photo et c'est comme si je me voyais dans le miroir. Je suis toujours cette gamine qui court à coupe-souffle sans regarder derrière elle, qui connaît la forme secrète des nuages et cherche des réponses dans les pétales de marguerite.

LE CHOIX

Il m'aime.
Un peu.
Beaucoup.
Passionnément.
À la folie.

Note

Les paroles des p. 99-100 sont tirées de la chanson « Nessuno ». Texte d'Antonietta De Simone, musique d'Edilio Capotosti et Vittorio Mascheroni. © 1959 by Sugar Music S.p.A. Tous droits réservés pour tous pays. Reproduites avec l'aimable autorisation de Hal Leonard Europe S.R.L. obo Sugar Music S.p.A.

Les paroles des p. 195-200 sont tirées de la chanson « Non arrossire ». Texte de Maria Monti et Giulio Rapetti Mogol, musique de Giorgio Gaberscik et Davide Pennati. © 1960 by Universal Music Publishing Ricordi S.R.L. Tous droits réservés pour tous pays. Reproduites avec l'aimable autorisation de Hal Leonard Europe S.R.L. obo Universal Music Publishing Ricordi S.R.L.

Les mots de la p. 223 sont inspirés du poème « Lettera a una madre » d'Alba de Céspedes, in *Le ragazze di maggio*, Milan, Mondadori, 1970. © 2015, Mondadori Libri S.p.A., Milano.

La citation de la p. 224 est tirée de Lucy Maud Montgomery, *Anne et la maison aux pignons verts*, trad. Henri-

Dominique Paratte, Montréal, Éditions Québec Amérique, 2001.

La chanson citée p. 276 est « Renato » d'Alberto Testa et Alberto Cortez.

DE LA MÊME AUTRICE

Aux éditions Albin Michel

LE TRAIN DES ENFANTS, 2020

« LES GRANDES TRADUCTIONS »

(extrait du catalogue)

ELIAS CANETTI
Histoire d'une jeunesse, la langue sauvée, 1905-1921
Les Années anglaises
Le Livre contre la mort
traduits de l'allemand par Bernard Kreiss
Le Flambeau dans l'oreille, histoire d'une vie, 1921-1931
traduit de l'allemand par Michel-François Démet
Jeux de regard, histoire d'une vie, 1931-1937
traduit de l'allemand par Walter Weideli

VEZA ET ELIAS CANETTI
Lettres à Georges
traduit de l'allemand par Claire de Oliveira

ELIAS CANETTI ET MARIE-LOUISE MOTESIZKI
Amants sans adresse, correspondance 1942-1992
traduit de l'allemand par Nicole Taubes

DANIEL DEFOE
Robinson Crusoé
traduit de l'anglais par Françoise du Sorbier

DAVIDE ENIA
Sur cette terre comme au ciel
La Loi de la mer
traduits de l'italien par Françoise Brun

JOÃO GUIMARÃES ROSA
Diadorim
traduit du portugais (Brésil) par Maryvonne Lapouge-Pettorelli
Sagarana
Mon oncle le jaguar
traduits du portugais (Brésil) par Jacques Thiériot

DANA GRIGORCEA
La Dame au petit chien arabe
traduit par l'allemand par Dominique Autrand

MONIKA HELFER
Héritage
traduit de l'allemand par Dominique Autrand

GEORG HERMANN
Henriette Jacoby
traduit de l'allemand par Serge Niémetz

YASUNARI KAWABATA
Récits de la paume de la main
traduit du japonais par Anne Bayard-Sakai et Cécile Sakai
La Beauté, tôt vouée à se défaire
traduit du japonais par Liana Rossi
Les Pissenlits
traduit du japonais par Hélène Morita
Première neige sur le mont Fuji
traduit du japonais par Cécile Sakai

YASUNARI KAWABATA ET YUKIO MISHIMA
Correspondance
traduit du japonais par Dominique Palmé

GUYLA KRÚDY
L'Affaire Eszter Solymosi
traduit du hongrois par Catherine Fay

OTTO DOV KULKA
Paysages de la métropole de la mort
traduit de l'anglais par Pierre-Emmanuel Dauzat

DANIELA KRIEN
L'Amour par temps de crise
traduit par l'allemand par Dominique Autrand

MICHAEL KUMPFMÜLLER
La Splendeur de la vie
traduit de l'allemand par Bernard Kreiss

DORIS LESSING
Le Carnet d'or
Les Enfants de la violence
traduits de l'anglais par Marianne Véron
Journal d'une voisine
traduit de l'anglais par Marianne Fabre
Si vieillesse pouvait
traduit de l'anglais par Natalie Zimmermann

PRIMO LEVI
Le Système périodique
traduit de l'italien par André Maugé
Auschwitz, ville tranquille
traduit de l'italien par Louis Bonalumi, René de Ceccaty, André Maugé et Martine Schruoffeneger

THOMAS MANN
Les Confessions du chevalier d'industrie Felix Krull
Dr Faustus
traduits de l'allemand par Louise Servicen

SÁNDOR MÁRAI
Les Braises
traduit du hongrois par Marcelle et Georges Régnier
L'Héritage d'Esther
Divorce à Buda
Un chien de caractère
Mémoires de Hongrie
Métamorphoses d'un mariage
Le Miracle de San Gennaro
traduits du hongrois par Georges Kassai et Zéno Bianu
Libération
Le Premier Amour
L'Étrangère
La Sœur
Les Étrangers
Les Mouettes
Ce que j'ai voulu taire
La Nuit du bûcher
Dernier jour à Budapest
Journal, tomes 1 et 2
traduits du hongrois par Catherine Fay

ROSELLA POSTORINO
La Goûteuse d'Hitler
traduit de l'italien par Dominique Vittoz

CHRISTOPH RANSMAYR
La Montagne volante
Le Syndrome de Kitahara
Atlas d'un homme inquiet
Cox ou la course du temps
traduits de l'allemand par Bernard Kreiss

MORDECAI RICHLER
Le Monde de Barney
traduit de l'anglais (Canada) par Bernard Cohen

RAFFAELLA ROMAGNOLO
Bella Ciao
traduit de l'italien par Françoise Brun

ALEX SCHULMAN
Les Survivants
traduit du suédois par Anne Karila

PAOLO SORRENTINO
Ils ont tous raison
Youth
traduits de l'italien par Françoise Brun

MADELEINE ST JOHN
Les Petites Robes noires
traduit de l'anglais (Australie) par Sabine Porte
Rupture et conséquences
traduit de l'anglais (Australie) par Anouk Neuhoff

ARTHUR SCHNITZLER
Gloire tardive
traduit de l'allemand par Bernard Kreiss

SOPHIE TOLSTOÏ
À qui la faute ? Réponse à Léon Tolstoï
traduit du russe par Christine Zeytounian-Beloüs

F.X. TOOLE
Coup pour coup
traduit de l'anglais (États-Unis) par Bernard Cohen

NICK TOSCHES
La Main de Dante
Le Roi des Juifs
traduits de l'anglais (États-Unis) par François Lasquin
Moi et le diable
traduit de l'anglais par Héloïse Esquié

DUBRAVKA UGRESIC
Le Ministère de la douleur
traduit du serbo-croate par Janine Matillon

ERICO VERISSIMO
Le Temps et le Vent
Le Portrait de Rodrigo Cambará
traduits du portugais (Brésil) par André Rougon

Composition : Nord Compo
Impression : CPI Bussière en mai 2022
Éditions Albin Michel
22, rue Huyghens, 75014 Paris
www.albin-michel.fr
ISBN : 978-2-226-47141-3
N° d'édition : 24849/01. – N° d'impression : **2064861**
Dépôt légal : août 2022
Imprimé en France